我们刚刚相识

王晓亭 著

中国农业大学出版社
·北京·

内容摘要

这是发生在20世纪80年代末期的一段真实故事。三十名来自天南海北的学子相聚在北京清华东路的一所高等学府，开始了他们火热的大学生活。在这个平凡而光荣的班级里，有思想上进、学习刻苦、热心集体活动的系团总支副书记王哲，有擅长辩论、为学校大大小小的事务"瞎操心"的校学生会主席李文革，有看似玩世不恭、不务正业，实则善良友爱、待人真诚的《群言》报主编张子轩……。他们逐渐褪去大一的青涩与稚嫩，从迷茫和蹉跎岁月中走出来，汲取知识，追求真理。在四年充实而欢乐的大学时光里，他们播撒着友情的种子，守护着一份永远的纯真。

图书在版编目(CIP)数据

我们刚刚相识 / 王晓亭著. —北京：中国农业大学出版社，2017.2

ISBN 978-7-5655-1784-6

Ⅰ.①我… Ⅱ.①王… Ⅲ.①回忆录-作品集-中国-当代 Ⅳ.①I251

中国版本图书馆CIP数据核字(2017)第023867号

书　　名　我们刚刚相识
作　　者　王晓亭　著

责任编辑　童　云
封面设计　郑　川　　　　责任校对　王晓凤
出版发行　中国农业大学出版社
社　　址　北京市海淀区圆明园西路2号　　　　邮政编码　100193
电　　话　发行部 010-62818525,8625　　　　读者服务部 010-62732336
　　　　　编辑部 010-62732617,2618　　　　出　版　部 010-62733440
网　　址　http://www.cau.edu.cn/caup　　　　e-mail　cbsszs @ cau.edu.cn
经　　销　新华书店
印　　刷　涿州市星河印刷有限公司
版　　次　2017年4月第1版　2017年4月第1次印刷
规　　格　787×1 092　32开本　20.5印张　275千字
定　　价　48.00元

序

这部作品惟妙惟肖地描写20世纪80年代中后期的大学生生活。他们是恢复高考以来，我国培养的大学生中承上启下的一代。改革开放的教育发展，使他们接受了较为完整的中小学教育，他们的知识学习过程是相对系统和规范的；由于当时教育资源的严重短缺，这代大学生都经历了“千军万马过独木桥”的选拔，头顶着“天之娇子”的光环；特别是身处改革开放巨变的历史大潮之中，他们目睹了解放生产力带来的翻天覆地变化，亲身体验了改革的重要性和艰巨性，从而表现出对国家发展、民族振兴以及个人成长成才的极度关注。如今，这一代大学生已经成为中华民族振兴的中坚力量。此时此刻，读这部小说，于我说来，不仅是回忆过去，分享对那个时代的共鸣，也是从一个侧面更好地思考教育、学校和人才培养这一永恒命题，以及当今所面临的国际化、信息化背景下人才培养的特定要求和意义。

小说的主人公张子轩怀着对故土麦香的眷恋和对大学新生活的憧憬，懵懵懂懂地来到了首都，来到了他梦想过多少次的大学，来到了他一直生活了四年的北楼218宿舍，结识了同班的六位室友、还有性格各异的男女同学……于是，故事从此展开：学习、爱情、班级、师生、社团……。小说与所有大学生题材的故事走了一个套路，却写出了那个年代大学生成长的独特背景和历程。

张子轩和他的同学们不同于1977、1978届师哥师姐们，虽然都从不同的城乡走来，却无一不是“出了家门进校门”；不同于后来的1980、1990后大学生，“离得开家门断不了遥控”；走进了大学，对于他们，就是真正地迈出了独立人生的第一步。小说中描写的218宿舍，大家刚刚相识，就已急切地要排出老大、老二、老三、老四……的场景，就是他们这一代大学生独特的写照。他们对亲情的需要，感受和表达也是独特的。正如小说中描述的那样，他们不大会彼此谦让，直接而少于世故的语言交流，有时让人忍俊不禁。小说中老五、老六为争个谁大谁小，最后妥协的理由竟然是，“人家都把从娘肚子里出来的日子改了，你还不让让人家……。”然而，这种率真、个性又不妨碍他们彼此间的真诚关心和在意，小说中有多处这样的描写。老三和老五彼此闹了别扭，几天互相不说话。憨厚的老大看在眼里，急在心上，决定利用自己在北京的家和善良的双亲，来化解兄弟间的矛盾。去老大家一次一个都不能少的美餐，听老大父亲的一席亲切谈话，两兄弟自然举杯相互致歉。老七下了半天决心舍弃了垂涎的红烧排骨，买一份土豆烧肉，自己还没吃，俩哥们却先各挑一块放进嘴里，急得老七大喊“我有肝炎……”。仅剩下的最后一根烟，几个号称没烟抽画不出设计图纸的哥们，生要一人一口，轮着来……。讲情意讲到不讲礼仪不讲卫生的地步，其亲密无间也真是空前绝后的。

张子轩和他的同学们入校时几乎都没有恋爱过，却像所有这个年龄的青年人一样，对世界上的另一半心驰神往。他们会为班上竟然有10位女生而窃喜，会因羡慕送信同学可以更多地接触女同学而酸酸地调侃，会在送信的同时想方设法去打探外校寄来厚厚书信的那一位，是不是女同学的男朋友……。子轩和他的同学们的初恋就是这样，在怯生生中开始。尽管结局各有不同，但都是那么真诚、热烈而甜蜜。他们的爱，不仅温暖着一对对正在恋爱着的人们，同时也温暖着他们周围的同学。因为一对对恋人的一举步一投足，正是他们这代大学生真实的性教育课，除此之外，他们就只能在图书馆撕去只言片语式表述男女的文章，只能在《青年知识手册》中偷偷摸摸地看“夫妻性生活如何美满”。这代学生的至纯，像一对对童男童女，反映的是时代打下的特殊印迹。

张子轩和他的同学们似乎一进大学就不是只对学习感兴趣，争当班干部，报名社团，竞选学生会，组织舞会，演出联谊，参加农村社会调查，做改善校园环境的对比研究……。其中催还校舍，拍摄电视剧，经历明星没来演出的激辩、为中国足球队第一次冲出亚洲而狂欢……，都能找到北农工大那个年代学生真实生活的原型。读这部小说的前半部分，我心里一直在想“没有正面写学习的吗?”看到第二十二章，作者终于细致地描写了《钢筋砼结构》课，写了深受学生喜爱的孟老师，写了孟老师的谆谆教导“施工质量何等重要啊！真是关系到人民生命财产安全的大事。”小说结尾与此相呼应，找到象征幸福的五瓣丁香花的子轩，眼前出现的是：在塔吊林立的建筑工地，自己和一帮同学戴着安全帽，正对着设计图“指点江山”。这一代学生的学习生活是多彩的，正式的课程和专业学习之外，丰富的校园生活以及对社会改革的关注和参与，构成了他们珍贵的非正式学习经历。这些正是他们如今在祖国建设的方方面面做出贡献的基因。

我不能确定，张子轩是不是有作者的“影子”，但我确定，作者就是那位活跃在北农工大《挚友》社、广播台、学生会，有事会找到我直言的“排骨”（张子轩的外号）。晓亭毕业后不久，我也离开了学校，没有机会更多的来往。没想到他电话邀请我写序，让我们以这种形式做了一次深入的长谈。晓亭做了一件了不起的事，不仅是不负同舍兄弟的嘱托，更是记述了北农工大一代大学生的心路历程，折射了他们大学生活的那个时代。

我不知道有没有社会学角度研究，为什么在北农工大，在那个并不完美的校园里，成长出的不仅仅是一批批工程师，还有那么多的“文人”或者说有相当文采的人。他们，或专业或业余地写诗、写歌、写小说……，甚至他们的作品被广泛地传颂。我深信，他们的华彩，是母校华丽乐章中一串串动听的音符，也是他们幸福工作、学习和生活中不可或缺的美妙旋律。

我期望，有更多的人读到这部小说，更深入地了解这样一代大学生，了解培养了他们那一代大学生的学校。如果你是与我一样，属于他们的师哥师姐，请到书中来，体验一下当年忙于学业而忽略了的校园一草一木；如果你是与晓亭他们年龄相仿的朋友，你会在小说里找到你和你的情愫；如果你是80、90后大学生，请你畅想一下，子轩和他的同学们所经历的年代。小说中那些校园中的不完美，大多已经不复存在。但是，他们为改变而努力所经历的那么多成长磨砺，都是值得所有人品味的。

我愿永远从书中体验那种亦师亦友的滋味，恰如我们——刚刚相识！

2016年12月25日

王珠珠　20世纪80年代初至90年代中，曾在北京农业工程大学（现中国农业大学）先后任校团委书记、宣传部长、校长助理。现为中央电化教育馆馆长、党委书记、研究员，教育部基础教育资源中心主任，教育部网络和信息化领导小组成员，教育部教育信息化专家组成员。

目录

引　　子

“来来来，哥们儿，吹了这瓶!”这是218宿舍张子轩的声音。

“小样儿，长能耐了你！敢和我挑战！你说吹几瓶?”章明捷像斗红了眼的公牛一样和张子轩叫上了劲儿。一旁站着的虞卫军和王哲手拿啤酒瓶，笑眯眯盯着他俩，都是一副坐山观虎斗的神情。

“老四啊，真羡慕你俩修成正果，毕业时爱情、学业双丰收。不像我老五啊，孤单单一人来，孤单单一人走，回去还得等二次分配!”章明捷灌了半瓶啤酒，半是嫉妒半是后悔地转头对身边的虞卫军说。“呵呵，不过咱们说好了啊，你办喜事儿的时候一定要给我寄请帖啊。”

“你小子!”虞卫军这个麻秆儿嬉笑道，“一定一定，以后生了儿子还得管你叫五叔!”

“老三啊，你的硕-博连读现在是铁板钉钉了，可我怎么就是放心不下你的个人大事呢。你老是这么对女生不理不睬的，得耽误多少美女的前程啊？可别引起公愤啦!”张子轩也戏谑地对王哲说。

“这你就甭操心了，我肯定不会打光棍!”被称作老三的王哲听了哈哈一乐，露出他那招牌式的腼腆笑容。

……

这是1990年6月20日的夜晚。

在北京农业工程大学校园西北角的松林宫里，土木八六级正在举行他们的毕业聚餐。此时，全班三十个同学围坐在工会的两个乒乓球桌旁推杯换盏，不断有瓶子的撞击声和碰杯声中夹杂着的豪言壮语，掩盖着酒入喉咙的咕嘟声，此起彼伏。看凳子边和墙边那横七竖八躺着的几十个空啤酒瓶，就知道已是酒过三巡。再看看桌上吃了一半的“丰盛”晚餐吧：花生米、凉拌西红柿、凉拌粉丝、火腿肠、豆豉鲮鱼罐头、酱牛肉和猪肝。

218宿舍另一位叫于文雍的，此时酒壮色胆地走到号称“凤辣子”的女生夏荷旁边，拍拍她的肩膀：“夏荷，咱们干一杯吧!”

夏荷转过头来，没有答话，仰脖就将茶杯里的啤酒喝了个底朝天!

于文雍被夏荷的豪情吓得愣住了一会儿，然后不管不顾地说：“呵呵！厉害了你啊，记不记得前年冬天，咱们在平房那儿打雪仗，你怎么那么不经打？一个雪团就哭得一塌糊涂，搞得我在同学们面前都下不了台。”

其实夏荷和几个女生在聚餐开始后不久，就一个个失去了往日的欢笑。此刻听于文雍提起以往和同学们在一起的快乐时光，泪水一下子涌了出来。

“讨厌！你……你干嘛提起这事儿?”夏荷抬手擦了一下眼睛，哽咽地说：“也不知咱们啥时候还能再聚在一起，痛痛快快打一回雪仗了！呜……呜呜”说着说着，这个一向豪爽的女孩竟然伤心地哭出声来。

喧嚣着、叫唤着、狂饮着的同学们听到夏荷的哭声后都静了下来，继而这哭声就像导火索，让所有同学的离愁别恨似决堤的大海再无遮拦，汹涌而出。

“我们今天相聚，相聚在他乡异地……”不知是谁哼出了刚刚拍摄的校园电视剧的主题歌。“不要悔恨昨天，昨天在梦里。今天的同窗，明天的伴侣，你祝愿我成功，我祝愿你如意。明天就要分离，分离在他乡异地。不要想起今天，今天在梦里。今天的同窗，明天的伴侣，不要迷惘犹豫，我们总会再相聚”，所有人情不自禁地和着节拍唱了起来。

这歌声多情而忧伤，真挚又奔放！在这静静的夏夜里，歌声从松树的缝隙里透出来，流淌到校园的每个角落，又飘散到很远很远的地方……

第一章

个个都是人中龙凤

同学初识
校园参观
班会选举

走出北京站站口时，张子轩将一个棕色的行李箱小心地放在脚边的地上，长舒了一口气。经过 18 个小时的拥挤，火车终于到达了终点站——首都北京。

北京的天真蓝啊！不像江南的老家，在这个盛夏的季节，天空总是翻滚着没完没了的浓云，转眼间就是一场瓢泼大雨。而在大雨之后，天空却又满是灰蒙蒙的水汽，永远没有清澈的时候。他望着远处森林一般茂密、仰头都能累着脖子的高楼，看着来往如梭的的士和飞若光圈的车轮，以及街道旁、广场上五彩缤纷的花阳伞，还有花阳伞下抹着鲜艳口红的少女和穿着碎花裤褂的妇人。那些彩色的人流向四面八方散开，又有彩色的人流从四面八方涌来，赤橙黄绿青蓝紫交相辉映、闪闪烁烁。张子轩的心里不禁涌出一个莫名其妙的问题：这么多的人，他们从哪儿来，要到哪儿去？

张子轩站在汹涌的人潮里，忽然觉得自己渺小得像一只蚂蚁，不知东南西北，似乎找不到自己的路，也不知道要去往何方。他想不到在刚一踏上这光怪陆离的首都土地时，就激动得一下子迷失了自己。他的心里升起一种莫名的恐惧，害怕自己会不会成为卡夫卡《变形记》中的甲虫。是迷路了？在自己将要生活四年的首都？此时此刻，他突然那么想念那飘散着麦草香味的乡间小道……

“喂！小伙子让一让，别老堵着门口！”一个戴着红袖箍的大爷将他从迷茫中唤醒。他赶紧背着包提着行李箱朝广场中间走去，因为他记得录取通知书中说，在广场上会有学校派去接站的车辆。果然，在一片红色横幅的海洋中，他找到了北京农业工程大学的新生接待点。看着比自己大不了多少的接待老师，张子轩心想，他们也许就是高一级的同学吧？等踏进车门，坐到大巴的座位上后，他的心里又变得前所未有的踏实。他知道，就是这辆大巴，将要把他和车上其他几十个和他一样从全国各地而来的年轻人载向一个令人向往的地方。

一路上，他的眼睛始终没有离开过车窗外这个新奇的城市，看着车流和非机动车道上挤挤挨挨的自行车，他竟然没有来得及思索自己以后的学校会是怎样的？似乎只有几十分钟吧，校车停在了一个气派的大门前。车上的人们估计大多已经分不清东西南北了，但从太阳的角度判断，这应该是一个正南向的大门。大门前是一个较大的广场，广场上摆满了各色的鲜花，但只有那火红耀眼的一串红似乎格外引人注目，给周围平添了不少喜庆的色彩。大门的东西两边各有一个一米见方的门柱，左边的门柱上挂着一块白底黑字的“北京农业工程大学”的匾牌，右边的门柱上挂着“中国机械科学研究院”“中国地球物理研究所”的匾牌。

“哦，这么牛气的单位原来都属于农工大！”第一次站在学校大门口时，子轩心中的骄傲感油然而生。但忽然又觉得不对啊，地球物理似乎和农业工程毫不相干呐？想了一会儿，又似乎想明白了：农业工程肯定是离不开地球的，这两者应该还是有内在联系的！

进入大门后，正对着的似乎是一个大教学楼。淡褐色的水刷石外墙，显得典雅庄重。校大门和教学楼之间的正中央有一块十几米见方的绿地，绿地的中央矗立着一座高大的毛主席雕像。围绕在绿地周边，张挂着一圈红色的横幅，横幅下，是各个系笑容满面、喜气洋洋地接待新生的学生们。接待桌上的录音机不知疲倦地播送着学长们录制的声情并茂、慷慨激昂的欢迎词，嘈杂而又热烈。

张子轩转了一圈，找到了建工系的横幅。递上录取通知书后，几个热情的学长们帮他跑前跑后地办完了入学手续。接着，一个自称姓莫的土木八五级男生领他去宿舍。一路上，来来往往的都是提着大包小包行李的学生们，个个脸上充满了喜悦和兴奋。子轩满眼的新奇，而莫学长也不厌其烦地讲解："刚才见到的是主楼，这是学生食堂，那是大礼堂，这是操场……"

"这些小平房是干什么的?"张子轩看到运动场南边一排破旧的红瓦平房，一下子觉得像是回到了农村，很是亲切，于是憋出句普通话问接待他的男生。

"噢，这些啊？这是一些打杂的人住的。"学长打着哈哈糊弄新生。"快看！到了到了，这就是我们男生宿舍区——南楼、北楼。"

张子轩抬眼看了看这两栋灰色外墙的五层宿舍楼，还没有从新奇中醒过神来，就已经跟随着学长到了北楼 218 宿舍的门口。

刚从耀眼的阳光下进门的张子轩稍稍调整了一下晶状体才适应屋里的光线。宿舍其实也并不是很暗，因为门对面是朝北的一扇大窗，在门窗连线的两侧，分别对称布置了两组上下床，其中一个紧靠门边的下铺，已经放上了好几个行李箱。紧靠窗户边，是两张书桌，书桌底下，放着几把方凳。

张子轩进门后，怯生生地把行李也放到门边的空床铺上，然后找到了贴着自己名字的床位，原来是一个靠窗户西侧的上铺。刚把铺盖放到床上，下铺的那位戴着一副大马哈变色镜的兄弟伸出手来："你好，我叫马昊然，河南来的。"张子轩礼貌地和他握握手，心想这哥们挺能赶时髦的，在宿舍还舍不得摘墨镜。正想着呢，对面下铺的同学也站起来主动打起了招呼："虞卫军，是浙江的。"虞卫军操着一口很有风味的"浙普"，让人听着就想乐。张子轩看了一眼，这个虞卫军个头能有1.80米，身板真是根麻秆儿，脸上还架着一副像瓶子底儿的镜片，看着他，总让人想起相声演员马三立。

正在聊天的时候，又一个同学提着行李走了进来。进来的这位身高和虞卫军差不多，卷发，也戴一副眼镜。他将行李放下后，噔噔顺着床梯就爬到了上铺。张子轩看床头贴着的名字，知道他叫于文雍。马昊然急忙大叫道："喂，哥们儿，等会儿！那床铺上的灰尘你得先扫扫啊。"

于文雍尴尬又感激地笑了笑，从床上退了下来。

到下午时，宿舍已经来了六位同学了，加上来送上学的几位家长，屋子里大家说说笑笑，热闹极了。就在大家整理行李和闲聊的过程中，却见走廊斜对面219宿舍一位个头不高的男生，穿着一双拖鞋，迈着鸭子步，在三个宿舍间串来串去地忙着清点人数。

张子轩和马昊然相互打探："这哥们儿干嘛的啊？想得挺周到，难道是咱班主任？看着这岁数好像和大家差不多啊。"正在大家猜疑的时候，那个男生竟然挨个儿把大家的饭菜票发了下来。对于新生们来说，这可真是及时雨，大家正愁晚饭怎么解决呢！所以甭管他是不是班主任，就冲这一点，同学们对他还是颇有好感的。

吃完晚饭，一位40来岁的女老师来宿舍向大家问好。同学们这才明白，真正的班主任陈老师来了。她到各个宿舍介绍那个给大家发饭票的男生是219宿舍的陈峻，是临时班长，暂时协助班主任联络各位同学。听说218、219、221这三个宿舍同属一个班，有一些安顿好了的生性好动的同学就开始相互间串动起来，抱着赶早不赶晚的心情迫不及待地去认识要与自己相处四年的新同学。

这一晚对于许多新生来说都是不眠之夜。比如218宿舍吧，大家在此之前都只是在自己的城市（或者叫小镇）生活，还从来没有机会像今天这样能接触五湖四海的同学。七个来自不同省份的哥们儿虽然性格各不相同，有的内敛、有的外向，但一样的青春年少，一样的有远大抱负，一样的有求学热望。大家很快就没有了生疏感，仿佛天生就是为了聚集到这个宿舍而来的。大家兴奋地谈论着自己家乡的风土人情、饮食起居，每一位同学所描述的一切对于其他的六位同学来说都是那么新奇。从云南来的章明捷个头不高，肥头大耳的，跟其他几个明显缺乏营养的瘦瘦的舍友相比，就像一个胖子站在埃塞俄比亚难民之中，显得格格不入。虽然他也尽量憋出一口普通话，但浓重的西南方言还是让人听起来不知所云，因此有的话经常要重复几次大家才能猜出大概，其搜肠刮肚、抓耳挠腮的窘态让最后一个来校报到的土生土长的北京人郑伟诚觉得着实可怜！心里叹道：看把这孩子累的！普通话有这么难吗？我打小就会说，有啥难的呢？

大家一直聊到半夜，几个人才各自躺下，熄灯睡觉。第二天，不到八点，临时班长陈峻开始到各个宿舍催大家去学生食堂前集合，由辅导员带领参观校园。同学们兴奋地走出宿舍，三五成群地聚集到食堂门前，盼望着第一次认识全班同学。

整队完毕后，待看清楚前面站了整整一排女生时，有几个男生心里不禁窃喜。

221宿舍的刘洪涛就是这样的一哥们，这位来自湖南的男生，1.76米的个头，浓眉大眼，长得清瘦俊朗，也不知大清早往头发上抹了什么东西，三七分的头发梳得油光发亮、光可照人，上身一件花格T恤，下身一件浅色喇叭裤，看起来俨然一纨绔子弟。就他这身打扮，要是遇上“严打”，非被抓起来不可。刘洪涛之所以如此关注男女生比例，是因为他听上届的老乡讲，工科院校有好多和尚班。大学四年下来，弄得很多男同学内分泌都失调，导致教室里尽是些满脸青春痘的家伙。据说有的老师第一次到和尚班上课时甚至被吓一大跳，以为误闯了医院的皮肤科门诊室。刘洪涛粗略往队伍里扫了一眼，心里嘿嘿暗笑：阿弥陀佛，天可怜见！在这样一个农业院校的班级里，竟然有十个女生！真该好好感谢感谢这些招生的老师。刘洪涛胡思乱想着，喜悦却写在了脸上。

此时，辅导员站在前面等大家排队点名。瞅着空隙，辅导员再一次正式自我介绍说姓陈，是湖南人。许多同学也是第一次在白天近距离接触自己的辅导员——也就是高中所说的班主任，想想要和这位老师打四年的交道，大家不禁仔细打量了一番，总体的感觉是慈眉善目，好似邻居阿姨，说起话来也是轻声细语的，想来脾气应该也不错吧。

点名完毕，发现只有一个叫白晓曼的女生未到。陈老师看了看手中的花名册，知道是住在五四楼420宿舍的。对于这个迟到的女生，大家都在交头接耳地议论。尤其是男同学们似乎更加充满了期待，很想见识一下这个大学里第一次集合就敢于迟到的勇敢的女生。

这时，前排一个女生自告奋勇地说："陈老师，我和她一个宿舍，我去叫她吧！"

"是吗？那好，快去快回，可别一会儿又要我们派人去找你啊。"

主动要去叫人的这个女生叫夏荷，山东人。高挑的个儿略显纤细，齐耳的短发，戴着一副淡红色镜框的眼镜儿。她之所以急于去叫，一是热心肠，而且与白晓曼同一宿舍，但主要还是因为自己是特招的长跑运动员，跑个来回明显比别人轻松。夏荷往五四楼方向才跑了几十米，就见白晓曼正迈着碎步朝这边跑过来。这就像汽车刚刚起步却要踩刹车一样，急性子的夏荷很不甘心，忍不住对晓曼喊道："白晓曼快点，都在等你呢！"

大家不由得伸长脖子注意起远处跑过来的这个叫白晓曼的女生。只见她个头不高，一件淡绿淡绿的衬衣配灰色长裤，衬托得她身材很苗条。一头乌黑柔顺的长发在脑后简单地扎了个马尾辫，显露出一张标准的瓜子脸来。可能因为小跑加上心急的缘故，那张白皙又略显红润的脸庞，沁出了细密的汗珠。

叫白晓曼？做事儿还真是挺慢的啊，该不是故意吧，想给我们男生留一个深刻印象？不过看起来还真是个惹人怜爱的江南女子。刘洪涛暗自想着。

"好，人都到齐了，咱们开始参观！"陈老师带着三十个同学从食堂开始逐一参观起来。

一开始，大家还充满好奇，满心欢喜。可参观完修理楼后，心情却有些变样了。

“切，原来大学实验室这么破啊，比不上我们高中的化学实验室，还好意思吹。”221宿舍一个叫周烨的感慨道。周烨是从西部一个省城来的，听说他所在的中学物理和化学实验室条件不错。

“对啊，还是平房，进来老鼠怎么办？”真是啥人说啥话，一个叫沈丹枫的女生不大的声音在周围引起一阵共鸣。

这还不要紧，在从修理楼出来的那条沙石小路上，小沙粒见缝插针、不屈不挠地钻进几个女生的凉鞋，咯吱得她们龇牙咧嘴。

“这么破的路也不修修。还修理楼呢，先修理路吧。”刘洪涛憋不住发起牢骚。

“呵呵呵。”刘洪涛的话引来男女同学的一阵笑声。听到女同学们被他的话逗乐了，刘洪涛不禁有点小小的满足感。

“看看，还到处都是煤呢！咱们宿舍去买个煤炉吧，以后不愁没有烧的了。”218宿舍的章明捷也发着牢骚。

等从材料力学实验室和土力学实验室出来后，大家的心情越来越沉重。陈老师知道，学校本来是想通过参观校园，让同学们了解新学校，增加自豪感。没曾想参观的结果简直是事与愿违，许多人失望之极，原来很激动的心情竟然变得沉甸甸的。于是，她给大家鼓劲儿说：“同学们，你们别看房子虽然有点旧，可这些实验设备在学院路的八大院校里还算很不错的哦。当然，有些设备还不全，这也不要紧啊，因为我们系和清华大学有协议，以后可以到清华大学去做试验。”

果然，大家一听可以有机会去清华大学的实验室上课，马上觉得和清华沾上了亲戚关系一样，又开始叽叽喳喳地兴奋起来。

吃罢晚饭，班头又挨个宿舍催促晚上七点半到教室开班会。大家似乎都没有预料到大学的头一天就会如此繁忙，刘洪涛免不了心里直嘀咕：“这大学怎么比高中还累呢？”

一进教室，大家又叽里呱啦议论起来。这可是大家第一次坐在大学的教室里啊，心里非常的激动！早就习惯了高中六七十人的大教室，现在突然间坐在摆放很宽松的只有二十张桌子的小教室里，都觉得无比的幸福！

陈老师的开场白当然是嘘寒问暖的话，接着就是一堆大道理，什么“国不可一日无君，班不可一日无头啊”之类的话，中心思想是要大家团结在以她为家长的大家庭内，然后才切入正题：“那么这个家庭内除了父母谁来当老大？这就是我们今晚的主要议题——进行班委会和团支部选举。”

可到底怎么选啊？实际上陈老师在开会前是经过精心策划的。照理是想让大家自荐，但又担心同学们会不会放不开？因为大家天南地北而来，刚认识一天。而且即使踊跃自荐，凭着她从档案上获得的信息，个个都是人中龙凤一样的优秀者，最后如何定夺？况且班长和支书还是要稳妥点的好。所以干脆先故意给大家一个民主选举的机会，等冷场了好一会儿，才像突然意识到大家相互还很陌生而临时改变策略，提议说：“我仔细研究了各位同学的档案，都很优秀。但是有几位同学尤其出色，这次我就独裁一次，提议 219 宿舍的陈峻为班长，221 宿舍的李文革为团支书。”

全班同学对陈峻仅仅只是面熟罢了，还谈不上什么更深的了解。陈老师于是给大家介绍此人初中、高中一直是省城重点中学所在班级的班长，有丰富的班长经验。大家伙儿能说啥啊？就冲着他两天来跑前跑后的热情，还有那张看起来还算招人喜欢的脸，先让他过几天班长瘾吧。可那个李文革又是何许人也？是不是 221 宿舍那个个头不高、其貌不扬还带着黄土高坡口音的家伙？怎么就叫他当了咱们的团支书——这么一个指导全班思想的重要角色？陈老师好像也看出大家的疑问，告诉大家李文革思想如何如何进步，小学五年级就加入了团组织，而且还有极强的口才，曾经夺得过全市中学生辩论赛的亚军。

陈老师把李文革夸上了天，让班上的同学们不由得想起电影上那些英雄人物，大多根正苗红，五六岁就是红小兵，十来岁就是儿童团团长，15 岁就入了党。刘洪涛突然想起我国共青团员的年龄最小必须满 14 岁，也就是说，这李文革 14 岁还在上小学五年级？以 7 岁上学计算，这家伙至少在小学蹲了两年！难不成我们这位李书记的学习如此之差？呵呵，考上大学对他来说真是大器晚成嘛。想到这里，他本想多嘴揭露一下，可又一想李文革和他一个宿舍，好歹以后要“同房”四年呢！较什么真儿啊？就这样，两个“一把手”的职务很快获得了全班同学的鼓掌通过。只不过不少人心里仍然有些疙瘩：这第一任班头和支书怎么都是个儿不到一米七零的主？不会影响咱们班形象吧？

进行班委会其他成员的选举时，气氛却不知为何突然热烈起来。也许是大家觉得陈峻和李文革这两个其貌不扬的家伙都能当一把手，我为什么不能？再想到以后的功课学习也不会像高中那样头悬梁锥刺股，当个班干部既能锻炼一下自己，又能打发无聊时光，更重要的是找女生谈话套近乎的机会无穷增多，何乐而不为？于是，大家仿佛突然开窍似地个个毛遂自荐、竞聘上岗了！尤其是生活委员一职的竞选简直到了白热化，男生、女生共计 4 人打破了头！最后 219 宿舍的赵志强在辩论得差点口吐白沫的悲惨情况下终于赢得大家的同情，获得了这个职位。对于那天晚上的竞争，第一任班头陈峻到毕业时也没弄明白，怎么会有那么多人对生活委员一职感兴趣？难道他们觉得大学的生活委员也能像高中那样在食堂比别的同学多得二两米饭？

班会的情况来了个形势大逆转，冰火两重天！对于这种情景，虽然陈老师也预料过，但还是给弄了个瞠目结舌。她心说我接触了几届学生，没有像你们这么个性鲜明、特立独行的，一个个对当班干部猴急猴急的！难道就因为你们班都是属猴的？

最后的结果可想而知，僧多粥少，很多同学都失望地落选了。陈老师又在会上给大家伙鼓起了劲儿：“同学们，看到咱们班同学这么优秀，这么多才多艺，我真为大家感到骄傲啊。今天的班委选举虽然结束了，可系里、学校里还有很多大家能施展才华的地方，希望大家继续努力，到更高一级的平台上为班级争光！”

第二章

北方有佳人，绝世而独立

218 宿舍七兄弟

王府井购物见闻

英语老师 Miss Li

经过几天的朝夕相处，班上的同学已经变得渐渐熟悉起来。比如 218 宿舍，几个哥们儿知道彼此的生日后才发现碰巧都是属猴的，显得格外亲热，而且还以此为据排起了座次。北京的郑伟诚本性敦厚老实，偏偏生日最早，在二月份，顺理成章当上了老大。张子轩在晚秋出生，沦为垫底儿的老七。座次排定后，张子轩还一本正经地向大家拱拱手："各位猴哥，老七这厢有礼了！希望今后多多照顾。"郑伟诚好像没做好当老大的思想准备，傻呵呵地笑着说了句大家没听懂的话："没事儿，那什么，赶明儿请你们去我家玩儿!"

218 宿舍的这几人总体来说都属善良之辈，但性格、爱好稍有不同。老大不愧是老大，虽然平时言语不多，但这些天为宿舍打水扫地总是身先垂范抢着干。闲了，就盘腿在床，哼哼几句京剧。老二马昊然和老四虞卫军喜欢英语，没事儿就一起练吧几句。老三王哲长得"面如傅粉、唇红齿白"，看起来温文尔雅，但他其实是一个相当认死理的人，只要是他认定了的目标就一定会坚持下去。你要是对他的观点提出异议，他会和你争得脸红脖子粗。他和老七自诩为“书法和文学爱好者”，两人的谈论中经常蹦出诸如“奥斯特洛夫斯基”“陀思妥耶夫斯基”“车尔尼雪夫斯基”等让大家听起来如雷贯耳而又死都记不住的名字，好像这哥俩和“夫斯基”那哥仨很熟很熟似的！剩下章明捷和于文雍整个一对欢喜冤家，原来两人竟是8月10日同年同月同日生！但为了争夺老五的位置，章明捷竟然死缠烂打，改口说自己亲妈报户口时记错了，晚报了一天。于文雍眼瞅着章明捷愣是自己将自己从娘胎里拽出来早产了一天，变成8月9日的生日，实在是没有心理准备，怪自己一时半会儿想不出比这个更无耻的理由来，只好将就着当了老六。

老七张子轩对老五的做法很不屑。他安慰老六说：“我说文雍啊，我这两天正在看《鹿鼎记》，很有感触。你说要论大清朝脸皮最厚的人，非和珅和韦小宝莫属吧？可现在看来章明捷的脸皮让他俩都要脸红啊！如果以脸皮的厚薄来排座次的话，明捷当老大都绰绰有余，可人家现在只要求当个老五，你还跟人争来争去的，有啥委屈你的?”

于文雍呵呵呵笑道：“是是，我现在一想到下边还有个老七可以欺负，心里很安慰，也觉得坦然多了。”

“老六，不带这么玩的啊。我帮你呢，你怎么还恩将仇报。咱俩应该团结起来，打倒老五啊!”

几个人就这么乐呵呵地嬉笑怒骂着，迎来了大学生活的第一个星期天!

在这个阳光明媚的大学的第一个周末，八六级的新生们个个像蛰伏了一个冬天的野兽一样迫切地想出去打食儿！有的是要上街置办生活和学习用品，比如张子轩和王哲；有的是想急于和分开了一个暑假的高中同学联系上，比如刘洪涛要去北京师范大学，陈峻要去中国人民大学。还有的人是想去逛公园，比如五四楼305宿舍的几个女生竟然主动过来邀请男生们一起去逛颐和园！当然，她们绝不是抱着什么“主动把自己奉献出去”的好心，只是害怕不识路必须找两个男向导兼保镖罢了。一些男生们却难得糊涂，不管实质只看表面，当然求之不得，比如221宿舍的周烨、徐航等人就屁颠儿屁颠儿地随305宿舍的女生而去。

218宿舍的“文学青年”张子轩和王哲相约去王府井买收录机、书包等学习用品，从这点来看，两人似乎都是“好好学习、天天向上”的主儿。但其实两人的动机是不一样的，因为张子轩是奔着买台录音机好方便自己听音乐和相声而去的，王哲却是真正想赶快把东西置办齐全，尽早让学习走上正轨。

王哲和子轩先在地图上商量了一下出行线路，然后两人出了校门，兴高采烈地登上了355路公交车。等到人民大学换了320路后，才觉得好像上了贼船：两人被挤得脚都悬在了空中，才过了两站地，就热得大汗淋漓，但又不敢随便下车，要不然换车更麻烦。好不容易坐到苹果园，售票员报站说可以在这儿换乘地铁。两人就像刑满释放的人一样，不约而同地跳下汽车。

“喔，从挤公共汽车的情况来看，计划生育的国策还是要坚定不移地执行啊。”两人站在路边迎风凉快了一会儿，边下地铁站台边说笑，等看到地铁站如此宽敞整洁，又兴奋起来。

“你说这隧道当初怎么挖的？边挖边用钢管顶着？”王哲先问道。

“可能是吧。我倒是觉得，挖了这么深，地下水这玩意儿不好处理。”

“你傻啊，北京这么缺水，要是这么浅就挖着地下水了，那还发现宝藏了呢。”

两人漫不经心地闲聊着上了一列地铁。刚站稳，张子轩的目光就被离他们不远的一对恋人吸引了过去。只见姑娘双手紧抱着小伙，小伙用手拉着车顶的拉环，每到一站，两人的身体总是随着地铁的减速和加速而前后摇晃。张子轩一阵面红耳赤，于是偷偷对王哲使了一下眼色，努努嘴示意王哲也欣赏欣赏。王哲扭过头看了一眼，就触电似地回过头来，小声说：“你小子，这有什么好看的？让人笑话。”张子轩咧嘴笑了笑，心说你在你们县城见得多了，我可是刘姥姥进大观园——第一次看到这样的西洋景哦。

出了地铁，两人顺着长安大街北侧的人行道，一路感叹首都这道路修得又宽又笔直，比县城的马路不知要好多少倍。

“大兄弟，俺们从东北那旮旯儿来北京找亲戚。没曾想，亲戚没找着，钱却花没了。这不，孩子都大半天没吃奶了，你们行行好，给点奶粉钱吧！”快到王府井路口时，一个三十多岁抱小孩的妇人突然拦在张子轩和王哲面前，把两人着实吓了一跳。

张子轩和王哲对视一眼，有点拿不定主意。虽然听这声音好像确实是外地的，可从来没碰到过这种情况啊！给，还是不给？妇女看他们犹豫不决，变戏法似地从兜里掏出张纸来：“大兄弟，俺可不是骗子，你们把地址留给俺，俺回去了就寄钱来还你们！”

听着大姐感人的话语，看到大姐的眼里除了真诚还是真诚，再瞅瞅大姐怀里嗷嗷待哺的孩子可怜地闭着小眼睛，仿佛连看都不屑于看一眼这两个见死不救的混蛋。张子轩心想：这种时候都不出手，咱们还配当一个20世纪80年代的大学生吗？呸！那简直就是一个杀人凶手！两人对视一眼，再没有丝毫犹豫，凑了四元零钱递到大姐的手中。在大姐的千恩万谢声中，两人带着满脸骄傲的微笑，昂首挺胸直奔王府井百货大楼。

“当雷锋容易，难的是当不留名的雷锋！”两人边走边嬉笑地交流着思想。

等进了百货大楼，眼花缭乱的商品让他们觉得眼睛有点不够使了。张子轩突然想起上小学时和父亲到县城去逛一个两层百货大楼的情景，当时觉得天哪！还有这么大的商店啊！比村里的供销店大多了，那么多从来没见过的东西都是哪些人买走了？

可现在看看北京百货大楼，真的是神经错乱了！有一种不知从哪儿开始逛起的感觉。

“反正是来买东西的，这回咱们好好体验一把逛大商场的滋味儿！”王哲建议道。看看才十点半，有的是时间，两人毫无目的地闲逛起来。

四层卖衣服的区域面积最大，可男士的衣服却是千篇一律的中山装、夹克，当然西服的品种也不少，可价格也贵，好几百块钱一套。逛到女士服装区，两人不好意思继续深入，只到显眼的裘皮大衣柜台瞟了两眼，这一看不要紧，那标价吓了张子轩一大跳，他大惊小怪地说：“快来看，这衣服这么贵？1 400多元钱，够我们两年生活费了。”

王哲眼神好，反驳道：“1 400多元？你是真近视啊，好好瞧瞧，你少看了一个零。”

张子轩的头嗡的一声：“不会标错了吧，一万多元的衣服？都谁穿哪？地主老财不早打倒了吗？改革开放刚开始，不会有如此骄奢淫逸的人吧！”

“要不咱们是土老帽呢，我们县城一个万元户就牛哄哄的，北京现在流行十万元户。”

目瞪口呆的两人唏嘘感叹，捂着砰砰乱跳的心赶紧去电器柜台办正事儿。要命的是，在五层的电器商场，两人逛了半天，最便宜的录音机也要300多元，这价格显然不在预算范围之内。

看着张子轩在电器柜台来来回回逛了好几圈，王哲直埋怨：“腿都走直了，还没有你看中的啊？你的钱袋子掐得真紧！”

“我还不知道买贵点儿的好？关键是超支了我吃什么啊？走，换一个地儿慢慢看。”

王哲只好陪着他转战东安商场。转了几个来回，终于发现有一款最低价的录音机才260元，还是双卡的，样式也不错。张子轩想想：就它了。他兴冲冲地摸出钱包，掏出一把钱来，数数之后傻眼了：把钱包角落里夹着的两个两分的钢镚儿一块算上才258元4分！差2元。

“哎呀！”张子轩一拍脑门儿，突然想起刚刚捐出去的2元，后悔得直想扇自己俩耳光。“雷锋啊雷锋，您这会儿躲在哪个角落？能不能也借给我2元钱哪！”

张子轩欲哭无泪的样子惹得王哲直笑：“至于吗，真看好了？我借你钱不就得了。"

张子轩也不客气，拿着王哲凑起来的钱把录音机买了下来。

晚上，几个人在宿舍聊起第一个星期上课的感受。张子轩边摆弄新买的录音机边发满腹牢骚："咱们上课怎么尽是大班课，咱土木专业两个班合班还情有可原。你说，上党史、社会主义经济学居然整个系五个班在一起，阶梯教室里坐得满满当当，怎么一点也不像我高中时想象的二三十个大学生，在一个小教室听教授讲课的情景？"

章明捷也插话说："嘿嘿，简直是才离狼窝，又入虎口。高中时65个人一个班，现在倒好，150人一个教室！"

"谁说的啊？你们那是中毒太深，据我所知，大一都是大班课！"刚在家过完周末的郑伟诚给大家解释说。

"这倒没什么，关键是给咱们上高数的老师，一口地道的胶东话，听得我云山雾罩的。课又讲得飞快，我数了数，一节课竟然讲了20几页！真吃不消！"虞卫军这个口音浓重的人最恨和他一样讲不好普通话的人。

王哲笑笑："那我可比你们幸运啊，我们学俄语课的就五个人一个班！"

"那我报名改学俄语去。"章明捷说。

"你没见219宿舍的黄健雄，他们日语班的才仨。"王哲说。

"就是老师一对一的教我也不学那鸟语！听到'八格牙鲁'我就来气！"于文雍愤愤地说。

"嗨，你还别说，明天头一节就是英语课！而且还是小班课！你们猜英语老师是中国人还是外教呢？"章明捷走到门背后看看课表说。

"猜什么啊？看课表还猜不出吗？姓李，中国人！"张子轩搭话道。

"男的还是女的？"

"明天不就知道了么，瞧你那着急样儿。"

第二天，大家早早来到主楼的小教室，拿着那本墨迹飘香的崭新的《New English Course》胡乱翻看着。八点差五分时，门被推开了。多少年以后，这个班上的男生都还记得当时的情景：进来的是一位年龄和大家差不多的姑娘，二十二三岁的样子，但个头却足有1.7米！细直乌黑的长发，松散地披于双肩之上，显出一种别样的柔美。洁白的皮肤犹如刚剥壳的鸡蛋，大大的眼睛一闪一闪仿佛会说话一般，小小的红唇与皮肤的白色相配，更显分明。一对小酒窝均匀地分布在脸颊两侧，若隐若现，可爱如天仙。再看她穿着一套黑色掐腰连衣裙，白色网眼披肩看似随意地披在肩上，尤其显得高贵典雅。唯一可惜的是，白皙而精致的脸庞没有一丝笑容，看起来十分冷艳。

一班人只觉得一阵眼晕。如果你也是男生，凭想象就能知道此时班上的男生都变成了什么傻样：一个个像脑瘫病人一样嘴歪眼斜，就差流起了哈喇子！等稍微清醒点的时候，像刘洪涛、张子轩他们几个酸唧唧的男生已经开始搜肠刮肚地弄出一些赞美词来，什么“沉鱼落雁、闭月羞花、水剪双眸、花生单脸”等张口就来的词句刚一冒出脑海就被 pass 了，太俗！古文功底稍微深厚一些的陈峻，脑海里蹦出什么“朱唇坠一颗樱桃，皓齿排两行碎玉，有如织女下瑶台，浑似嫦娥离月殿”。或者“肌若凝脂，气若幽兰，手如柔荑，颜如舜华，北方有佳人，绝世而独立……”言而总之，似乎中文里所有描写美女的词汇全部用在她身上也不为过。“买糕的佛祖啊，这该不是我们的英语老师吧？她这是教书来了，还是索命来了？”男生们个个倒吸一口凉气。

“My name is LiHua, You can call me as Miss Li…… We'll learn English course together this term. ”一口流利的英语彻底证实了大家的猜测。

紧接着 Miss Li 开始让学生们自我介绍。英语口语较好的马昊然，还有女生程潇涵等举手先说，除了名字，还介绍来自何方。整个过程中，李老师除了脚在教室里走动之外，还是面无表情，极像一尊维纳斯雕像。

张子轩忽然想起《围城》里方鸿渐所说的“对于那些丑女人，细看是一种残忍，除非她是坏人，你要惩罚她”那段话，而现在，如此美丽的女老师，竟然冷漠得让所有男生不敢直视，对于同学们来说，何尝不也是一种残忍！

刘洪涛也在想："李老师失恋了吧，要不就是趋之若鹜的追求者弄得李老师不胜其烦而习惯性的高傲冷漠？这么沉闷的气氛持续下去怎么得了？真想看看她笑起来是什么模样！"

轮到刘洪涛自我介绍时，只听他嬉皮笑脸地来了一句"My name is Hongtao Liu"，全班同学"哄……"的一声笑起来。这小子，按英文的习惯先名后姓，竟然成了"红桃六"。这时，只见讲台上白光一闪，原来是李老师轻启朱唇，露出编贝白齿，算是给了大家一个几十年后也不会忘记的珍贵留念。

男生们又一次缴械投降："要了命了，您这真是一笑倾班哪！"

这节课本来也没有什么实际的授课内容，男生们在嘻嘻哈哈和胡思乱想中，觉得时间过得出奇的快。下课时，李老师告诉大家明天晚上在主楼415教室，全校新生以班级为组参加英语竞赛，每班五人，必须马上报名。

时间如此紧迫，能不能凑齐五人？班长陈峻心里没底。可晚上等他到各宿舍登记参赛人数时，没想到大家报名相当踊跃，就连章明捷这种普通话都说不利落的人也要参加，搞得班长一头雾水："抢什么？急什么？先把中国话说利索了再上！这又不是选新郎官，你以为积极参赛，Miss Li就会多看你一眼？"

章明捷笑着反驳说："我就是因为英语太利落了，中文才口吃的。怎么地？不服啊！"班长笑了笑，懒得和这小子多说。

晚上九点多，陈峻统计完人数回到宿舍，数了数，有十二人报名，男生就占了九人。究竟定哪几个呢？陈峻不得不左右权衡：既要兼顾男女比例，又要兼顾口语表达能力及知识面。挑来挑去，还是在男生中选了马昊然、虞卫军，女生中选了林娜和程潇涵。林娜和程潇涵高考英语成绩就很好，而且听她们在英语课上的发言，口语也很棒。再加上两人都是大城市来的，想必英语知识面也不会差！马昊然和虞卫军，入学十来天，经常在宿舍拿着本英语课外书，不知道真学还是假学，但从课上的发言看，词汇量是相当惊人的。

“那也还差一个人啊！唉，想不到做决定这么难啊！”陈峻想：干脆，豁出去了。陈峻狠狠心，冒着假公济私的嫌疑硬是把自己的名字写了上去。

第二天晚上，参赛的几人结束后回到宿舍，李文革、张子轩等几个报了名又没被选上的急吼吼地追问结果。参赛的虞卫军、马昊然、陈峻等竟然异口同声地很平淡地说不怎么样，搞得李文革、张子轩立即责怪起几个参赛者来：“你看你看，要是我们去参赛，兴许现在能皆大欢喜。”

虞卫军他们脸上挂不住，不耐烦地反驳道：“我看你们是皇帝不急太监急！”

张子轩答道：“哎，我们可不是为了个人荣辱，而是为了咱们班集体荣誉啊。”

陈峻说：“要说为了班级荣誉，我比你们都在意，我还大小是个班头呢。行了哥们，等结果吧，现在谁也没底儿。”

之后的几天，大家渐渐淡忘了英语竞赛这事儿。有一天张子轩和王哲在宿舍不知怎么骄傲地聊起自己在长安街上给东北妇女捐款的事。话说北楼二楼东侧的几间宿舍依次是土木八五级和土木八六级，由于宿舍相邻且是同专业，因此土木八五级的师兄们经常过来串门儿。而在几次你来我往中，子轩发现当初迎新时迎接他的那位姓莫叫君华的八五级师哥竟然是系学生会副主席。

莫君华在斜对门听了哥俩的遭遇，哈哈大笑，特地来到他们宿舍说：“恭喜你们！被骗了！”

子轩不信，觉得那妇人不像骗子，多真诚啊。

莫君华说：“我们去年也被骗过！一样的角色，一样的情节。说好的一个月寄钱还我们，现在过去一年了也没见影儿！”

王哲说：“那人家兴许也给你汇钱了，只不过出岔子没收到吧？”

“好啊，那你俩就等着她寄钱来还你们吧，简直是现代版的农夫和蛇的故事啊。”

两人听了，心里很失望。王哲觉得刚刚踏入社会的第一脚就踩在了牛粪上，怎么那么倒霉呢?

莫君华又安慰他俩：“想开点吧，钱也不算多，长个教训吧!”莫君华对这两人的不谙世事深表理解，他觉得自己不也是在被骗中成熟的吗?

过了几天，大家盼星星、盼月亮般地又迎来了李大美女老师的英语课。刚上课，Miss Li 就用极平静的语气宣布了一个极不平静的消息：“咱们班在周二的全校新生英语竞赛中获得团体第一名!”

“哇!”大家都欢呼着鼓起掌来，可Miss Li 依旧是一副“事不关己，高高挂起”的冷漠表情。

竞赛结果公布后没几天，学校开始把新生英语课程分为提高班和普通班分别授课。理所当然的，参加竞赛的五人全部去了提高班。这无形中给了其他同学一些压力。而接下来的几节英语听力课让同学们的压力越来越大。因为课堂上听力磁带都放了半小时了，好些人仍然只听懂了几句诸如 hello, good morning 之类的日常用语。

李老师关掉录音机时，子轩也懊恼得不行：都是这可恨的应试教育！知道高考不考听力，高中几乎就没上过听力课。只是在高二时，有一天老师心血来潮，把子轩等几个英语尖子生叫到老师宿舍去听了一节课的英语磁带。再以后，课堂上听到的全是老师那带着大别山方言的英语。虽然高考也得了高分，可此刻，这种当聋子、哑巴的滋味真难受啊!

好在一边是美女老师教英语，让这门课充满了无尽的魅力；一边是班集体英语竞赛初战告捷，让大家增添了集体荣誉感。一时间，全班学习英语的热情空前高涨。

张子轩想：自己从初一开始学习英语以来，哪次考试在班上不是数一数二？想起高中英语曾经的辉煌，更是心有不甘，巴不得一口吃成个胖子，明天就可以和老外直接用英语谈论弗洛伊德和亚里士多德。于是，课余时间到电教室复制了好几盘《Step by Step》磁带。回到宿舍，再也不听刘宝瑞、侯宝林的相声了，而是夜以继日地听英语。可纵然把录音机折腾得摸上去滚烫滚烫，成效依然不大。虞卫军看了，心疼地说：“老七啊，要注意方法！你试试这样行不行：先开始把课文的中文翻译看看，大致有个了解。然后边放磁带边看英文课文，并模仿磁带里面的发音，跟读几遍，熟练到不听磁带就可以朗读课文。然后记单词表，把每个词的拼写记下来。记完单词表后，把书合上，放磁带，以句为单位放。放一句，拿笔在本子上把这句写出来（听写）。如果没听清楚，倒回去再放，直到听清为止。如果单词写不出来就空在那里，先把会写的写了。整篇文章听写完后，再翻开书。把写不出来的巩固一下。当可以完全听写出整篇文章后，就可以学习下一课了。注意啊，在这过程中可以不学音标。”

子轩不解：“为什么呀，听力怎么能不注意音标？”

卫军耐心地解释说：“就像咱们学中文一样，没有谁是生下来就先学拼音的，都是先学说话，学发音，所以音标可以入门一段时间后再学。同理，语法也可以先不学，老外分析主、谓、宾、定、状、补的水平比咱们中国高中生差了去了。没有中国人在说中文前要先去想一下什么主语、谓语、宾语该怎么搭配的吧，还不都是脱口而出的？”

子轩觉得很有道理，一边转换方式练习听力，一边还不忘关注那些道路边的标语口号用英语该如何说。有天突然看到学校贴着的标语“五讲四美三热爱”，觉得实在是不好翻译，就想请教昊然和卫军如何翻译。昊然坐在床边写作业，想显摆自己，随口就来：“ Five talks, four beauties and three lovers。”

“Fuck! 我看你比我强不到哪儿！和我翻译的差不多。那要是再来个英译汉呢？再翻译回去不就成了‘和四个美人谈了五次话，有三个情人’？”

“哈哈哈哈，还真是的！其实我还真不会，你可以去问问老师吗？”老四也搭话说。

张子轩一拍大腿，“对啊，自己这么拼命学，不就是为了多和美女老师套套近乎？”

等第三天在英语课课间休息时，张子轩逮住机会鼓足勇气向Miss Li请教“五讲四美三热爱”的译法。

Miss Li听到这个问题，竟然又露出了那迷死人不偿命的微笑，可能觉得如今怎么还有这么肯学习的学生，问出来这么个“刁钻”的问题？上课时干脆对大家说，“刚才张同学问的问题很好，我给大家集体解答一下。记住啊，可以这么翻译：the movement of ‘five stresses, four points of beauty and three loves’。”

子轩不禁崇拜又爱慕地盯着美女老师看直了眼。下课后，刘洪涛过来祝贺，祝贺他竟然博得美女老师一笑。

图书馆　王晓亭绘于 1996 年

第三章

精神食粮胜于物质食粮

快乐邮差

送信风波

女生宿舍内的议论

刚过完国庆节，北京的天气就仿佛一夜间转凉了，天空也比夏日更加蓝盈盈的深邃了。一阵紧似一阵的秋风将树叶纷纷扬扬地吹落在地上。树枝上零星的树叶有的暗绿，有的枯黄，看起来斑斑驳驳，使得马路两旁高大的行道树渐渐失去了遮挡骄阳的作用。秋日的阳光从枝丫缝隙中照下来，已经没有了往日的夺目和灼热。树上的秋蝉依然叫着，但早已不像盛夏时节那样声嘶力竭了，只在每天午后匆匆地出来，有气无力地哀鸣几声，好似偷懒的小和尚，只有在看见老方丈的时候才应付差事地诵几声经文。骑车的人们把地上的落叶压得啪啪作响，偶尔，清华东路上驶过一辆加长的355路公共汽车，就见车尾卷起层层树叶，那金黄的树叶于是追逐着汽车翻舞，演绎着他们生命的最后乐章。

刚入大学的新鲜劲儿慢慢消退，土木八六班上好多人开始变得落寞起来。他们都陷入了深深的困惑之中，不知道如何自学，不知道课外还有什么更有意义的活动。于是一到吃完晚饭，满宿舍的人都摊开各式各样的信纸，任钢笔在纸上沙沙划过，以每晚书写两三封信的速度来寻找心灵的慰藉。当然了，大家在度过难挨时光的同时，写作和硬笔书法水平在不知不觉中也日新月异。

张子轩也有一阵觉得自己是那么的孤独和颓唐，好像这秋天的落叶，不知要飘向何方。想想自己三个月前接到大学录取通知书时心中充满着何等激动和豪情！那时他觉得一片崭新的世界已在眼前铺开：在宽敞明亮的教室里认真地汲取专业知识，在寂静而又藏书丰富的图书馆里饱览中外群书，在绿茵场上锻炼健壮的身体。当然，还有一个暗暗潜藏在心里的梦想——在晚会上和心仪的姑娘翩翩起舞。可现在呢？教室和图书馆竟然是陈旧的平房，和“宽敞明亮”几个字压根儿不沾边，图书馆里的书籍少而又旧。绿茵场也丝毫没有绿色，满场都是灰黑的炉渣，让人毫无锻炼身体的欲望。

其实，有这种落寞和无聊的消极心态的何止他们几个，甚至还不止他们一个班，因为好多人就曾在教室的课桌上发现有人刻下了如下的词句：分不在高，及格就行。学不在深，作弊则灵。斯是教室，唯吾闲情，小说传得快，杂志翻得勤，琢磨下围棋，寻思看电影，可以打扑克、写家信。无书声之乱耳，无复习之劳心。虽非跳舞场，堪比游乐厅。心里云，混张文凭。

好几个晚上，张子轩躺在床上和睡上铺的明捷谈心：“老五啊，不知你最近是什么想法？我怎么觉得现实和想象反差忒大了！原来想在大学里寻求的那些闪光的东西，压根儿就没有。不瞒你说，我从初三起就离家求学，还从来没有像现在这样觉得无助！”

明捷劝道：“咱们也别老这么怨天尤人的了，要学会调整自己，适应学校。大学才刚刚开始呢，要是还这么继续下去，老以这样的心态，恐怕不能完成这神圣的学业了。到那时，怎么对得起在黄土地上劳作的父母啊？”

于文雍也跟大人似地劝子轩，实际是劝他自己：“咱们都已经十八岁了，应该学会克服困难，克服我们这代人的通病——似乎喜欢一切都是尽善尽美的。赶快走出来吧，咱们都必须走出来。你不是书看得多吗？记不记得罗曼·罗兰说过：我们生活来做什么，为的是来征服它！”

张子轩说：“我也想改变自己的这种心态，可怎么觉得无从下手啊！”

王哲插嘴说：“那你跟着我去自习，包管你不无聊。”

子轩似乎听进去了他们的劝解，开始慢慢地调整着心态，努力寻找着生活中的快乐。好在“精神病人思路广、白痴青年快乐多”！子轩很快找到了一件乐事儿。原来自打他当上了班级团支部宣传委员一职后，便开始掌管起农工大192号信箱的钥匙。每每看到由他之手递给同学们的信件所带给大家的喜悦时，张子轩由衷地对自己的工作充满了自豪和成就感。随着他爱岗敬业、乐此不疲地一次次往宿舍送信，这个瘦高个儿越来越成为全班的香饽饽，走到哪儿都有人嘘寒问暖，有的女生还拿出水果来招待他。他原来还觉得每月给大家发放饭菜票的生活委员是全班最受欢迎的干部，可现在却觉得自己的这个美差不亚于生活委员。看来，对于文化人来说，精神食粮的需求甚于物质食粮啊！

章明捷却发现子轩这小子越来越不地道了。前段时间老七觉得空虚寂寞、苦闷彷徨的时候，就天天和自己一起吃饭、上课、回宿舍，成天形影不离，但最近好几次吃完饭两人一起去信箱取了信后，子轩却总是撇下他，自己一个人屁颠屁颠儿往五四楼女生宿舍跑，把他那两条圆规似的瘦长腿嘚瑟的！几次质问他有私心吧，他却摆出了一通去五四楼的理由：什么女士优先，什么女生那总是有好吃的犒劳他呀……章明捷揶揄说：“纯粹是借口！谁不知道你小子的鬼心思——你是不是想抢占先机多考察几个女生？”

而在张子轩看来，在送信得到的犒劳上，男生们真的没有女生大方，他们总是嘻嘻哈哈蒙混过关。时间一长，男女生对其待遇的强烈反差让他养成了“吃拿卡要”的恶习。

这天晚饭过后，张子轩照例跑到食堂对面的收发室取信。打开信箱门一看，好家伙，满满当当的！因为信件堆得太高，竟然有两封信在开门的瞬间滑到了地上。张子轩像安全局特工一样把信一封封查了一遍，气得差点背过气去：二十几封信啊，愣是没有一封属于自己的！这情形滑稽得简直就像天天给别人主持婚礼，自己却一直找不着老婆一样。回宿舍的路上，他显得心不在焉，毫无兴致。

“陈峻，有你两封信啊，不请客不行！”张子轩先到219宿舍，捡收获多的下手开宰！班长这小子曾经创造过一天收到六封信的记录，张子轩总怀疑他是不是提前给人约好了邮寄的时间以换取全班的轰动。每次收到信后，陈峻还故意在他面前显摆一番写信人对他的深情，高声地念几句女生在信里写给他的诸如“你可不可以不走，可不可以让时光就此停留”的情诗。要不就是故意问他：“你说小兰她在信里给我写‘不如就在这里握别，请从我矜持的笑容里，领会我的无奈’是啥意思？是不是她自作多情？”……搞得他们宿舍的一帮男生个个心神不宁、羡慕不已。张子轩觉得对班长这样的收信大户，怎么宰他都不为过！

“昨天不是刚给你买了一包友谊吗，今天还要？”陈峻觉得自己不划算，收信越多，付出越多。

“那我昨天不是刚给了你两封吗，你今天还要？真是！就你信多，我都快成你的专职邮递员了。告诉你啊甭废话，一会儿送我瓜子！嘿嘿嘿。”张子轩嬉笑着回答。

他又转过头对钱浩宇毫无表情地说：“来，你的！”说着就递给他一封信。张子轩从钱浩宇收到的信封上的笔迹就能判断寄信人肯定不是女生，所以，他认为钱浩宇的信最没有敲诈价值。而从未被子轩敲诈过的钱浩宇，心里却有些失落，他多么希望真有哪个女生给他寄来一封信啊，哪怕因此被他敲诈一包烟也值。

张子轩转身去了221宿舍，见李文革、周烨、刘洪涛、潘皓正在那儿玩扑克——“五十K”。张子轩进了门，见大家也没有顾上接待他，这让他心里立即有种受冷落的感觉，大声抗议道：“你们行啊，玩儿起牌来都敢把我不放眼里，女生来的信都不要啊？徐大炮，说你嘞。”

徐大炮叫徐航，天津人，因脾气火爆，爱打抱不平，被221宿舍冠此美名。徐大炮今儿不知自己哪根神经受刺激，没有和他们一起凑热闹玩儿牌，而是在上铺盘腿看书，听到有信件，赶紧伸手来接，张子轩往回一缩，徐航差点从上铺掉下来。

“哎，等会儿！就这么拿走啊？这信上的字儿一看就是女生写的。我要没记错的话，上星期好像刚来了一封西安交大的吧？你小子从实招来，什么关系？”子轩开始诱导。

“嘿嘿，念建筑专业简直白瞎了你这人才了，怎么不去干东厂锦衣卫？”子轩的胡乱猜测让徐航很受用，在虚荣心得到极大满足的同时，徐航不禁对这小子有点佩服了。

“说对了，是吧？那就不是一根烟能解决问题的了，明晚一瓶燕京啊！”子轩明目张胆地敲诈道。

“算你狠！”徐航笑着从子轩手中抢过信件，还很嘚瑟地把信啵了一口，美滋滋地欣赏去了。

子轩在几个男生宿舍嬉笑打闹一圈下来，手中就剩下女生们的几封信了。他回到218宿舍，想想自己给别人送信忙活了半天，却唯独没有自己的，心里很是郁闷，不禁坐在书桌前，把那几封信拿出来翻来覆去地看。他发现五封信中竟然有三封是沈丹枫的，心想，这女孩好像也是一个收信专业户啊！张子轩不禁细看了一下，发现一封信是从黑龙江一个供销社寄出来的，字体苍劲有力，有点像是家信。另一封是从一所中学寄出的，还有一封是从东北财经学院寄出来的，字体实在不咋地，但看出来肯定是出自男生的手笔。嘿嘿，她够幸福的啊，不仅信件数量不少，而且还种类齐全。张子轩心想，沈丹枫平时总是一副面带微笑、活泼热情、惹人喜爱的模样，看来信件中定有对她“不怀好意”者。

章明捷正在写作业，看着子轩这小子拿着人家的信不撒手，觉得奇怪：“老七你有病啊，那信又不是你的，翻来覆去看什么哪，作业不写了？”

张子轩这才想起还有作业这码事儿，而且更要命的是讨厌的

"高数"作业还不少呢！算了，女生的信还是明天上课给她们吧。于是，他开始和章明捷一起，挑灯夜战，互相切磋起作业来。

第二天的课程出奇的多，高等数学、理论力学、画法几何全天7节课排得满满当当。好不容易熬过了一天，218宿舍的几人吃完晚饭回到宿舍，刚刚坐下，当当的敲门声就响了起来。未等开门，就见沈丹枫推门一阵风似地闯了进来，小脸通红。张子轩和王哲两人站起来正想热情迎接，却见沈丹枫怒气冲冲地对着子轩问道："张子轩，你什么意思啊，压着我们女生的信不给？"

张子轩立马拍了一下脑袋："哎呀，还真是放书包里忘记了。"

"少装，什么忘记了？你就是存心刁难人！赶快给我。"

张子轩赶紧从书包取出来递过去，一边忙不迭地解释，一边还想幽默一把："真是忙忘记了，耽误您享受了。"

"我才懒得听你解释呢，真是！看着挺老实的一人，哼！"说罢，气哼哼地转身就走了。

屋里的几人一开始觉得她是在开玩笑。等沈丹枫走了老半天，章明捷率先缓过神来："她是真生气了啊？"大家不禁都莫名其妙起来，这生的哪门子气啊？不就是多放了一天吗？也不是老七存心的啊。

张子轩一下子从幽默变成了沉默，越想越窝火，抓起桌上一本书就要朝门口扔过去，马昊然眼疾手快赶紧抓住："嗨，哥们儿！这是我的《高数》。"

张子轩只好放下来，又胡乱抓起另外一本要扔，那边的章明捷又一把抓住："哎哎，别介！这是我的《画法几何》，要砸砸你自己的。"

张子轩更加生气："你们怎么当哥的？就不能让老七我痛痛快快地发泄一次？"

回到五四楼的沈丹枫也在生气。最近听说母亲的身体很不好，自己天天寝食难安，等这封家书已经望眼欲穿了。这张子轩倒好，竟然给忘在书包里一天一夜！不给他点教训，他还以为女生好欺负呢。沈丹枫跟打了胜仗的将军似地把刚才的事儿说给宿舍的姐妹们听，本以为会获得大家的一致赞赏，没想到，几个姐妹都说她这么做有点过头了。刘诗晴头一个反对说："你是不是多心了，大家都是刚认识的新同学，人家也不一定是故意的。再说以前他给咱们宿舍送信一直挺勤快的啊。"

"是啊，我看你们班那个邮差瘦是瘦点儿，可仙风鹤骨挺可爱的，你怎么就狠得下心、动得了嘴呢？嘻嘻……"金慧燕打趣说。

沈丹枫所在的五四楼 417 宿舍只有她和刘诗晴是土木八六级的，而金慧燕和其她几个女生都是八五级的师姐。金慧燕这个朝鲜族姑娘个头只有不到一米六，但却能歌善舞，喜欢臭美，平时也总是穿戴得整整齐齐，还略施粉黛画着口红，这就让她和别的素面朝天的女生比起来很不一样。加上她开朗的眼神里总是荡漾着浪漫情怀，据说不少八五级男生对她或明或暗地发动过感情进攻。

"可爱？哎哟，你们听听，这才见了几次就觉得人可爱了！快说，是不是看上他了啊？这话你能不能等他下次来送信的时候当面说？"刘诗晴打趣道。

"还仙风鹤骨？瘦了吧唧像麻秆。鹤骨？我看像排骨。"沈丹枫仍不解气。

"也对，怎么咱们班男生都那么瘦，你看他们 218 宿舍那个姓虞的好像更瘦，他要是排骨，那虞卫军就像苦瓜。"刘诗晴添油加醋道。

"嘻嘻……，一个排骨，一个苦瓜，都是菜啊，正好荤素搭配。"沈丹枫说。

"小点声！小点声！咱们这么明目张胆议论人家男生不好吧？"金慧燕说。

"你以为他们男生能好到哪儿啊？都是些臭皮囊！"一直没有出声的陈岚突然蹦出一句莫名其妙的话，惹得大家转头看着她。

陈岚是被建工系八五级公认的才女。她本来坐在床边看琼瑶小说《星河》，被故事情节吸引得根本心无旁骛，只是看到书中男主人公——大学生卢云飞朝三暮四，占有了萧雅棠之后又爱上心霞，玩过了心霞之后，又将女主人公心虹据为己有，觉得简直岂有此理！虽然他长得英俊潇洒，但却是典型的不择手段玩弄女人的卑鄙小人！陈岚气得咬碎银牙，不由得说出了上面那句话。

大家七嘴八舌地议论着男生，话题从送信这件事儿上越扯越远。丹枫也似乎早消气了，甚至还觉得有点过意不去。她想：也许真是自己做得太过火了？不过事情已经做了，难道还要我一个女生去主动道歉不成？管他呢，明天看看情况再说。

第四章

一池春水起波澜

社团争夺战

班里的第一次舞会

用记者证取款

琼瑶小说研讨会

十月中旬，学校大食堂前公告栏里的广告越来越多，那里天天都是一片五颜六色的海洋。而广告栏边的水泥地上，每天都铺着一摊书籍杂志。在这地摊旁，是一个留着板寸头、穿着布鞋的小青年，他总是一手拿着一叠毛票，一边看着食堂前来来往往的学生，一边像卖弄口才似地操着京腔吆喝着叫卖："瞧一瞧看一看呐，爆炸后的切尔诺贝利核电站啊！瞧一瞧看一看哪，中国女排获得五连冠啦！"

那些留意广告栏的学生会发现，大部分的广告都是各个社团招收新成员的，有《群言》报社、有摄影社、有文工团、有书画社、有广播站、有学生科协……，扎堆赶集似的。围在广告栏前的大部分是新生，他们在经历了严酷而单调的高中生活后，一看到这片五颜六色的完全和数理化不沾边儿的广告，那种新奇、激动而又茫然的感觉，仿佛就是刚刚走出监狱大门的犯人乍一看到外面花花世界时的心情。这些人当中当然有土木八六的，比如221宿舍的李文革和刘洪涛，218宿舍的王哲、于文雍、张子轩等人，几个人站在这些花花绿绿的广告面前，仔细地看着各社团的简介，颇有点刘姥姥进大观园似的目不暇接的感觉，似乎所有的社团他们都想进去试一试。

晚上，各社团的大二大三的老社员们像是商量好了似的，纷纷主动找到宿舍，邀请大家加入自己的阵营。陈峻觉得有必要把全班召集到东二教室开个班会，一是大体了解一下大家的特长，以便因地制宜地给出建议，二是统筹兼顾地商量一下加入社团的事儿，最好不要出现扎堆儿进一家的情况，以便于今后组织活动好找关系。真是不统计不知道，一统计吓一跳！全班30人中有七八个要加入《群言》社，陈峻自己想加入文工团，许如萱、王哲因为喜欢朗诵想加入广播站，徐航和李文革想加入星星诗社，吴凯想加入摄影社，有的好像同时想加入好几个。没有找到合适社团的可能只有四五个人，比如钱浩宇和潘皓。

第二天，班长将人名分别报到各个社团后，基本都被相应的社团照单全收。一时间，入了社团的同学个个像找到了组织似的激动不已，没入社的觉得自己仿佛是社会的弃儿，低人一等。

钱浩宇就腆着脸问班长："还有别的什么可加入的吗？儿童团也成！"

"儿童团更不成！因为你明显过了年龄！"

"那你帮忙找一个吧！不加入一个，好像我思想很落后似的。"

陈峻替他分析了一下："我看你啊挺能说，可我们文工团暂时还没有话剧班。唱歌吧，你那五音不全的嗓子唱出来的歌也没人能听懂。要不你先跟我来个简单的绕口令儿？"

"行啊，你说。"

"红凤凰、粉凤凰、红粉凤凰、花凤凰。"

"这难道还有什么难的？红讧皇、混讧皇、红混讧皇、花讧皇。"

"得得，看来说话唱歌一类的活儿跟你不沾边儿！你先花一个学期把舌头捋直了再说。乐器呢？你会什么乐器吗？"

"会啊！"

"会什么啊？"

"吹口哨!"

"好了，好了，甭跟我在这儿浪费时间。"

"你这人！怎么就不能在人家的热情上加把火，非得浇盆水呢?"

"我说哥们，真不是我泼冷水。你在班上搞搞后勤工作得了，既然有远大的理想和冲天的干劲，在哪儿不是干革命？嘿嘿。"

钱浩宇心里知道这小子没有存心帮他想办法，也懒得多说，转身去了221宿舍。推门一看，徐航又躺在床上看琼瑶小说，心里不禁觉得这人真是一个矛盾体，在性格上点火就着，可这人却偏偏酷爱文学和诗歌。

钱浩宇揶揄道："呵呵，用功呢？在研究怎么谈恋爱啊?"

徐航和钱浩宇打了个哈哈，就没太理会。钱浩宇走到窗旁，见潘皓也在上火没有找到合适的社团。两人在那儿眼瞅着别人的业余生活轰轰烈烈的，哪能不找点事儿干？商量来商量去，最后决定报一个吉他班，学会了，也算是会一种乐器了。钱浩宇信心百倍地对潘皓说："哼，别看他们现在神气！等我们弹唱水平超过了 jimi 和刘义君，不愁文工团不三顾茅庐请咱们。"

实际上，公告栏的所有广告中，舞会的广告是最多的，也是最抢眼的。对于大一的新生来说，高中是绝不可能见到这种明目张胆的舞会广告的。陈峻记得上高二时，学校大门口总会站着一个德育老师，手拿一把剪刀，把住校门。那真是一夫当关，万夫莫开！看见长头发大裤脚的，二话不说，上去就是一剪刀。业务熟练得那叫一个准、一个狠啊。男女生敢搂着跳舞？这就是典型的聚众耍流氓，派出所立马拘你！现在倒好，这种男女亲近的舞蹈广告在大学校园里竟然如此堂而皇之，好多大一新生的心不禁被撩拨得一池春水起了波澜。

这天刚好是周六，陈峻、刘洪涛等见广告栏上又铺天盖地地贴着舞会广告，有建工系的，有电系的，也有研究生院的！那广告上的"舞"字也是千姿百态：有楷书的，好似慢四的四平八稳；草书的，好似霹雳舞的人形。

刘洪涛心痒难耐干着急，议论说："咱班基本都不会跳啊!"

"这样可不行。现在跳舞是我们大学生的必修课啊，能增进同学友谊，促进身心健康发展。"陈峻对刘洪涛说得很严肃，"我看我们要积极行动起来，走到其他班的前面。"

"对对对，它还能促进男女同学产生纯洁的爱情呢！班长，你简直是急同学之所急，想同学之所想。那咱们马上带头行动起来，谁叫咱们是文艺骨干呢!"刘洪涛嬉皮笑脸接上话茬。

"不许想歪了啊！咱们先动员一下，看看大家什么态度。如果想学的人多的话，咱们在下周就办一场舞会培训班。"陈峻安排道。

于是，班委会几个人忙着去各宿舍做思想动员工作，尤其是要去女生宿舍征得她们的认可，因为如果没有她们参加，二十个大老爷们相互跳个什么劲儿啊！当然，男生不需要太积极，最好有一半的人不会跳才好，那样的话，男女生比例才刚好匹配。没想到，等班委给同学们透露了这个想法后，大家齐声埋怨陈峻他们几个班干部说："这么大的正经事儿，你们怎么不早举办?"

同学们的反应搞得陈峻颇有点狼狈，暗想，"看来我大大低估了同学们的思想觉悟!"

于是，陈峻自任总指挥，开始跑前跑后地张罗办舞会。当然，要办舞会，最重要的无非是借音响和请老师。系里分管学生工作的团总支书记许老师很支持这项"功在大学，利在社会"的活动，慷慨地把系里那台价值 3 000 多元钱的 SHARP 双卡录音机借给了陈峻，而且还准备了充足的舞曲磁带。音响这个大问题解决后，陈峻轻松了许多，因为请老师的任务已经交给了八五级的老乡全权办理。剩下的工作只差布置现场了。这不是问题，这方面的人才有的是!

周六下午三点多钟的时候，陈峻领着沈丹枫、刘诗晴及许如萱几个女生早早到了教室开始布置。张子轩被"舞委会"安排负责美工，当他看见布置教室的女生中有沈丹枫时，心里不禁很别扭，想早点完成任务后走人。于是，三下两下，在黑板上用红、黄、绿的粉笔画了一对跳舞的剪影。剪影以五线谱为背景，看起来很有艺术氛围。

几个女生此时正往日光灯上装饰彩纸，沈丹枫不经意地看到黑板上的背景，暗暗瞟了张子轩一眼，心想，看不出这个瘦高个儿的男生平时少言寡语，却处处显露着才气。记得当初系总支举行全系大一各班自办杂志比赛，班里就当仁不让地由他这个支部宣传委员当了主编。几天的时间里，他就一手弄出一份叫《春蕾》的手抄杂志。凭借飘逸的书法、清新的短文以及传神的插画，一举夺了个第一名。而自己，前些天居然因为一封信，那么任性地臭骂了他一顿，搞得两人现在见面互不说话，以至于最近连自己的信都是由刘诗晴捎回宿舍的。想到这里，沈丹枫越来越为自己的小姐脾气而后悔。

“沈丹枫，发什么愣呢?”许如萱提醒道。

“哦，我还琢磨怎么剪朵花儿呢。”沈丹枫说。

“我觉得这样已经很不错了，再布置下去，看起来就要像洞房了。”

“哟哟，谁的洞房？干脆，我们给你布置洞房好了!”沈丹枫又开起玩笑来。

“讨厌的丹枫，你说谁呢？看我不掐你!”三个女人一台戏，这话真不错，几个女生说着说着就打闹开了。

她们把灯具和顶棚打扮一番后，就该拖桌子、板凳倒出中间的空地儿来了。这样的体力活儿，当然由李文革、刘洪涛身先士卒领着一帮男生去干。别说，班委、团支部的干部们，这会儿体现的风格和普通群众就是不一样。当然了，群众的眼睛还是雪亮的，他们都明白：那些干活最积极的，也是最迫切想学跳舞的。

舞会在晚七点正式开始，陈峻这个总指挥没忘了来上一段开场白：“兄弟姐妹们，”底下响起一片嘿嘿的笑声，“来了快两月了，我们还是舞盲，这对于我们当代大学生德智体美全面发展相当不利。为此，我们今天请了几个师哥师姐来教大家，希望大家好好领悟，争取速成。”

一阵热烈的掌声，请出了水机八四的蒋志豪和土木八五的莫君华。蒋志豪、莫君华分别是张子轩和陈峻的老乡，所以才把他们请过来。两人刚往中间一站，几个女生差点笑出声。蒋志豪高挑白皙，清瘦脸颊，带一副金丝边眼镜儿。身着西服领带，温文尔雅，一副标准知识分子的打扮。莫君华呢，不到 1.60 米的身材，胖墩墩的，上穿一件圆领衫，脚上的皮鞋突出裤脚一大截，鞋码好像与其身材极不相符，就像卓别林的那双招牌鞋，相当搞笑！

“这哪儿是跳舞啊，两人搭配讲相声多好！”不知是谁在下边小声笑道。

蒋志豪先讲了一下舞姿和跳舞的要领，然后想请出一名女生和他一起做示范。他先请站在前面的孔海琳，海琳竟然吓得连连摆手，大声叫道：“不行不行！”退到了人群后边。

“这有什么怕的，又不难。”蒋志豪接着又找到了夏荷。尽管夏荷脸红了，但她还是慢慢地走到了舞场中间。毕竟她是搞体育的，比普通女生还是大方一些。莫君华自带的舞伴，正好是沈丹枫她们宿舍的金慧燕。于是两对舞伴开始教大家跳起慢四的基本步。

男生中只有陈峻、刘洪涛、张子轩有些基础，可女生呢，谁熟悉她们啊？张子轩眼睛往前面扫了一下，正好有三个女生站在靠前的位置，是沈丹枫、刘诗晴和许如萱。张子轩分析，这三个女生布置舞会会场如此积极，此刻又能勇敢地站在前排，说明她们要么有点舞蹈基础，要不就是有“求知”的欲望！想想前段时间因为送信的事，自己和沈丹枫仍然心存芥蒂，于是对陈峻说：“我去请刘诗晴，你们俩去请那两位吧。”子轩说着对沈丹枫那边努努嘴，刘洪涛和陈峻顺理成章邀请了她们两位，走上舞场跟着学起来。

其他的同学开始的时候都怯生生地在教室周边站着，后来大家逐渐放开了一些，但也只是男生找男生，女生找女生扭扭捏捏地学步。郑伟诚和孔海琳似乎分别是男女生最顽固的代表，生怕人们发现似地坐在最后，但眼睛里射出的兴奋光芒却感染着大家。

在舞场中央学跳的那三对儿，本来就有些基础，再加上两个老师的点拨，长进不少。看起来，慢三慢四基本步绕通场已不成问题。如果加上以前就会乱蹦的霹雳舞、迪斯科，基本算是已经入门儿了。

跳舞这种运动和骑自行车一样，沾上之后就上瘾。张子轩、刘洪涛就是这样。刚开始学的时候，他们晚上说梦话都是“左右左，快慢慢”的舞步口诀，几乎每到周末就像小偷踩点一样到处踅摸哪儿有舞会，而且去了绝对不闲着，逮着女生就邀请。毕竟是刚学会啊，踩脚的事儿经常发生。有几个女生因为被他们踩得实在太疼，顾不得礼貌半途退场。看着一个个受伤的女生，子轩有点不忍心了，与洪涛商量说：“要不以后带上咱们班女生吧，老踩陌生人的脚不得劲啊。”

“你的意思是踩熟人的脚就得劲儿了？”刘洪涛恬不知耻地鼓励子轩道：“但凡干事业的人，就要有这种不要脸的精神！”

张子轩想想也是，干嘛要把这种痛苦让熟人去承担呢？于是，在这种大无畏的精神指引下，两人的“舞功”有了突飞猛进的提高，又过了一个多月，在八六级新生当中已经算是“舞”林高手了。

当然，要说他们把业余时间全部用在了跳舞上也有些冤枉，因为他们也参加了不少的社团活动。比如语文组和《群言》报社就要在周五晚上举行一次文学沙龙活动——琼瑶小说讨论会，而且参加讨论会的人员不限于《群言》报社成员，有兴趣的同学都可以去。

王哲和张子轩叫刘洪涛同去，刘洪涛却一口拒绝了。

张子轩问：“为啥啊，这是报社的第一次活动你都不参加？”

刘洪涛说：“这叫啥报社啊？发的那个记者证不值一分钱。”

张子轩听他话里有话，便问：“难道你试过了？”

“可不，丢脸丢大了。”刘洪涛不太乐意地说起前几天的一件事儿。

前些天，《群言》报给新加入的成员发了本烫金的记者证。刘洪涛满心欢喜，回宿舍把记者证在各位舍友间显摆了一番，牛逼得好像真的当了记者。第三天就是周六，碰巧家里寄来了一张汇款单。刘洪涛于是兴冲冲骑车去成府路东口的邮局取钱。

营业员让刘洪涛出示证件，刘洪涛骄傲地把记者证递了过去！营业员翻来覆去地看了看证件，白了刘洪涛一眼，“这什么记者证啊？不是正规报社的不算数！拿学生证来吧。”

“不会吧！这可是堂堂一大学团委发的！”

“下面一位！”那位女营业员懒得和他啰嗦。刘洪涛一看没辙，只好无精打采地回学校取学生证。

刘洪涛讲完，王哲笑着说：“呵呵呵呵！你可真是拿着鸡毛当令箭啊。再说了，这么点小事，就弄得你老弟想退团吗？要退，咱也要先看看报社的日常业务都是什么，然后再退也不迟啊。”

王哲和张子轩两人好说歹说，才拽着刘洪涛同去。等到了东二教室一看，发现教室里已经坐满了人，粗略数数估计有四五十人，而且好多还是在一个大教室上合班课的八六级新生。等找个位置坐下后又满教室仔细的搜寻，发现同班女生许如萱、刘诗晴、沈丹枫和白晓曼也在。

讨论会开了不到半小时，发言的基本都是八五级学生，而且都是三言两语，文采平平，没有什么吸引人的地方。

正在大家觉得乏味的时候，八五级的才女陈岚接过话头，对小说进行了一大通的剖析：“我呢，看了十几本琼瑶的小说，真的挺有感想的。首先，我觉得她的小说充满了古典诗意含蓄朦胧的意境美，在她的小说中总有夕阳、寒烟、彩云、浪花。如果大家细心点，光从书名上看就充满了意境，大家听听——《寒烟翠》《碧云天》《彩云飞》《几度夕阳红》《月满西楼》《却上心头》……，光看着书名，我就陶醉其间。再看看细节，那些柔情蜜意的甜美诗句俯拾皆是，让人无法释怀。我给大家随便列举几首：

我有一帘幽梦，不知与谁能共？
多少秘密在其中，欲诉无人能懂！
谁能解我情衷？谁将柔情深种？
若能相知又相逢，共此一帘幽梦！

再比如那段让人心醉的《月朦胧》：

月朦胧，鸟朦胧，点点萤火照夜空。
山朦胧，树朦胧，唧唧秋虫正呢哝。
花朦胧，叶朦胧，晚风轻轻叩帘栊。
灯朦胧，人朦胧，今宵但愿同入梦！

每次当我默默重复着：‘灯朦胧，人朦胧，今宵但愿同入梦！’的时候，总感觉愁肠百转，而不知身之所在。”

才女的一番精彩剖析赢得了大家热烈的掌声，也给讨论会带来了一个小小的高潮。许是气氛感染，情之所至，坐在陈岚身边的刘诗晴甚至抢过话筒说：“说得太对了！我真的有同感，就拿《雁儿在林梢》中的那首小诗来说，‘我想用柔情万丈，为你筑爱的宫墙，却怕这小小窝巢，成不了你的天堂！我愿在你的身旁，为你遮雨露风霜，又怕你飘然远去，让孤独笑我痴狂。’不怕大家笑话，我自己曾经不止一次独坐窗前，细细回味过这首柔情万丈的诗句，经常泪如雨下，试问，有哪个女生不向往这样一个爱的窝巢？”

刘诗晴心声的大胆表白，又赢得了阵阵掌声。但没等掌声停下来，沈丹枫就接过话头说：“我倒是有另外一个体会，觉得她的小说里连主人公的人名都是那么典雅优美。比如《窗外》的江雁容，《星河》的萧雅棠，《昨夜之灯》的裴雪珂，《聚散两依依》的钟可慧，《心有千千结》的江雨薇,《在水一方》的朱诗尧……大家如果仔细地回味一下，听着名字就能猜着她们的娇柔美丽，就能给读者带来无限美好的遐想，所以我总觉得琼瑶是用人名在歌颂人性中的美好。”

子轩的确有点吃惊，因为上次的送信事件，让他觉得这个女生极其泼辣任性甚至是自私，对别人也没有体谅之心，简直是一个毫无柔情的男人婆！而今晚听她的发言却又觉得她是一个如此柔情万种而又崇尚美好的女生，他纠结着究竟哪一个她是真实的呢？

王哲也在那儿感叹：“咱们宿舍好几个人也看了不下十部琼瑶的小说，虽然还做了很多读书笔记，而且在宿舍也偶尔议论一番，但却只是简单地聊聊故事情节和人物性格，远远没有她们如此系统的提炼。”刘洪涛低声附和道：“还是丫头片子们心细啊。”

会场上男生还是比女生更理性。虽然有不少人同意女生们的观点，但男生们总觉得要是不拿出点深奥的理论，似乎就会让这些“半边天”占据研讨会的整片天。于是，讨论会渐渐变成了男女辩论会，针锋相对、火药味奇浓。以校园诗人“繁星”为代表的男生给这些陶醉在琼瑶温柔乡的女生们劈头一盆冷水：“我不否认，琼瑶以一枝生花妙笔将一段段情感演绎得如此扑朔迷离、幽怨缠绵，她的很多小说在人物刻画、心理描写、意境想象上吸引了不少如你我般的少男少女，她梦幻般的爱情给了青年男女以精神寄托，但是，小说写得太幻想化了，脱离了现实，是一种不可实现的梦幻，现实生活中不存在着这么美好的爱情。因此看得多了，就觉得无聊甚至肉麻。”

会议开了两个多小时，对琼瑶小说提出来了好多感受和看法，但也没有谁能提出什么压倒性的结论。这时，《群言》报的文学指导老师田野掐灭了烟头，咳嗽了几声，清清嗓子说道：“同学们，我也说几句啊。今天的讨论会没想到开得这么热烈，这么尖锐，谁说我们工科院校的文学素养不高？我看完全是屁话！”

“哄”的一声大笑，女生们一阵骚动。

“对不起，太激动啊。我觉得我们有些同学的文学鉴赏水平不比中文系的低。”顿了顿，田老师又说道：“我基本同意大家伙的意见，我们分析讨论琼瑶的作品，一定要从历史和现实两方面来分析。不可否认，她并不单纯地为文造情，其小说中绵绵不绝的情感源于自身丰富而痛苦的经历，源于她充沛洋溢的情感结构。正因为如此，她的小说迷惑了一些纯情的小女生，有的年轻人在她的小说里，似乎寻到了爱，寻到了情，一种滚滚红尘中早已消逝的挚情挚爱。但是，大家难道不觉得，她有一定的模式吗？无非就是新时代的才子佳人嘛，起码在思维定式上没有太大发展。在艺术构思上虽然新颖，但有些情节显然是为故事的矛盾硬塞进去的，因此对于琼瑶的小说水平是否真如大家所评论的那么高，还要经过历史的检验。”

“田泰斗”定了调，直到结束也没有人再提反对意见。在回宿舍的小路上，大家仍然余兴未了地谈论着刚才的话题。一帮女生叽叽喳喳，反对田老师的言论明显占上风，有个女生甚至说：“这些天我们看小说看得天天洗手绢，现在竟然被老师批得一钱不值，难道我们的眼泪白流了？”

张子轩听见后，和刘洪涛他们呵呵笑着低声说：“不会白流的，下次我去替你擦眼泪。”

第五章

不是冤家不聚头

《群言》也是油印的
男女生互帮互助
可笑的“社经”考试
女生送来了生日贺卡

转眼已是深秋，天气突然变冷了。喜欢睡懒觉的张子轩这两天晚上总是梦见自己睡在冰面上，更要命的是脚还伸进雪堆里。早上醒来时，才发现未关严实的窗户缝里吹进来阵阵凉风，而自己蜷缩在被子里，不禁叹口气道：好好的懒觉被这床薄被子给搅和了！看来要缝厚棉被了。他把这想法一说出来，才发现其他几个哥儿们都有同感。

虞卫军、于文雍之类的城里孩子根本没干过缝衣缝被的活，于文雍发愁地说："要不咱去找两个女生来帮忙呗。"

虞卫军说："好啊好啊！"可他又总觉得不好开口，只好死皮赖脸叫张子轩去请。

子轩老大不愿意："凭什么？一碰到这种求人的事儿就找我啊？我和女生又没有什么特殊的关系。"

"怎么没关系？你给他们送过信啊！女生宿舍还有谁比你更熟悉？我们和她们可真没什么交情，呵呵。"

“那我得欠她们多大一个人情啊？不去，反正我的被子自己会缝。”子轩带着一副煮熟的鸭子嘴还硬的样子回答道。

虞卫军、于文雍两人嬉皮笑脸地缠了上来：“哥几个求你还不行，你这个老七怎么就不听当哥的话呢。”

张子轩经不住兄弟们的死磨硬泡，没办法，只好去五四楼传达兄弟们的想法。没想到221宿舍的刘洪涛他们早就捷足先登了，而且也是这事儿。女生们答应得倒也痛快：明天正好星期天，那就一起呗。

第二天八点多钟，阳光灿烂。大家把宿舍里的两个书桌收拾干净，把各自的棉被和被套放在床上。张子轩正打算先把自己的被子缝完，然后给他们倒地方，不曾想《群言》报派人过来找他，想让他和刘洪涛参与这一期的刻字、印刷。这是报社找他们干的第一次正式的业务活，两人不禁觉得组织考验自己的时刻到了。

两人匆匆赶到共青楼103室报社办公的房间时，只见机械系八三级的李威正在那儿捣鼓油印机。见他们去了，李威用油乎乎的手指指桌子说：“你们先帮忙把两篇稿子刻到蜡纸上，然后，我们一起油印。要抓紧啊，这期要300份。”

李威简要地给两人介绍了一下刻印的方法，两人对着编辑们排好版的排版纸，开始刻写蜡纸，好在两人高中帮老师印刷复习资料时这活儿没少干，也算是老业务员了。但此时，这活儿给他们带来的却是另外一种类似于五四运动时期青年学生印刷“要民主要科学”宣传单时的豪情。两人一个推辊子，一个揭油印报纸，愉快地干着单调而重复的事儿，忙到快中午时才将300份报纸油印完成。

张子轩从共青楼急匆匆赶回北楼，刚上二楼，就听见走廊里传出女生们叽叽喳喳的声音，惹得楼梯口八五级的几个哥们也在那儿嘀嘀咕咕道：“你们看看人家八六级的男女生关系多铁。”

回到宿舍一看，好家伙！自己班所属的三个宿舍都好像生怕其他班看不见一样，骄傲地敞开着门，向来往的人们展示着屋内一派热闹非凡的景象。女生们倾巢出动过来帮忙整理内务，连平常一到

学一食堂　王晓亭绘于 2016 年

礼拜天就回家的北京女生程潇涵也在。在水房帮着洗衣的，搓衣板哐哐直响；在宿舍帮着缝被的，那真是飞针走线。最感人的是男生们也没闲着，竟然在一旁端茶倒水伺候着女生。看那“你帮着我，我帮着你”的热闹场面，大有电影里“欢送亲人解放军重返前线”的意思。

沈丹枫也在缝被，而且缝的还是张子轩的被子！丹枫缝被子的动作可谈不上什么飞针走线，那动作，顶多比男生的生涩略强。也难怪，班上的这些女生，有七八个来自城市，想她们打小在父母的呵护中长大，哪有机会干缝被这种技术活！

自打那次沈丹枫因送信的事儿和他翻脸之后，张子轩似乎再也不想和沈丹枫有任何直接接触。此刻，他猜想沈丹枫可能还不知道是在给“仇人”缝被子，于是赶紧过去说：“别别！可不敢当！”边说边去抢丹枫手里的针线。

丹枫偏不让，竟然还面带笑容地说：“客气啥啊，他们几人的已经缝完了，就剩下你最后。人家刘诗晴都给你缝了一半了，我才接手呢，我们闲着也是闲着。”

张子轩本来还别着劲儿呢，听她这么一说，也不好再拉拉扯扯的了，干脆站到一边，看她们能咋地。但心里不禁纳闷儿了：“难道她这是良心发现负荆请罪来了吗?”

刘诗晴正坐在王哲床边嗑瓜子儿，看了刚才的一幕，对着张子轩意味深长地笑着说：“张子轩瞧你多有福啊！我们几个女生都抢着给你缝呢!”

张子轩听了，光嘿嘿傻笑，也不知如何答话，但心里确实涌起一阵暖流。他仔细回想，其实以前自己每次给她们宿舍送信，不论有没有沈丹枫的信，她总是热情的招待他，有好几次还拿出水果来，甚至是削好了递给他。子轩每次接过水果时，总觉得除了水果的香味，还另有一种从女人身上传来的异样的气息，让他心旌荡漾！无论沈丹枫这样做是出于礼貌客气还是别的什么原因，但对张子轩来说，她是除了亲人外第一个对他如此友好而亲近的女性。她的这种热情让张子轩的心里经常泛起阵阵激动，有时甚至是莫名的慌张。但这种激动和慌张却在上次送信拖延后沈丹枫所表现出的让人意外的愤怒中荡然无存了。从此，他变得格外坦然，权当不认识她。可现在，想不到她一个女生，能够放下身段，以给他缝被子这种方式来主动表示和解，自己是男生，难道连女生的气度都不如吗？

“呵呵，你们的大恩大德我记住了，以后一定及时给你们多送信、送好信。”张子轩向他们表态。

“现在没人给我们写了，你怎么送啊？”丹枫却不知怎么地马上大方地和子轩开玩笑说。

“那我给你们写！多大事儿啊！”张子轩看沈丹枫主动和解，自己也借坡下驴、不假思索地接上话头。可刚说完，他又突然觉得有些不妥。

果然，章明捷抓住这个话把儿开始起哄：“呵呵，这就要开始写信啦？”

“写给谁呢，她们两人可都帮你缝被了。”于文雍也帮腔道。

“去去，你们胡说什么啊？人家就是顺嘴一说罢了。”丹枫竟有些不好意思地脸红起来。

女生们这一天过得实在充实，男生们这一天过得实在幸福。没想到这一场大型公益劳动竟然把前段时间不冷不热的男女同学关系搞得分外融洽。为感谢女生的辛勤劳动，章明捷、周烨、王哲等决定晚上请全体女生看电影。

学校的礼堂几乎每周六、日晚上会定时放映。大多数时间是放录像，比如《加里森敢死队》《邦德 007》之类，吸引了一批热血男生。有时也会放映新上映的电影如《英雄本色》。所以师生们也习惯地把礼堂叫做电影院。话说这哥仨到了电影院售票口，也不管是什么片名，都争着抢着充当英雄好汉掏钱买票。

章明捷竟然说：“我那床被子厚，害得他们手都抽筋了，我来买吧。”

“章明捷，我看你不是被子厚而是脸皮厚！”王哲怒斥说。

“呵呵。”章明捷也不狡辩，只是傻笑。

“争什么啊，我们仨，九个女生，正好一人负责仨，男生们叫他们自己负责。”周烨说道。

于是王哲和周烨每人拿着2块钱交给章明捷一起去买票，而张子轩和钱浩宇几个人则买了几袋胡大瓜子。

一行十几个人浩浩荡荡走进电影院过检票口时，负责电影院管理的李老师阴险地盯着几包胡大瓜子看了看，一言不发让他们进去了。

开映后才知道是史蜀君导演的一部叫《失踪的女中学生》的片子，讲的是某大城市的几个女生和同班的男生，有些青春期的懵懂，开始早恋，这引起了家长们的警觉，纷纷训斥自己的孩子。这样的情节太不惊险刺激了，于是大家干脆以聊天为主，断断续续瞟上几眼银幕。

“这样的破电影还5毛一张票！这跟前几周放映的《虎口脱险》《神探亨特》差远了。”男生们嘟囔道。

“你们不看别人还想看呢。”后排的几个外系学生竟然向他们提出抗议。几个人往后看了看，似乎最后边还空着好几排，觉得在那儿说话也不妨碍别人，于是大家干脆换到后边的座位继续嘻嘻哈哈嗑瓜子聊天。

几个人正聊得兴起时，一道手电光照过来。

“干什么呢？不知道电影院不让嗑瓜子吗？你们几个看完电影留下来！”说完，这人竟然坐在走廊边盯上他们了。

电影散场后，大家才看清这人是检票的李老师。李老师说：“你们违反了规定，本来是要罚款的，看你们像是新生，罚你们打扫卫生吧。”

“好嘛！这事儿整的，今天成了劳动节了。白天累了半天，晚上还得接着干。”章明捷抱怨地说。

“沈丹枫，你们几个回去吧，我们几个男生打扫。总不能请人家看电影，还请人家扫地吧。”周烨很有君子派头地对几个女生说。一个月来，他已经不止一次的在此类场合中表现出谦谦君子风度了。

“这……不好吧？”沈丹枫犹豫地说。

“没事儿，10分钟就完事儿了，你们回去吧。”

“那，辛苦你们了！”几个女生手拉手往外走。

走了没几步，女生们又回来了，沈丹枫说：“我看还是留下来一起干吧，人多力量大，我们回去也没事儿。”

十几个人老老实实干了半个多小时，让地上的灰呛得直咳嗽。终于收拾得差不多了，李老师检查完，还不忘啰唆：“以后注意啊。”

同学们快步跑出灰尘扑扑的电影院，看看表都快十点了，想起这一天从高兴到郁闷的大起大落，张子轩深深呼吸一口清新的空气后真想仰天长啸，但却克制着没发出声音来，丢不起这人哪！

看着几个灰头土脸的男生，沈丹枫突然想笑，走的时候，对着张子轩说了句莫名其妙的话：“这一天够有意义的了，你就知足常乐吧。”

张子轩不假思索地回答说：“是啊是啊，还没被罚去打扫主楼呢。只是挺对不起你们的，改天再请你们啊。”

张子轩和沈丹枫冰释前嫌，这让他心里很高兴，他甚至觉得因为这次冲突后的和解，两人的关系似乎变得微妙了起来。在静下来的时候，他开始为她在自己面前的一个表情、一句话语去费尽心思地揣测它们的深刻含义。比如，他这几天就总是不自觉地去想沈丹枫那天晚上在电影院门口分手时所说的那句莫名其妙的话，什么叫“这一天够有意义的了”？难道她是说打扫卫生很有意义？还是她也认为和他重归于好是一件很有意义的事儿？这说明他在她的心里并非是可有可无的一个男生。那她为什么又叫我知足常乐呢？难道她是说她放下身段主动认错够不容易的了？

张子轩翻来覆去地想破头也想不出个结果，甚至都想找机会当面问问她，可惜一直没能得逞。这样一晃就到了期末，这可是读大学以后的第一个期末考试啊！子轩只好暂且将这些烦心事放下，全身心地投入紧张的复习备考中。

一天吃完晚饭后，大家回到宿舍。老大郑伟诚放下书包就去桌底下晃荡宿舍里的几个暖水壶，发现已经空了三个，于是拎着空水壶去打开水，而这也几乎成了他每天回到宿舍后的习惯性动作。老五章明捷照例去摆弄他那盆放在窗台的文竹和挂在床前的吊兰，看着文竹那纤细如松针般的碧绿和吊兰那修长飘逸的叶子，他似乎比收到女同学的回信还要兴奋，竟然用他的专用"滇普"摇头晃脑憋出几句文绉绉的诗句："食可无肉，居毋缺竹；偎兰带秀，倚竹脱俗。"

老二马昊然正往他的茶缸里续水，听到老五在那儿兀自穷酸，与他抬杠："你就吹吧！我是宁可缺竹，不可无肉！"

老七子轩在上铺打开收音机选台，咯吱咯吱半天也没有搜到一个他喜欢的频道；于是嘟嘟囔囔抱怨着。突然就听他神经质地惊呼一声："哎呀，糟糕！"

"怎么啦，老七？电着了？"章明捷吓了一跳，急着问。

"忘了'社经'了！"

"啥？"扑哧一声，马昊然刚喝到嘴里的一口茶水全喷了出来，笑道："老七，你果然流氓！这么淫荡的话你也敢大声嚷嚷！"

"想哪儿去了，怎么这么龌龊！我是问社会主义政治经济学什么时候考试？好像就这几天吧？"

"知道你说的是这门课，可哪有你这么省略的，省出大事了。"马昊然说道，"放心吧，下周才考呢！"

"别傻逼了哥们，听说后天就考。"章明捷实在不忍误了两人的前程，把这个消息更正了。

王哲刚进门，忙问大家什么考试，当听清是"社经"时，王哲挺吃惊地说："不会吧，你们哥仨，昨天的'社经'缺考了？"

三人一听，差点犯心脏病！章明捷扑通从凳子上出溜到桌子底："昨天上午没课啊，我们三人确实都没去教室，不会就在上午考了吧？苍天啊，大地啊，这要是第一学期就补考，脸往哪儿搁啊？"

眼瞅着几个人脸都变成了猪肝色，被闷笑憋红了脸的王哲终于说了实话："别吓着了，明天才考呢，我看你们几个一天到晚神聊瞎侃，再不抓紧真考不过了。"

噼里啪啦几声响，三本书分别从不同方向不约而同地砸向了王哲。

"好啊，连老三这样的老实人也学会骗人了，哥们，整他！"章明捷发出倡议，王哲立即抱头鼠窜。

闹归闹，一想到时间剩下不到一天，几个人只得把上高中时练就的"头悬梁锥刺股"，外加"凿壁偷光"的那点绝招使出来，至于考试结果只能听天由命了。

"干脆，咱们今天也跟着老三去上一回晚自习吧。"章明捷提议。

"在宿舍不一样学吗？"子轩说。

"还真不一样，在宿舍就你事儿多，一会儿喝水，一会儿上厕所，一会儿还吃点零食，一会儿还听听录音，学习个屁！"马昊然愤慨地控诉。

"那也不去，我发过誓大一绝对不去教室上晚自习的。"子轩狡辩说。

"为什么？"

"要把高中天天上晚自习的损失玩儿回来。再说，都这时候了，咱们现在上哪儿找座去啊？"顿了顿，子轩又对章明捷神秘地说："哥们，你就放心吧，明天的考试根本不用怕，我找到个特稳妥的靠山了！"

"谁？"章明捷扑闪着那双疑惑的眼睛一脸期待地等着子轩的答案。

"观音菩萨！"

"滚！"

几个人在宿舍安静地学习了不到五分钟，不甘寂寞的章明捷就率先没话找话地问："你们发现没？最近怎么成天见不着老四？晚上不到熄灯时间不回宿舍，早上最早一个去食堂。"

子轩也添油加醋地说："真是，我都快忘了他长什么模样了。"

老四虞卫军的事儿在马昊然心里憋了好几天了，听章明捷问起，他才神秘地说："我们英语提高班别看开班时间不长，已经有了几个自发的小帮派，人家老四正好和一班的那个女生组成了一个小组，天天成双成对的在教室学着呢。"

"啊？"子轩大吃一惊："看不出啊，老四老实巴交的，下手却如此之快。"

"是啊，听说还有人叫他苦瓜，这苦瓜的命怎么这么好呢，我看该叫他甜瓜才对！"章明捷不禁感叹道。

"苦瓜？谁是苦瓜？"张子轩问。

"老四啊。还有你，人家都叫你排骨。"

张子轩头一回听人给他起这么一外号，气得抬腿冲着章明捷就是一脚，章明捷敏捷地躲开，但身体却把床架撞得嘎吱嘎吱直响。章明捷捂着碰疼的肩膀大叫："老七，这又不是我给起的外号，谁知道你们怎么得罪女生了，人家女生给你们起了外号。"

张子轩恨恨地说："你告诉我，哪个女生这么欠收拾？哥们对她们够意思的了吧，还这么损我。那句老话真是说得对：唯女子与小人难养也！"

"告诉你了，你就去收拾？不去的是乌龟王八蛋！"

"少废话，快说！不说的话，辣椒水、老虎凳任选其一。"

"沈丹枫。"

"我……"张子轩哑巴了，他觉得不能啊，他俩的关系最近越走越亲密，她没理由再挑起战争啊？于是追问道："她啥时候说的？"

"就在来咱们宿舍和你吵过之后。"

"哦，这还差不多，那时候她应该是气头之上。"子轩立即变得很释然了。

"这么说你承认了？!"

"什么我承认了，你根本就不懂这其中的过节。"

……

几个人在宿舍斗嘴正起劲儿，那些在教室自习的同学却已经开始陆续回来。于是，宿舍走廊里也开始热闹起来，有提着暖水壶下楼打水的，有拿着脸盆去洗漱的，有打闹的，有嚎叫着大唱五音不全歌曲的，不亦乐乎。

老四虞卫军又是最后一个回到宿舍。只见他边放书包边哼哼着他那首经典的《爸爸的草鞋》，脸上带着掩饰不住的高兴。

章明捷有预谋地笑嘻嘻地看着他说："老四，什么事这么高兴？是不是双喜临门啊？"

"嗯？什么双喜临门？"虞卫军一脸茫然。

"一是恭喜你喜得头筹成双成对，二是恭喜你喜得雅号。"

"什么乱七八糟的，一句也听不懂。"

"你还听不懂？第一喜，我先不揭穿了，等你慢慢暴露。第二喜，从今儿起，正式叫你苦瓜！"

"苦瓜？哈哈。"郑伟诚和王哲笑了起来。

"瞎胡闹，告诉你不许叫啊，跟人瞎起什么外号！"虞卫军严肃地说道，随后又拿起脸盆去了水房。

"又不是就你一人，你还有个伴儿呢。"说着，想将矛头对准张子轩。

张子轩恶狠狠地瞪着他，那眼神分明是警告章明捷："你小子给我闭嘴！"

章明捷不理这套，依然高兴地大叫："老七以后就是排骨了！"

几个人又乐呵呵地笑起来，张子轩却气得不行，大声对章明捷说："好你个老小子，给我们起外号，那你呢？看你短粗短粗肉滚滚的，脑门儿还油光发亮的，不笑的时候像个馒头，笑起来像花卷。"

"对对，章明捷就是花卷。"于文雍急着报明捷当初自改生日抢走老五位置的一箭之仇。

"呸，美死他吧。他也配这么美味可口的食物。他顶多就是一冬瓜，没滋没味！"子轩恨恨地说。

"哈哈哈，那就冬瓜！"宿舍里另外几人看着这哥俩自相残杀，笑得差点岔过气去。

几个人斗了半天嘴，看看要熄灯了，纷纷准备睡觉。盥洗回来的虞卫军去拉窗帘准备上床，突然发现玻璃上不时有雪花粘上，又很快融化，不禁大叫："哎呀！是不是下雪了？"

张子轩说："这北京的雪下得太早了吧，这才刚刚进入农历十月，我们老家正是不冷不热的好时候。"

219宿舍的陈峻本来已经躺在被窝里，听到有人说下雪了，急忙拉开窗帘一看：可不是！大团大团的雪，下得正欢。他真的兴奋了，因为在家乡生活18年，还从来没有见过这种叫雪的东西。之所以报考北京的大学，很大的因素就是奔着冬天能看雪哦。这可是进大学后的第一场雪啊！要知道北京的每一个季节变换都能带给同学们新奇的感受，而且这雪还是在深夜静悄悄地来到，就更增添了一种神秘而静怡的气氛。他兴奋地从床上蹦起来，套上大衣就到外面看雪去了。

第二天的"社经"考试完全是一场喜剧。由于是考察课，老师几乎没管。教室里每个学生都在极其认真地翻书找答案，老师也在讲台上极其认真地看着自己的书！

"买糕的"，这就是大学的考试啊？早知如此，我们还紧张啥啊？张子轩愤愤地心想。

王哲、虞卫军趴在桌上认真做题，真正做到了两个一样：有没有监考老师一个样，有没有翻书的诱惑一个样。章明捷等人也想学王哲他们的派头做一回正人君子，可不行啊，昨晚临时抱佛脚塞进去的那点东西，这会儿已经忘记得一干二净。不抄书，莫非要等着补考么？

然而，对于考试季而言，"社经"考试只是序曲，其他的科目比如理论力学、英语等课的期末考试时间也只有两三个星期了。可就在这紧张的空档，张子轩的生日却躲也躲不过地隆重到来了。

这可是大学宿舍里第一个过生日的，大家打算一定要热热闹闹的撮一顿儿！可究竟怎么撮呢？如果上食堂打回来饭菜一起吃，那太乏味，天天就是那么几个菜，早腻歪了。好在218宿舍大部分是南方人，对吃有共同的爱好。简单商量了一下之后，全宿舍做出一个重大的决定：为丰富大学四年的饮食，同时也为今后伺候女朋友打好基础，大家合伙添置锅碗瓢盆、油盐酱醋。从老七子轩的生日开始，以后凡是宿舍的重大活动，一律自己动手准备丰盛的大餐。

到了这天下午三点多，七个人全部回到宿舍，开始收拾桌椅，打扫卫生。章明捷这厮天生就是一当家庭“煮妇”的料，只见他忙完卫生，又赶紧将煤油炉摆好，倒满煤油，然后点火调试。当蓝盈盈的火苗燃烧起来的时候，一股馋人的煤油香味儿开始弥漫在整个宿舍楼二楼走廊。宿舍里所有人心里充满了期待，仿佛一大桌美味已经在向大家招手。

正在大家忙得不亦乐乎的时候，只见沈丹枫和白晓曼出现在218宿舍门口。

“呵呵，这么热闹！你们这是要大操大办啊？”沈丹枫笑着问。

“哎呀，两位美女，快进来。”张子轩迎候着说。

“祝你生日快乐！”丹枫刚进门，就从衣服口袋里掏出一张生日贺卡递给张子轩。

“生日快乐！”白晓曼也拿出贺卡递给张子轩。

“谢谢，谢谢。”张子轩确实没有想到还会有女生主动过来祝贺，打心眼里很激动。

“哎呀，老七你怎么这么有福呢，你看人家沈丹枫、白晓曼把你的生日记得这么牢，比我们还记得好呢。”于文雍羡慕地说。

丹枫知道男生们又在开始取笑，解释说：“我是支部的组织委员啊，哪位团员过生日我都会来送祝福的。好啦，看你们忙的，我们走了。”

“哎，那哪成？你们是贵客啊！请还请不来呢，晚上你们必须得一起聚餐。”章明捷权当自己是主人一样盛情挽留，甚至不惜用身体去堵住了门口。

“是啊，你们一定要留下来和大家一起高兴高兴。”张子轩也对丹枫说。

看着大家的诚心挽留，尤其是张子轩也让她们留下，于是沈丹枫看了白晓曼一眼说，“好啊，今晚我们就好好饱饱口福。晓曼，我们还可以跟着学学手艺。”

章明捷热情地把丹枫她们让到床边，请她们坐在床边嗑瓜子。过了一会，丹枫觉得大家都在忙，自己坐着不干活，有点太不像话，于是主动请战：“别的我也不会，我帮你们切菜吧。”

“好啊，切土豆丝吧。”章明捷说。

丹枫先去水房洗了手，回来将袖子挽了挽，开始切土豆丝。原来大家以为沈丹枫也属于四体不勤五谷不分的资产阶级小姐，切菜肯定是笨手笨脚的。没曾想她的刀法绝对属于宗师级，只见刀光闪闪，每一刀都咔咔擦着手指切下去，惹得白晓曼在一旁连连惊叫。

轮到炒菜时，几个男生每人都露了一手。沈丹枫这个北方女孩第一次见识南方人做菜的技术，她大惊小怪地问子轩：“原来炒肉丝前还要裹浆啊？”子轩特自豪地说：“对啊，这样做出来的肉丝才嫩！”说完，他在沈丹枫充满了崇拜的眼神里开始操作起来。

晚餐吃得极其高兴。大家猜拳行令，觥筹交错，子轩不一会儿就喝得有点醉眼蒙眬。他看着眼前的两个女生尤其是沈丹枫在自己的生日聚餐时所表现的高兴和快乐，想想前两个月和她之间的起起伏伏的交往经历，不禁百感交集，胸中虽有千言万语，但涌到嘴边的却只有一句——不是冤家不聚头啊！

第六章

建工系庆三八舞会

寒假带回的礼物

周烨开设“爱情扫盲课”

承办建工系舞会

寒假放假前，大家天天掰着指头数着回家的日子，沈丹枫说她们好几个女生在离放假还有一周的时候就准备好了回家的行李。可真的等到回家过春节了，同学们又都急切地盼着早日返校。

这不，寒假回来，大家带来了各自家乡的特产，宿舍里简直像在开土特产品博览会。虞卫军带了浙江加饭酒，张子轩捎来了湖北特产桂花酒，章明捷也拿出几包白盒的卷烟吹嘘道："我亲戚弄来的玉溪烟厂特供的红梅烟，市场上可是见都见不到的！"惹得 219 宿舍的几个烟鬼如钱浩宇、陈峻等争相抢烟。这也难怪，平时他们都是抽良友烟，经济条件好点的陈峻偶尔买包金健烟，整个宿舍会为此抢得头破血流。现在章明捷拿来的是曲高和寡的云烟，而且是特供，这场面早就预料到了。

陈峻说："你们宿舍挺有口福的哈，不过看你们带来的都是吃吃喝喝的东西，多没新意。我给你们一件不一样的好东西，不过，得说好了，要多换两支烟。"说着掏出一把红红的小豆，告诉大家说，

“听说过吗？这就是红豆。”

张子轩马上去抢，想着以后肯定少不了有用它向女生套近乎的时候。

陈峻躲过去：“每人就两颗！多了就不相思了。”

正在打闹的时候，却见一女生敲门脆生生地问：“虞卫军在吗？”

大家抬眼一看，嚯，是一班的柳雨薇。想起上学期有关他俩的传说，章明捷这个“婆婆嘴”首先嘻嘻哈哈地开玩笑说：“不在！不过他不在也没事儿啊，非找他吗？”

其实柳雨薇站在门口的时候，就已经看见坐在自己床边的虞卫军。听他们这么回答自己，知道是在取笑。柳雨薇红着脸，不好意思地笑笑，进来好像是对大家解释一样说：“哎呀，真不好意思，上学期找他借的这本英语资料老是忘记还，今天终于记得带来，也给你们带来点我们那儿的特产葡萄干。”

虞卫军说：“谢谢啊。”

章明捷打趣说：“哎呀，你们一班的女生一向很少来我们这儿，真是贵客。不过，这礼品是给虞卫军的呢，还是给我们宿舍的啊？给我们宿舍可是不够分的。哥几个，这礼品我们还能动吗？”

“那谁好意思啊？人家柳雨薇是来谢谢虞卫军借书的。这归还的书中是不是夹着纸条就不知道了，哈哈。”于文雍也不甘落后地说。

柳雨薇知道这帮人开始拿她和虞卫军开玩笑，赶紧岔开说：“陈峻，你带什么礼物了？能不能让我也尝尝？”

陈峻说：“看来你也是一个贪吃的馋猫啊。我告诉你啊，我这礼物不能吃，也不能随便送给女生，尤其是你。你想要，由虞卫军转给你最恰当。”

“什么呀，搞这么神秘？”不明就里的柳雨薇问虞卫军。

虞卫军掏出红豆放到桌上说：“就是两颗红豆。”

柳雨薇虽然来自北疆，但谁还没听说过“红豆生南国，春来发几枝。愿君多采撷，此物最相思”的诗句？今天看见这两个通体圆润光滑，颜色鲜红的小可爱，真的喜欢得不行。于是说：“能给我一个吗？”

虞卫军还能怎么回答？当然说：“行，你都拿走吧！”

柳雨薇小心翼翼地捻起一颗放在手心说：“这么好的东西，谁能夺人之美啊，就一颗吧。”

张子轩又在一旁起哄说：“这就太对了！这东西就是男女各一颗才正好的，代表着彼此的红心哦，呵呵。”

张子轩戏谑着别人，自己的心里却有些异样的失落感，似乎此时此刻此景中，还应该有自己班上的另外一个女生出现才对。

柳雨薇想想继续待下去不知还有什么让人受不了的玩笑话呢，于是说：“你们玩吧，我还有事先走了。”

章明捷笑着说：“苦瓜，赶紧送送去啊！”

虞卫军恨恨地拿手指点着章明捷，嘴里不出声地骂他别再叫自己外号，追随着雨薇出去了，惹得宿舍里响起一片笑声。

吃完晚饭，大家回到宿舍依然兴奋地侃着大山。没说两分钟，大家不知怎么把话题转到了老四和雨薇的问题上，七嘴八舌地提问：“你俩到什么程度了？拉手没？搂腰没？亲嘴没？亲嘴的时候都躲哪儿呢？咱学校好像没有这种隐蔽地方啊。”

虞卫军对这些问题一概拒绝回答，这让早就急着想知道细节的章明捷、于文雍等一干人很失望。

虞卫军把球踢给了张子轩，说：“你们问他去吧。老七最有经验，跳舞的时候，搂着女生专门跳探戈，就因为探戈贴得紧。”

“老四你不要转移视线啊，说你呢。”大家不为所动，纷纷批评虞卫军没有团队合作精神，不知道和大家分享成功经验。后来，大家好像自己很有经验一样纷纷替虞卫军出主意，如何才能尽快把雨薇拿下，达到公开关系的程度。

过来找开水喝的周烨看218宿舍谈得如此热烈，如此有深度，舍不得挪动步子，在听了大家一小段闲扯之后，开始苦口婆心地推销他那一套爱情理论和恋爱秘诀。

实际上，上学期末，眼瞅着刘洪涛、张子轩已经有迹象和本班甚至外班的女生们暗生情愫、眉来眼去，虞卫军之流也打着“学习英语共同进步”的旗号天天和一班的柳雨薇腻在一起，章明捷、于文雍等的心田就像被猫爪子挠了一般，天天在卧谈会上，虚心请教如何和女生搞好关系。于是乎，关于男女生问题几乎成了这帮男生卧谈会上永恒的主题。

要说爱情理论方面，三个宿舍各有高手，比如221宿舍的周烨从来都是一套一套的。逢到大家探讨这个问题时，他总是不厌其烦地跟大家讲课：怎样选择适合自己的女生，怎么把握女生的心理，挑选什么样的贺卡送女生，怎样写情书……。而每每这时，章明捷几乎成了助教。于文雍每次听两人的讲课时，总是在床上乐得合不拢嘴，由此对周烨顶礼膜拜。

见今晚周烨又过来，于文雍说道：“哎呀，周烨，你光要嘴皮子有什么劲儿，这谈恋爱是要行动的。像咱们这样，天天一帮大老爷们在一起云山雾罩管屁用，你倒是真刀真枪示范一次啊!”

王哲似乎历来是柳下惠，尤其对于刘洪涛、虞卫军这几个哥们在毫无理论指导的前提之下，就擅自开始进行恋爱实践一直是不赞成的。他认为这极不严肃，纯粹是过家家嘛。因为没有科学的理论作指导，行动是注定要失败的。现在有这种探讨理论知识的机会，虽然与自己不近女色的信条相悖，但也不至于拒绝，所以在刚洗漱完毕准备睡觉的时候，顺便旁听一下，但他又抹不开面子，于是假装在那儿铺床，用毛刷在床单上来回刷，这种简单的铺床刷被的活儿来来回回干了十几分钟。

“老三，你这床铺了十来遍了吧，可以上床了。”马昊然有心逗逗王哲，故意揭穿。果然，王哲尴尬地笑笑，终于被逼着说出了实话：“哦，看你们谈得热火朝天的，我搭个便车还不行啊?”

“没说不行，我们热烈欢迎，而且还欢迎发表意见啦。”

周烨天天到各宿舍巡回讲课，传道授业解惑，终于以其博学多才征服了大家，在大一下学期刚开学时获得了广泛的认同，被挂上了“爱情学校校长”的名头。

男生们对周烨的扫盲工作给予了极高评价。纷纷表扬说他的恋爱普及工作非常及时，恰似大海中指引航程的灯塔，黑夜中熊熊燃烧的火把，照亮了这群长期在爱情的泥泞道路上漫无目的艰难跋涉的人们。土木八六的男生们无不感慨：周烨真是救苦救难的活菩萨啊！

而周烨呢，看着同学们眼里闪烁着如饥似渴的求知火焰，心里沾沾自喜的同时，一种“救民族于水火、扶大厦之将倾”的使命感油然而生，他总是暗暗激励自己：改革开放任重而道远！这爱情扫盲工作和九年制义务教育一样，一刻都不能放松啊。眼前这帮哥们的无知就是个深刻的教训：谈恋爱一定要从娃娃抓起！

开学后没几天，系里余老师把陈峻找到办公室，交代了一个光荣而艰巨的任务：举办建工系庆三八舞会，并明确告知系里的女老师们可能都要来参加。

陈峻一听有些犹豫地说：“让我们新生办这么个全系的活动，真没什么经验，不知道从何着手啊？”

余老师拍着陈峻的肩膀说：“虽然以前还没有这个先例，但有你们班几个文艺尖子，凭你们上学期组织各种班级活动的表现，我看没问题！而且，我觉得你们不少人既然已经报名参加了各个社团，那就要抓住机会锻炼自己的组织能力啊！”

陈峻想想也对，干什么事儿总有从不会到会的过程，谁也不是天生就会跑步的，于是硬着头皮答应下来。余老师怕他们积极性不高打退堂鼓，还慷慨地表态：“如果舞会举办成功，给你们班上加拨15元班费。”

陈峻回来的路上一路感慨：这么重大的事项交给大一新生来办，真是莫大的信任啊。特别是想起还能挣到15元班费，他就更加热血沸腾，仿佛已经成了班上的功臣。

回宿舍后，陈峻马上召集班委和团支部的王哲、周烨、刘洪涛、张子轩、沈丹枫开碰头会，大家将任务进行了分解：一是张子轩负责舞会的海报，“务必使海报新颖、吸引人眼球！”陈峻郑重地说道。

二是刘洪涛和周烨负责布置会场。陈峻之所以觉得找他们俩最合适，因为一个是风流倜傥，即使有三四个女生围着挪不动步子也不嫌累的主儿；一个是“春风化雨、润物细无声”地做思想政治工作的“校长”，女生们和他的关系那叫一个铁！铁到什么程度？陈峻甚至怀疑这些女生如果有什么妇科疑难杂症都会去找周烨咨询。这是一种让其他男生多么嫉妒和眼红的信任啊！让他们俩指挥这帮叽叽喳喳的女生挂些彩花、气球之类的轻松活儿，那简直是“死得其所”！而分配给沈丹枫的工作只有一项，那就是组织尽可能多的女生去捧场。

安排完这些，陈峻觉得大功告成了一半。王哲突然提醒说：“弄了半天，我们好像还忽视了一个重要环节：谁去搞推销卖门票哪？门票所得不是还可以成为咱班预算外班费吗？”

陈峻掐指一算，马上想到了孙鹏辉。这家伙虽然在大学才混了半年，其超常的商业头脑已崭露头角。上学期末，他竟然不知从哪儿倒腾了一批CASIO计算器来卖，不大不小地赚了一笔！嗯，再让李文革发挥他的号召力和演讲口才去配合他忽悠舞迷们买票。嘿嘿，陈峻不禁暗自得意：这种搭配简直就是天作之合啊！

说干就干。第二天吃早餐前，张子轩把连夜赶出来的海报贴到了食堂前的信息栏上。只见中间的“舞”字采用变体狂草，那真是龙飞凤舞，谁也认不出是个什么字！不过从字的形体上看，颇似一个跳迪斯科的人，领悟力强的老远就能看出是一个舞会的海报。最吸引人的是海报的下端别出心裁地加了画龙点睛的一句：由女生最多的建工系主办。

到了中午，大家早早吃完午饭，李文革和孙鹏辉上场了。刚吃完饭的两人精神十足，扯开了嗓子使劲地喊：庆三八建工系舞会，物超所值五毛一张，饭票粮票现金均可。一开始，李文革挺正经的喊了几声，但不大的嗓音，很快淹没在吃饭大军奔向食堂的脚步声中。加上旁边还有那位天天驻扎在食堂前摆地摊卖过期书籍杂志的北京倒爷洪亮而富有韵味的吆喝声：“瞧一瞧看一看嘞，一本好书顶儿顿好饭呐！”把人气都吸引到了他那一边。

“这可不行，我怎么觉得咱们在做无用功呢，得想点招啊！”孙鹏辉说。

“那换你来吧，我还嫌嗓子疼呢！”眼看自己的忽悠无人理睬的李文革失落地说道。

孙鹏辉突然发现有一帮人在海报前指指点点的，觉得奇怪，于是跑到信息栏一看，眼镜儿差点掉地上：原来紧挨着舞会广告，又出现了一张总政歌舞团今晚大礼堂演出的海报，这不明显唱对台戏吗？咱们书生能干过总政的？鹏辉想了想，两人干脆将小桌搬到总政演出的广告旁，正好将其挡住。然后开始叫卖，重复了十来遍之后，终于有几个男生抵挡不住鹏辉唱惯了“兰花花”的嗓音，用食堂菜票买了几张。

“嘿嘿，怎么样？哥们开张了！”李文革翻来覆去看着刚刚到手的三张菜票，心中忍不住地激动：这可是咱们班第一桶金啊。

“还想到学生会干呢，就你这么点眼光，这才哪儿跟哪儿啊，这点钱够咱们搬完桌子喝酸奶的吗？咱们得来点儿狠的。”孙鹏辉跟李文革说，“你作证，这可是我自己的啊。”说完从兜里掏出一叠菜票，点了点有 30 元，把它们放在桌上。李文革寻思：这家伙难道要倒贴，买一张舞会票送一张饭票？正寻思呢，“兰花花”的声音又起：“快来买啊，已有 80 多人购票，女生人数过半了！”

这一招果然不同凡响，络绎不绝的学生们纷纷往桌上扔钱。当然，都是男生。眼看着一波又一波学生从食堂出来回宿舍，看也不看他们一眼，两人相当鄙视这些没有一点文艺素养的同学，因为从根本上讲，不关心舞会的同学都是些没有品位的同学。到后来，基本无人再从食堂出来，两人才知机会已去，极不甘心地打道回府。

一路上李文革还觉得不踏实，嘀咕道：“咱这不是骗人嘛。”

鹏辉回应道：“谁让他们智商低来着？40个女生买票了？他们也不想想，整个农工大才多少女生？”

李文革回到宿舍时，刘洪涛他们正和两个外系的女生聊得兴高采烈。王哲从对门过来，递给他们两张票说："这是《群言》报社给社员发的晚上总政歌舞团的演出票。"

李文革接过来说："这不是难为人吗，明摆着不能去啊，谁去了谁就是叛徒。"又看看刘洪涛，刘洪涛说："看啥啊？咱们发扬风格给她们呗。"说着，也不管李文革是何想法，夺过演出票给了那两个女生，女生们立即高兴得恨不能亲吻刘洪涛。

李文革酸溜溜地说："你倒会拿别人的东西送人情啊。"

刘洪涛一脸正气地说："怎么地，你难道不想送给美女们么？"

张子轩却早就打定主意去看演出。因为他觉得，把舞会广告写出来、贴出去就算他已经完成了此次任务。再说这次自己班卖门票，都清楚买票的女生没有几个，这预示着晚上的舞会将是僧多粥少，某种意义上来说，自己不去增大男女生比例也是为舞会做贡献啊。经过再三权衡，张子轩决定七点准时看总政的演出，演出结束后再去舞场点个卯。张子轩觉得如此周密的安排极其符合自己作为一个工科男生应有的严谨思维。

等他看完演出回到舞场时，被室内的场面吓了一跳：怎么会来了那么多人呢？而且打眼一看男女比例，和以前预料的一模一样：狼多肉少。舞场中间，校学生处的刘老师搂着一个高个子的长发女生翩翩起舞，跳着花样舞步在舞伴们中间穿来穿去。从他那湿透了的衬衣后背来看，估计从舞会开始到现在就没歇过一曲。几个似乎有些面熟的八四级、八五级女生也跳得根本停不下来。而那些舞技不太好的，就在外围灯光较暗的地方磕磕绊绊地练习着。与那些跳舞的相比，站在边上围观的人似乎更多，他们时而兴致勃勃地欣赏中间的跳舞者，时而四处张望，寻找周围有无剩下的女生。张子轩冷静地观察了一会儿，发现每一个女生身上，至少吸引着 30 多双男生的眼睛，不觉脊背发凉：这要是一对目光就是一颗子弹，恐怕女生们个个都被射成了蜂窝。但越是这种状况，男生们越是不敢轻易去邀请，因为害怕自己被拒绝而丢人现眼。有那么两个不知死活的男生走到女生跟前邀请跳舞，而一旦女生答应被他们搂着走进舞池，准有一帮男生恨不得冲上去活活掐死他们。

张子轩看看这么严峻的局势，为了顾全性命，可不想蹚这趟浑水。他穿过人群来到乐队那儿，看见刘洪涛、李文革他们一帮人老老实实待在那儿。张子轩问李文革道：“这么多人，咱们班赚大发了吧？”

李文革说：“一般般，你别看人多，后来进场的基本都没买票，我们就当他们来捧个人场。”

“哦，白忙活啊！”张子轩失望地说。

沈丹枫见他进来，有些不高兴地说：“太不够意思了吧，一个人去看演出，让我们在这儿忙活？”

子轩在震耳的音乐掩护下，大声辩解说：“我还真想请你来着，一想到你也是今天舞会的组织者之一，我就不敢来拆台了。”

“算了吧，说得好听！”

“来来，尊敬的沈小姐，我能请你跳一曲，以此谢罪吗？”张子轩听着乐队刚换了一首慢四舞曲《在水一方》，开着玩笑伸出手优雅地邀请她。

沈丹枫笑了笑，随着他步入舞池。她的右手指尖被他细长的左手轻轻握着，她的腰肢被他的右手轻柔地搂着，而他两只手的力度恰到好处，既不显得生分，也不显得亲热。她在他两手传递出的细微又明显的信息指引下，自如进退，轻松旋转，舞步显得那么的娴熟优美。沈丹枫惊奇他们的第一次跳舞竟然会如此的默契和协调，简直天衣无缝，就像已经排练过多次一样。她突然觉得这种感觉是如此美好，以至于她甚至希望这舞曲永不停歇地演奏下去。

“说真的，我向你保证，下次一定请你看电影。”就在沈丹枫朦朦胧胧之际，子轩向她发出了下一次约会的邀请。

“好啊，我可等着啊。”沈丹枫觉得整个晚上都快乐了起来。

舞迷们只恨春宵苦短，时间过得太快，可土木八六这帮主办的同学却觉得时间太慢，他们还得收拾会场啊。王哲和李文革向陈峻建议赶快播放《请跟我来》，因为这首慢四舞曲几乎约定俗成地成了农工大舞场的散场曲目。

好不容易盼到十点清场完毕，全班人又汇集到这个临时舞场打扫卫生，收拾垃圾。余老师与其说是以身作则，永远战斗在最基层，不如说是多少还是有点对他们不放心，所以一直在舞场压阵。他一边和同学们干活，一边和他们说笑："虽说今天的舞会上男女生比例严重失调，差点引发战争，可这说明了什么问题？说明咱们的舞会吸引力太大，即使没有舞伴，他们也不中途退场。"

"对啊对啊，舞会很成功！余老师您的诺言可得兑现啊。"大家附和道。

"那是肯定，不是说好了给你们 15 块钱吗！"

"太小气了吧，余老师，加点吧。"女生们开始使出温柔计。

"你们——好，我也大方点，给你们再加 5 快。喂喂，不许再说了，再说，20 元都不给了。"

几个女生看看眼前这位抠门儿的团总支书记，只能默默无语两眼泪，其实心中乐开了花儿——20 元班费到手了！

第七章

最好吃的一顿早餐

去外班当老师

深夜散步

女生给买的早点

“庆三八”舞会的主办，调动了大家跳舞的浓厚兴趣，就连学习刻苦的王哲、周烨有时也站在舞场里蠢蠢欲动。当然也有冥顽不化、不可救药的一类，宁可天天帮宿舍打水、洗臭袜子，也绝不越雷池一步，比如郑伟诚。

同学们发现陈峻和张子轩跳舞时，固定的舞伴基本就是本班的夏荷、沈丹枫她们，而刘洪涛最近却经常找一个身材高挑的外系女生当舞伴。这个女生曾经来过221宿舍两次，每次来到宿舍总是叽叽喳喳和刘洪涛说着别人都听不懂的湖南话，但那高音让人觉得她唱起“浏阳河，弯过了几道弯”一定好听。刘洪涛主动招供说是电机八六级的老乡姜丽，宿舍几个人却打死也不相信他俩的关系像他说的那样简单，总想从他嘴里掏出更有嚼头的口供。无奈这小子比当年的地下工作者还坚定，死不脱口，只承认是纯洁的男女老乡关系。

“你呀，整天招蜂惹蝶的，你累不累啊?”张子轩教训刘洪涛。

“你怎么也这么俗？人家过来是邀请我今儿晚上去东四教室参加

电系的舞会。姜丽早就想拉着我去给他们班扫盲，可就我一个人去还不得累死啊，正好你撞枪口上了，那就咱俩一起去吧。”

“有什么好处?”

“你爱去不去，看着办！我只透露一个秘密，她们班女生可不比咱们班少。”

“庸俗！咱是去教书育人的，难道是奔着女生去的吗？说吧，几点去?”听说有教美女跳舞的好事情，张子轩这小子马上就坡下驴应承下来。

两人走到五四楼前的平房区时，只见个个教室张灯结彩霓虹闪烁，靡靡之音听得人浑身麻酥酥地挪不动腿。张子轩还打趣说，“香港的红灯区是不是就是这样的?”

到了走廊的尽头，才是电机八六的教室。刘洪涛从门上的玻璃往里一瞧，只见二十来个男生女生正卖力地跳着迪斯科，一个个汗流浃背，乍一看还以为里面在打群架呢。

正好对着门口的姜丽，看见刘洪涛他们推门进去，赶紧过来打招呼。姜丽把录音机的音乐停了下来，那帮同学就像触电的人突然离开了电源似的停止了“抽搐”。等大家安静下来时，张子轩吃惊地发现沈丹枫竟然也在这里！

刘洪涛向姜丽介绍了一下张子轩，姜丽热情地说：“欢迎欢迎！老师来得越多越好。”然后她又对着她们班同学大声说：“大家先停一停，今天我把我的老乡土木八六的刘洪涛和他们班同学张子轩、沈丹枫请过来，给我们教点带花样的，提高下大家的舞技。”

大家鼓了几掌后，便充满期待地盯着刘洪涛和张子轩。刘洪涛自然把姜丽“拉”过来当了舞伴，而张子轩就顺理成章地和沈丹枫一起当上了男女老师。

几支曲子教下来，张子轩可累坏了。他很后悔穿着那双撑门面的高跟布鞋来充潇洒。在震耳的舞曲声中，他大声交代丹枫他们继续辛苦教教大家，而自己则跑到后面的椅子上偷懒歇一会儿。子轩百无聊赖地盯着舞池里的这帮学徒认认真真地复习刚才的步伐，脑子里却为在这儿遇见沈丹枫而懊恼。不知为何，有她在，他就觉得自己不好意思明目张胆去接触电机八六的女生。

张子轩正想着，突然觉得身边似乎有一双异样的眼睛看着自己。张子轩转过头来，正好和那个女生看了个对眼。女孩齐耳短发，戴着一副黑边眼镜儿，和白皙的皮肤形成鲜明的对比，圆圆的可爱的脸蛋，好像左边嘴角还有一颗不明显的美人痣。女孩看着他，一副欲言又止、欲诉还羞的模样儿，这情形不禁让张子轩没来由地怦然心动。

“同学，你好像一直没跳啊，我能请你跳舞吗?”张子轩主动发起了进攻。

“好啊，不过我不太会。”女孩笑着说。

张子轩搂着女孩走进舞场，慢慢跳了几步，感觉她真的不太会。于是停下来，开始教女孩慢三的基本步。

“男左女右。看，我先进左脚，你同时退右脚。来，试试，一二三——”子轩的态度明显比刚才耐心多了。

一曲下来，子轩被踩了好几脚，女孩感觉真不好意思再跳下去了，子轩也就站在一边休息。

“我看你俩真是天生的一对！呵呵。”忽然间一个女生的声音在嘈杂的乐曲声中传进耳朵，让子轩一愣。他转过头，发现丹枫不知什么时候已站在了他身边。

“嗯？什么意思？”子轩听见这话莫名其妙，明显觉得丹枫是用词不当，“怎么就天生一对了?”

“呵呵，你是没瞧见你自个儿和那个女生跳得亲热劲儿。”丹枫笑得很灿烂，但子轩分明觉得她的话酸溜溜的。

“嗨，人家请咱们教，咱就诲人不倦、认认真真多教几个呗，才见面两分钟，连名字都不知道呢，有什么亲热不亲热的。”子轩不知道自己为什么急着辩解。

“那你怎么从来没和我这么认真地跳过呢？”丹枫穷追不舍。

“是吗？好像也从来没有不认真过吧？上次就跳得够认真吧。”

“算了算了，就是跟你开个玩笑，咱们不提这事儿了吧。”丹枫又开始主动让步。

刘洪涛看见这两人聊起来没完，很想知道他们都谈些什么，但震耳的音乐让他无法听清他们聊天的内容，于是只好冲着张子轩做了个鬼脸。

舞会结束时，本班的要留下来收拾现场，外班的几个同学先走。沈丹枫不知不觉随着张子轩走出教室，边走边聊，两人聊得过于投入，竟然不知道刘洪涛什么时候和他们分手的。

两人同班快一年了，虽然也曾有为团支部的事儿单独商讨工作的时候，也曾有在宿舍送信、削苹果的私交，更有过公开翻脸、缝被道歉、赠送贺卡的几个“战斗”的回合，但无论何时，还从来没有像今天这样在暧昧的夜色中单独待过。他们从家乡聊到北京，从家庭聊到班级，不知不觉从学校的东四教室快走到了主楼。在夜色的掩护下，两人都敞开心扉，彼此不再有芥蒂。

子轩终于有机会问起那句憋在心里半年的话：“那次缝被子请你们看电影，你最后对我说的那句话是什么意思？”

“哪句话？这么长时间了，哪还记得！”丹枫故作糊涂地问。

“你真的忘了？你说今天够有意义的了，你就知足常乐吧。”

“咯咯，”沈丹枫怎么会忘记呢？她为这个傻傻的男生还记得她半年前的这句话而欢笑了起来，“就这啊？偏不告诉你！”

“你这人怎么不讲道理！”张子轩不软不硬地回应了一句，可也的确拿她没什么办法。

丹枫顽皮地说：“就不讲道理了你能怎样？以后再告诉你行吧！不过真的要谢谢你每次给我送信送得那么及时！”

子轩本想反问她既然说送得及时，那为什么一次送信拖延就发那么大火，但说出来的却是：“那不是看你每次都给我水果作为犒赏嘛，我还挺盼着那个什么华北电力学院的多给你来几封信，我好多吃几个水果呢！”

“你把别人给我寄信的地址记得那么清楚啊？”丹枫有些意外。

“那是因为他的信太特殊了，每次写得厚厚的，手拿着都累得慌！看来这人和你关系不错啊，几天时间就能积攒出千言万语！”张子轩揶揄道，心里不知为何有些醋意。

“什么呀？就是一高中好朋友，大家像兄妹一样。”丹枫的话语间有急于摆脱嫌疑的意思。

“那是那是，不是好朋友能写那么厚的信吗？”子轩听她说和这人的关系不是男女朋友，而是像兄妹一样，不禁又释然了。

正在此时，张子轩看见花园边的小道上，有两个甜蜜的身影往外走出来，边走边喁喁私语。子轩忙拉着丹枫往边上靠了靠，既是给他们让路，也是避嫌。可就在这两人靠近时，耳尖的张子轩突然听出那个男生的声音竟然是老四虞卫军的！

子轩很吃惊，赶紧低着头把嘴巴凑近丹枫轻声说：“听出来没？咱们班的！”等再仔细分辨旁边的女生，认出来果然是一班的柳雨薇！

张子轩心中窃喜：好啊老四，你俩果然有情况了！严刑拷打了你小子一百多回也没承认，今天叫我逮着现行了，我看你明天还怎么狡辩。

“你们几个男生是不是都爱睡懒觉？好像每次吃早点都见不着你们。”沈丹枫看看虞卫军他们走远了，不知怎么聊起了这个话题。

“谁啊？哪几个男生？”沈丹枫新起的话题好像和刚才聊的来了个 180 度大转弯，这让张子轩一时半会儿没回过神儿。

“当然是你和马昊然几个人！好像每次都是最后一批进教室呢。”

子轩有点不好意思，笑着狡辩道：“我比他们熬夜睡得晚，当然也起得晚，再说睡懒觉还可以省一顿早饭钱哪。”

“还省呢？你看你都瘦成这样了！知道我们女生怎么议论你们几个麻秆儿吗？”

“知道！不就是苦瓜啊、排骨啊什么的吗？我还正想找你们论计论计呢。你们女生也太放肆了吧，背地里竟然这样！”

“兴你们长这么瘦，就不兴我们议论啊？再说，你就不想改变一下印象?”

“想啊，做梦都想多吃点带油水的小炒，可是饭菜票不允许!”

丹枫听了，若有所思地没有说话。

两人就这么随意闲聊着，等觉得身上有点凉意时，才发现不知何时，他们已经在主楼前的小花园里走了几个来回了，两人不禁哑然失笑。

“累不累?”丹枫体贴地问。

“不累不累。”子轩简单答道。

“看不出你瘦瘦的，精力还挺旺盛的!”说完甜甜地轻声笑起来，子轩心里怦然一动，突然觉得她的一颦一笑那么让人心动。

“咱们往回走吧，太晚就进不了五四楼了。”丹枫提议道。

张子轩抬腕一看表，可不是吗！都半夜12点了。

到五四楼门口要分手时，丹枫温柔地说了句：“长期不吃早饭要饿坏身体的，赶明儿我替你打好了放在食堂吧。”说完，也不等张子轩回话，就匆匆跑进楼道里。

子轩回到宿舍时，连老四也已经睡着了。虽然已是深夜，可宿舍却闹腾得正欢：磨牙的、说梦话的此起彼伏，就像交响乐一样热闹非凡。老二磨牙的声音听起来简直毛骨悚然，让人浑身起鸡皮疙瘩。子轩很想撬开他的嘴，扔一把沙子进去看他还能不能发出这种不屈不挠的动静。恰在此时，老二极其配合地发出梦呓：“吃排骨，红烧的……。”子轩小声骂道：“吃排骨就能让你小子不磨牙吗？老子比你还想吃!”老五也不甘示弱地幸福地说着梦话，什么“我就是老大……”说得跟醒着似的。子轩差点笑出来：“你小子做梦都想当老大。”接着又听老五叫道：“还我的麻辣酱!”等乱七八糟一大堆。子轩爬到上铺自己的床上，用手轻轻拍拍与自己睡对头的老五的脸蛋，亲密地说：“我就不还你！看你咋地?”老五迷迷糊糊哼了两声，翻过身又开始打起呼噜。

第二天一早，张子轩的眼圈黑青黑青的。马昊然发现后惊呼：“哎，哥们，昨晚是出去跳舞了，还是出去干仗了？被人打成这样!

靠，欺负咱老七，要不要叫上几人，卸他们胳膊卸他们腿!”

“我想先卸了你的牙！都是你害的，磨牙折腾了一宿。”子轩冲着昊然骂完，又转头对章明捷道：“还有你，不是我说你老五，挺大一人儿，怎么那么小肚鸡肠，白天吃你两口麻辣酱，晚上做梦都在追债!”

马昊然首先不承认：“我怎么折腾你了？我昨晚睡得挺香的啊！再说老七你天天这么晚回，长期这么下去要伤身体的。”

“有你说的那么可怕吗，我晚上跳跳舞不也是锻炼身体嘛。”

“就跳舞了？没捎带干点别的?”

“你看你这人怎么这么龌龊?”

“好好好，我龌龊，你纯洁!”马昊然懒得再和他啰唆，背着书包去了食堂。

“老二，给我买俩包子放那儿啊，马上就到。……哎，算了！不用你买了啊。”子轩突然想起昨晚分手时丹枫说的那句替他买早点的话，心中怦怦乱跳，然后急着下床，准备去检验是否真有奇迹发生。

王哲也起床了。他洗漱完毕，听着这三个家伙打嘴仗，对张子轩说：“昊然说得对，我也觉得，你多花点时间在《群言》报也比花在跳舞上值!”说罢，照例拿出他那个宝贝小圆镜子，梳理他那油光发亮的偏头，美滋滋地出了门。

子轩和老五明捷是最后到达食堂的。等他们进去时，偌大的学一食堂已经没有几个进餐的学生了。老五拿着饭盒急着去买早点，但子轩却没有如往常一样和他一起去买，而是怀着激动不安的心情想赌一把。

子轩背着书包在餐厅的过道里慢慢走着，眼睛却急切地在四处搜寻。果然，在靠东墙边的一个餐桌上发现了两个餐盒！而且，那餐盒上的图案显示其主人肯定是女生，他的心脏几乎要跳出来了。他快步走过去，看见餐盒下压着一张纸条，纸条上只写了一个字：枫。

没错，她真的给他买早餐了!

子轩先赶紧把纸条捏成一团塞进裤兜，就像地下党获取情报后的第一个动作是把情报塞进嘴里咽到肚子里一样熟练，然后坐下来揭开盒盖，两个餐盒里面分别盛着稀饭和三个包子，闻着就香喷喷的。

老五买完早餐过来，发现子轩竟然已经在靠墙边的位置坐下开吃了，愕然地问："咦，谁给你买好了？你不是没让老二买吗？"

子轩含含糊糊地说："你管那么多干嘛！"

老五依然不依不饶地检查起子轩手上的饭盆。他发现子轩正在用的餐具像是女生的东西，于是他很阴险地笑了起来："哦，呵呵，不会吧……老七？你小子偷偷摸摸地……"

子轩也不答话，自顾认真地吃着早点。然而他的脑子里却是一片混沌，不知是如何吃完这顿早餐的！他只觉得是如此的美味！这是他进入大学以来最好吃的一顿早餐。

第八章

愚人节真是愚人啊

上午是两节普通物理课，在东楼园厅，离食堂不远。子轩和明捷走进教室时，差不多马上就要上课了。很多同学已经打开书本自习，也有的坐着闲话。子轩的眼光往教室的后排逡巡，寻找空座位。在经过第一排时，他用眼睛的余光发现丹枫正眼巴巴地看着自己，那神情明显在询问：找着我给你买的早餐了吗？子轩心情无比的慌乱，觉得脸上已经开始发热，匆匆给了她一个肯定的眼神就往教室的中间部位马昊然边上的空座走去。但他相信她已经读懂了！

时令刚进入四月，教室里已经没有了暖气，可恰恰这几天来了寒流，天气干冷得很，很多人在搓手搓脚哈热气。张子轩极力让自己的脑子从那两盒美味的早餐所带来的胡思乱想中镇静下来，认真去听课。课上讲的是狭义相对论，晦涩难懂。张子轩由于前两节逃课去为《群言》报刻字、油印，这次上课前也没有预习，所以感觉知识跳跃性太大，让他极不适应。他还清楚记得上次物理作业还是有关偏振光的干涉，其中有道题说“用方解石割成一个正三角形棱镜，让光轴与棱镜的棱边平行，问怎样用棱镜来测定方解石的主折射率?”偏振光在高中物理中就曾学过一点皮毛，现在上土木专业，竟然还会用什么方解石、棱镜之类的东西！当时还曾想：以后毕业了搞建筑，也就是门窗和玻璃幕墙那点事儿，学这么复杂的物理有什么用?

现在更惨，竟然跨越到物理学鼻祖爱因斯坦的狭义相对论——洛伦兹变换，想想都觉得头晕得不行。要不是天实在太冷，还有今早令人激动的早餐，他早就进入梦乡了。

王哲和虞卫军倒是听得津津有味。虽说虞卫军有时晚上自习时和柳雨薇在一起，但白天上课期间却是经常和王哲、周烨他们几人坐在一起的，只因为他们具有同样的远大目标：考研、考博！因此，对于所学的每一门功课，他们都想尽量做到精益求精。他们的这种学习精神，在高中生中间习以为常，可在大学里那就比较难得了，这也让班上不少的同学对他们产生由衷的敬佩。比如今天的课虽然是选修章节，但对于现在终于有机会涉猎在高中就听老师絮絮叨叨提到的近代物理学基础中的狭义相对论，以及原子的量子理论，他们格外珍惜，所以学起来真是如饥似渴，下课了也不放过这段课间休息时间，跑到讲台和教授探讨起来。

章明捷和张子轩却在过道边琢磨起事儿来。

“老七，今天好像是愚人节啊。”

“对啊，你不提我倒是忘了。”

“大学的第一个愚人节，咱们不整点动静，好像有点对不起大家了。”明捷不怀好意地说。

“臭味相投”的两人嘀咕了半天，明捷把手伸到王哲的书包，摸出了他那形影不离的镜子，放到自己的书包里。子轩一看，坏笑起来。他们知道，这个镜子对于一向注意形象的王哲来说，其重要性一点不亚于他的课本和钢笔。

中午吃饭回到宿舍的王哲，正准备做每天 5 遍的梳头运动时，才发现自己的镜子不见了。

“哎呀坏了，我是不是把镜子落在教室了?”

“你带去教室了吗?”章明捷还在假模假式地问。

“带了带了，绝对的，我记得上课拿课本时还看到过。”王哲信誓旦旦地说。

“那是滑出来掉地上了? 不可能啊，掉地上那还能没动静?”子轩也配合着表演。

“喂，你们坐我后面没见过?”

“没有。”张子轩头都没抬地应声答到。

王哲在宿舍转来转去，显得极其烦躁。突然从柜子里拿出毛笔说:“不行，我得赶紧写寻物启事。”

不一会儿，王哲就简明扼要地写好了他的寻物启事:“本人朝夕相处的小圆镜不慎走失，望拾到者与北楼 218 宿舍联系”，写完后又马不停蹄地贴到南北楼的广告栏上。看到王哲着急忙慌的样儿，张子轩和章明捷差点憋不住笑出声来。

到下午上完第三节课回宿舍时，走在前头的张子轩和章明捷在王哲的启事上加了一句:请拿胡大瓜子到北楼 218 宿舍领取。想想一会儿王哲可能出现的尴尬模样，两人呵呵痛快地笑了出来，觉得捉弄人的感觉实在是美好! 一同回来的于文雍听到两人的恶作剧，也在宿舍嘿嘿笑着等着看好戏。

几个人正盼望呢，就听咣当一声门被踹开了。大家还以为王哲找到镜子迫不及待呢，就见王哲把书包往桌上一摔，大声骂起来:“你们特么的折腾人，这是犯罪知道吗! 谁拿的赶紧拿出来!”眼见王哲的脸都变紫了，不像是开玩笑，而是真生气了:“你们还想要胡大? 一颗也没有，我还要到系里告你们去!”

张子轩和章明捷蒙了! 一向文质彬彬、谦逊有加的王哲，今日竟然为了一面小圆镜破口骂人，看来的确气得不轻!

章明捷见到一场玩笑竟然弄成这么个结局，很想不通，眼里瞬间噙满了泪水!

正躺在床上等着看热闹的于文雍看不下去了，腾地从床上跳下地，指着王哲怒喝：

“王哲你至于吗？今天是愚人节，大家开个小玩笑，你太神经质了！”看那样子，还想过去打王哲。虞卫军赶紧站起来拉住了文雍，对门的周烨见状，也进来劝王哲。

两边虽然各退一步，没再有什么过激行动，但宿舍里一下子充满了浓浓的火药味，大家在宿舍都觉得很别扭。张子轩想着218宿舍这个一向兄弟和睦的小家庭竟然出现这种局面，觉得这个愚人节真是愚人啊！

几天过去了，章明捷和于文雍仍然没有和王哲和解，张子轩曾想过找王哲和稀泥，结果王哲对他也是一副爱理不理的样儿，张子轩也气得不再去自讨没趣。别看郑伟诚平时寡言少语，可老大到底是老大，对宿舍的事情看在眼里，急在心中。他这几天心里一直为宿舍的吵架着急，他总想着要尽快想个办法调和。

这天晚上，趁着大家自习都回来了的时候，郑伟诚破天荒没有在床上盘腿打坐，而是正儿八经地坐到书桌前慢条斯理地说：“哥儿几个过来！咱们兄弟认识快一年了，你看我作为东道主，到现在还没有请你们去认认门儿。这么着，这个周六都上我家去，我爸妈想见见你们，到时一个都不能少啊！”

“好啊，我看没有不去的吧，咱们带点什么礼物好呢?”虞卫军扫了一眼大家，大家一致附和。

“别介！咱都是学生，还花父母的钱呢，买什么礼物啊？带嘴去就成。”老大没等其他人答话就打断了老四的话。

到了周六早上，才8点多钟，几个人浩浩荡荡地去位于宣武区太平街的郑伟诚家。大家先坐902路公交车到太平庄，又换25路公交车，等到伟诚家时已是11点多了。

伟诚一家热情地把他们六个人迎进四合院。在他们七八个男人聊天的时候，伟诚他妈一个人在厨房忙活，陆陆续续地端上来一桌子地道的北京菜。伟诚他爸边招呼着大家入席，边拿出一瓶56°的北京二锅头，又摆好八只酒杯（估计就是三四钱大小吧），并亲自给每人斟满了酒。伟诚他爸端起酒杯提议说："嗯，今天就算在自个儿家，都必须喝！你们现在都成人了，成了男子汉，男子汉不会喝酒可不成！以后啊，随时欢迎你们来家玩儿。你们七个人来自五湖四海，要在一起生活四年，是多大的缘分啊，应该亲如兄弟啊。来来，我祝你们兄弟团结，学业有成，干一杯!"

章明捷看着杯中这么高度的白酒，本来不敢喝，但让大叔一席话说得热血沸腾，不禁一仰脖，一口而干。刚喝下，马上被呛得直咳嗽，连连说："哎呀，真够劲儿，嗓子着火了一样。"

几个人前几天在宿舍里被沉闷的气氛压抑得要命，只怕再多待几天，会闷出病来。现在几杯酒下肚，大家豪情万丈，话马上多了起来。

王哲首先举杯说："叔叔、阿姨，感谢你们盛情款待，我们也祝福你们全家幸福健康。"

其他几人也纷纷把酒杯举到中间，王哲和大叔碰完杯后，又特地和章明捷碰了一下杯，对他说："章明捷，对不起啊。"

"没事儿没事儿，咱们本来就没什么啊。"章明捷也赶紧客气起来。

满桌的菜很是诱人，两杯酒下肚后，大家迫不及待地品尝起了佳肴。这七个哥们除老大和老二是北方人外，其他都是南方人，从娘肚子生出来后，差不多喝的奶水都是辣的，对于北方菜又油又咸的口味，吃起来有些不习惯。只有那道红烧四喜丸子，鲜香可口，个个抢着吃，看得伟诚他妈这个大厨喜滋滋的。

酒席结束时，已是下午一点半多了。几个人还假惺惺地客气着要帮忙收拾碗筷，被阿姨从厨房推了出来。伟诚他爸说："有什么事儿伟诚能帮上忙的，你们一定不要客气，毕竟我们家就在这儿。"又对伟诚说："家里这点活我们收拾就行了，你带着他们到周围逛逛吧。"

"好嘞!"伟诚转身对大家说；"咱们去陶然亭转转吧，就在跟前。"说着，几个人带着微醺的红扑扑脸蛋，在春日的照耀下，晃晃悠悠去逛陶然亭。

陶然亭离伟诚家也就几百米远。进得园来，但见树木吐绿，已是一派初春气象。又见楼阁参差，亭台掩映，端的是景色宜人。不一会儿，前面出现豁然开朗的一片湖面，波光粼粼。虽然正赶上一场寒流，但春天的脚步却没有为此而停留。看那湖畔绿柳已然被春风染绿，踏青的人们嬉戏着、娱乐着，还有快乐的歌声荡漾在湖面上，让人神清气爽。

走过榭湖桥，便到湖心小岛。郑伟诚领着大家来到亭北山麓静谧的松林中说："你们这几天不是都在收听中央人民广播电台的评书吗？来看这儿，这就是评书中所说的石评梅、高君宇的墓园。"

大家一听，来了兴趣，纷纷围了过来。只见墓碑上刻着两位主人公的墓志铭：

"我是宝剑，我是火花，我愿生如闪电之耀亮，我愿死如彗星之迅忽。

——高君宇

君宇，我无法挽救你那迅忽如彗星之生命，我只能把眼泪洒在你的坟头，直到我不能再来看你的时候。

——石评梅"

在这个春暖花开的季节，在一个酒足饭饱的午后，几个来自全国不同省份的大学生默默地在墓碑前凭吊，想到他们现在和这对流芳百世的青年离世时的年龄几乎一样，在春光浪漫的和平年代有如此好的学习机会却天天沉醉于跳舞和毫无意义的争执，而高君宇和石评梅却在多舛的命运中，对革命信念如此执着，对爱情如此的忠贞不渝，怎不让人感慨万千！几个小伙子的眼眶忍不住渐渐湿润。

伟诚没想到游园会达到这种效果！自己打小就在附近玩耍，时常跟着爸爸进来划船、荡秋千。这块墓碑也看了十几年，从来没有过不太一样的感情，觉得一切都是那么顺其自然，甚至都有些熟视无睹了。

现在看着身旁的几个哥们如此多情伤感，伟诚也默默沉思起来。

四月初的这场寒流过后，北京的天马上暖和了起来，吹在脸上的风也失去了刺骨的威力，变成和风。挂在宿舍楼窗外晾晒的床单上、衣服上也不知什么时候沾满了白色的“绒毛”，等出门走到南北楼间的车棚时，才发现天地间纷纷扬扬的，满车满地铺满了鹅毛般的柳絮。再看路两旁的柳树一夜间变得不再是嵖岈的树枝，一串串的鹅黄垂到人头顶，鲜嫩得让人忍不住想掐下一串来赞叹生命的又一个轮回。田径场跑道边枯黄的草丛，也开始露出一片片的新绿，在朝阳的映衬下，充满了生机与活力。

人和自然是息息相通的。在天气转暖的日子里，户外活动的人明显多了起来了。尤其是清晨，在操场边的乒乓球台旁，更是热闹。这些天，男生刘洪涛、王哲、张子轩、赵志强和女生白晓曼、夏荷等几个乒乓球爱好者，总是占据着操场南边的几个水泥球台，男单、女单、男双、女双、男女混合等各种形式的模拟赛搞得有声有色，弄得其他班的同学只能天天拿着球拍充当观摩团。

这些人如此积极锻炼大有原因。原来就在前几天，系团总支决定在五一节期间搞一个乒乓球赛，于是土木八六的“乒乓球队”队员们比谁都积极地行动起来，开始热火朝天地练球。

与此同时，好多同学觉得穿着各自乱七八糟的衣服进行锻炼，没有一点儿班级形象，不止一人向班长提出要买一套统一的班服。陈峻觉得确实有必要，上学期刚入校，看着大二大三的师兄师姐们穿着统一的运动服甚是羡慕，但因为刚入校情况不熟，大家没顾上买。现在眼看着搞完乒乓球赛接着就要开系运动会了，团体活动一个接一个，买班服的事儿绝不能再拖下去。陈峻召开班委会提出这一提案后，大家无一反对。于是让爱好体育的于文雍、夏荷全权负责尽快购买。

两人果然不负众望，第二天就满载而归。买回的这套短袖短裤型的红色运动服，在袖口和V形领口镶着白边，简洁大方、活泼奔放，和班级形象极其相符，大家一致称赞他们极有眼光。于文雍很有男子汉风度地谦让说："这个功劳应该算在夏荷身上，是她最后选定的。"

219宿舍的赵志强，乒乓球本来打得不怎么的，不知是春天来了阳气上升，还是穿上新买的运动服精神十足，这天早上居然几个连扣，打得对手张子轩只有招架之功毫无还手之力。

"小赵同学你吃补药了，歇会儿再扣不行啊？我这不成了你的陪练了？"张子轩悻悻地说。

"不行，趁热打铁，忘了你以前怎么欺负我了？"

"你小子，这进步也太神速了吧！晚上偷看什么武功秘籍了吗？"

"咯咯，张子轩，打不过人家就骂上了？"沈丹枫偏偏这时候过来观战。

子轩一看，对沈丹枫说："来来，我让贤，你上来打两局练练吧。"

"别啊，我还正想和你一起练练呢。"

"呵呵，赵志强你快下来啊，没听人丹枫说要和排骨单练？"在一旁看球的钱浩宇一语双关地说。

"你个臭球篓子！不去跑步，到这儿凑什么热闹？"张子轩一看是钱浩宇叫着他的外号起哄，很奇怪一个不打球的人看球的瘾却如此之大。

"你不知道人家天天过来是给白晓曼当啦啦队的啊？"沈丹枫听钱浩宇拿她俩说事儿，立即以牙还牙。

在临近的一桌，白晓曼刚被换下，此刻是夏荷和刘洪涛鏖战正酣。别看夏荷是女生，球技却和男生当中的最高水平有得一拼，因此和刘洪涛你来我往杀了好几个回合也难分胜负，已经吸引了不少拿着饭盒去食堂的学生观战。夏荷一副健美的身材，潇洒的扣球动作，再加上天生一副好嗓子，每一次扣杀，伴随着一声娇叱，那气势，获得观战的人连连喝彩。

遗憾的是好景没持续几天，北京的春风开始光顾了，使得户外练球几乎不太可能。一时间，操场上除了跑步和练双杠的，冷清了许多。怎么办呢？室外不行了，转入室内呗，大家决定利用无课的下午和周日去工会打球。

这天早上，潘皓和李文革两个球技一般般的家伙本着为宿舍争光添彩的心情，打算去工会练球。不巧的是，等他们赶到松林宫时，一帮看上去像是初中生的家属子弟已经占领了阵地。李文革行使了一下以大欺小的权力，很利索地把几个小屁孩轰走了。两人一边打球，一边还在为刚才的战果得意时，就见几个五大三粗的青年推门进来。李文革心想，好家伙，你们要是戴上墨镜，准是黑社会。两人正寻思呢，随后进来一个小孩，指着他俩说："就是他们!"

潘皓一看傻眼了，这小屁孩就是刚才赶走的那个，马上明白对方是寻仇来了，神情不禁有些慌乱。李文革低声说，"怎么了，怕什么?"

话刚说完，大个儿青年过来猛推李文革一把："你活腻歪了，大人欺负小孩?!"

"我们怎么欺负了？这地儿本来就不是小孩来的。"

"还嘴硬?!"随着话音，对方啪的一巴掌打得李文革眼冒金星。

"你们怎么打人?"李文革相当气愤。

"打人？打你是轻的！惹急了，哥们废了你信不?"大个儿边骂还推搡着李文革。

另外两个青年还算文明，见状不妙拦住了大个儿："算了，给他们点儿记性就成。"

李文革和潘皓极不服气地看着他们，脑子里并没有想起在电影中常见的黄继光、邱少云、董存瑞等英雄形象，而是想起了少林寺中的李连杰，意念中已经把他们打得鼻青脸肿满地找牙真解气！大个儿青年看着李文革二人的眼神由愤怒变迷茫，又变成快感，心里不禁有点发毛：不会这么不禁打，一巴掌就神经了?

"看什么看？不服是吧。告诉你们，农工大不好玩儿，整个地球都不好玩，赶紧奔月球吧。保不齐（前）苏联宇航局还有两张明儿去月球的船票，抓紧买哈!"大个儿用典型的北京人的油腔滑调戏弄人。说完，几个人神气地扬长而去。

李文革和潘皓简直被这三痞子整崩溃了，把这帮人的祖宗十八代女家眷在心中问候了个遍。玩人儿也不带这么玩儿的，奇耻大辱！不光身体上遭受蹂躏，心灵还要受到这样的摧残，连自杀的心都有了。本打算为班级增光添彩，没曾想自己先挂彩。顿时想起了三国名相诸葛亮的一句悲情语录：出师未捷身先死，长使英雄泪满襟。两人无心再练，蔫了吧唧回宿舍，蒙上被子借周公之力平复受伤的心灵去了。

而另一个队友赵志强又是另一番光景。他这几天破天荒赢了球，心情一直很高兴，这天早上竟然神气地一手叉腰，一手拿着牙刷在嘴里来回捅着到处串门儿，牙膏沫走一路掉一路。班长陈峻却坐在宿舍桌前愁眉苦脸，很不耐烦。原来学校文艺部接到团委通知，今年五四青年节要组织北京市五所农林院校举行文艺汇演，而且主会场就设在农工大礼堂。本来这事儿也犯不着让不是文艺部部长的陈峻着急，可是现任部长秦海峰已经大三，碰巧正在实习。而陈峻在文艺部工作的这段时间里，不仅工作积极主动，办事热情，还体现出了极强的组织能力，因此秦海峰几乎把他当成了部长接班人来培养。这不，筹办本校节目的任务就毫无悬念地压在了他的头上。

按陈峻的思路，也不是弄不出几个好节目，可是等他将学校文工团的实力摸底之后，就彻底傻眼了。陈峻心想：这不是要人命么，巧妇难为无米之炊啊。瞧瞧咱们学校文工团的那点儿家底儿：两把吉他，其中一把还断了弦，老长时间不修；一把手风琴；一把萨克斯；两把沙锤。这两把沙锤也不知是哪个年代留下来的，当哑铃练手劲儿吧，轻了点；当鼓槌吧，重了点，当体育课的投弹器材还比较合适。唯一一样值钱的家伙是一架钢琴。试想，就这样的装备，能搞出来什么新颖的节目？因此，以前的演出似乎都是老三样：萨克斯独奏，吉他弹唱，手风琴伴唱，现在总不能来一个吉他手风琴协奏曲吧。陈峻想来想去没有什么好招，“干脆，不如添两把口琴来个中西乐器大杂烩。”

说话就到了五四青年节汇演的时候，陈峻根本不好意思大张旗鼓叫人去捧场。但这么大的事儿，早就全校皆知，同学们哪有不去的道理？等王哲、刘洪涛、张子轩他们一大堆人看过后才知道，这场演出简直可以用惨不忍睹来形容，农工大的演员出场时场下竟然有人喝倒彩！因为出场的节目除了唱还是唱，男声独唱，女生独唱，男女生合唱……。再看看人家北京林业大学的器乐合奏《彩云追月》，不光器乐种类齐全，而且演奏水平和专业乐团不相上下。不说林大，就连小字辈北京农学院的霹雳舞也相当精彩啊。针对如此差劲儿的演出，别说平时就尖酸刻薄的刘洪涛和徐航他们在回宿舍的路上就已忍不住开始对节目冷嘲热讽，就是一贯冷静理智的王哲，这次也受不了了，在宿舍里叹息道："还真是丢人！陈峻这家伙，这么干下去非得玩儿完。"

章明捷义愤填膺地控诉学校简直是不注重咱们学生的文化生活。张子轩也由此及彼翻出刚入学的往事大肆鞭挞学校的各种基础设施极不完善，极大打击同学们的自信心。

刘洪涛大咧咧走进来，大声说："哥们儿，多大事儿啊，还跟自个儿过不去呢？不就是一场演出吗？过去就过去了呗。我给你们一个解脱的机会，这周北师大有个联欢会，谁跟我一块去？"

章明捷问："都啥节目啊？有聚餐吗？"

"没！就是联欢。"

章明捷失望地说："那跟我有什么关系啊，你直接叫我们老七去不得了！"马昊然和于文雍也附和说不去。

"那你到底去不去？"刘洪涛问张子轩道。

张子轩听了犹豫着，心想跑那么远去跳个舞有什么劲儿？

"这次和上次一样，去也得去，不去也得去！北师大那么些女生，我一个人哪能应付得过来啊？"

刘洪涛是个自来熟，走到哪儿跟到自个儿家似的，也不愁舞伴。但张子轩就不一样了，虽然偶尔能蹦出几句极富智慧的幽默，可总体来说不善言辞，不是那种一下能吸引女生的人。为稳妥起见，他想最好叫上一女生。叫谁呢？这个女生既要会跳，还得她愿意出去才行啊。

“我看上次去电系跳舞，你和沈丹枫配合得那叫一个默契啊！呵呵，简直就像夫唱妇随。叫沈丹枫怎么样？”刘洪涛提议道。

“滚！你这纯粹是亵渎我们纯洁的同学感情。”骂归骂，其实子轩心里对这个提议是一百个赞成的，因为自从上次两人深夜散步后，还不曾有机会独处。

“好好，你们纯洁。那你们敢不敢下次去北师大再纯洁一回。”

“我有什么不敢的，只是沈丹枫去不去跟我可没什么关系啊。”

“这你甭管，我去找她。”

刘洪涛上课时找机会和丹枫沟通了一下，告诉丹枫说北师大历史系的同学邀请咱们班去参加他们系的联欢会，并特意说张子轩已经答应和他一起参加了。沈丹枫听了，一口应承下来。刘洪涛没曾想沈丹枫答应得如此痛快，还以为是自己很有面子呢，他哪儿知道人家两人已经发展到代买早餐的程度了。

周六下午，三人兴致勃勃地出发了。到北师大时已是五点半，刘洪涛找到他高中同学陈军。陈军请客，领着先去食堂吃晚饭。吃完饭，看看距七点的联欢时间还早，陈军提议说去校园转转吧。

张子轩是第一次来北师大。只见处处姹紫嫣红，花团锦簇，小花园里尤其树木葱茏。走在林荫道上，凉风习习，让人心旷神怡。北师大的校外环境也非农工大可比，这儿可是闹市区啊，出门就是北太平庄，周围高楼鳞次栉比，对于建筑专业的人来说，这儿真是一个选取建筑素材的好地方。张子轩心想，哪像自己的学校，到处是平房和煤堆，这还不说，连校园的“领土主权”都不完整。两校比较，真是严重的城乡差别啊。

四个人乐不思蜀地逛来逛去，等到临时改为舞场的学生餐厅时，已是七点半钟，联谊会早就开始了。几个人看了看，感觉北师大联欢的形式和自己学校的大体差不多，都是谜语、游戏、跳舞三大类。

陈军把他们带到一帮男生那儿介绍说：“这是农工大的老乡，今天支援‘灾区’来了。”

刘洪涛纳闷他说这话什么意思，陈军解释说：“这你还不知道，我们班男女比例严重失调，1∶2。”

刘洪涛还不明白：“这不挺好吗？我们班也是1∶2啊。”

“你们什么比什么？”

“女比男啊！”

“我们是男比女！每次办完晚会，总有女生气哭。”

刘洪涛大吃一惊，“还有这等好事儿！你就吹吧，有你说的这么夸张吗。”

“我不多说了，一会儿你自己看吧，缠不死你。”

说着，舞场上的舞曲又响了起来。众人都朝有音乐的地方移动，一对又一对舞伴走向舞池。慢慢地，场上的情形变得超出了他们的想象。只见舞场整个一个女孩子们的世界，不是一般的比例失调，而是严重的比例失调！已经够得上重灾区了。看着到处旋转的连衣裙、二寸多的高跟鞋、花一样灿烂的笑容，刘洪涛俩人马上找不到北了，怪自己生不逢时报考了农工大。

张子轩笑着说：“来北师大的感受，让我很想把那首革命歌曲改改歌词后唱出来：北师大的天是艳阳天，农工大的男生好喜欢！”刘洪涛听了，很邪性地笑了起来。

接着陈军又很负责任地把他们领到班上女生那儿，介绍了几句。刘洪涛只扫了一眼，顿时觉得师大历史系八六级的女生个个能歌善舞、活泼漂亮，而男生则一个个蔫了吧唧上不了台面。恰在此时一支舞曲响起，刘洪涛马上被一个穿白裙的高个儿女生拉进了舞池。

一曲下来，刘洪涛竟然没有按规矩回到刚才的地方，而是扎到了女生堆里，和刚才的舞伴谈得眉飞色舞。张子轩和师大女生跳完第一曲后，总觉得做了错事儿一样心有愧疚，于是接连和沈丹枫跳了好几曲，而眼神却一直专注地往刘洪涛他们那儿看。

“你是不是特羡慕刘洪涛啊？”丹枫看见张子轩的目光老往刘洪涛他们那儿瞟，既酸且恨地问道。

“嗯？什么啊？羡慕他？为什么？”张子轩装着没听懂话里的意思。

“那你还目不转睛地，是看刘洪涛呢，还是看那个女生？”这回张子轩就是脑袋叫驴踢了也能听出来话里的醋意。

“嗨，想什么呢，我就是在琢磨，这师大的女生难道从来没见过男生，怎么这么样呢？”

“去你的吧！我看是你和刘洪涛一样猴急还差不多。从没见过这么多女生吧，眼睛不管用了？”

“哪能呢，你知道我是个从一而终的人，自己有个好舞伴，还能吃着碗里看着锅里的？”

“讨厌！这么自恋。”沈丹枫娇嗔道，说话的同时，左手竟然稍微用力地掐了一下子轩的肩膀。

张子轩回过神来，正好和丹枫的眼神相对，他发现丹枫的眸子里闪出复杂的目光，那里有一种女孩的温柔，也有一种得不到重视的怨艾。张子轩的心一阵慌乱，蓦地升起怜香惜玉的豪情，手上不由得把那个柔软的腰肢往自己身上紧了紧。丹枫忽觉和子轩贴得如此紧密，想起了三八节的舞会上第一次和他跳舞的情景……

“你们继续啊，我们出去凉快一下，真闷热！”正在子轩心迷神乱之际，刘洪涛走过来对他们说。张子轩没在意，以为他和陈军出去聊聊天。

“喂，这家伙干嘛？好像和刚才那个女孩一起出去了。”沈丹枫说。

“真的？”张子轩赶紧往出口看。没错，白裙子刚好消失在门口。

“管他哩，他们出去散步，咱们跳咱们的。”张子轩大胆地搂着沈丹枫挑起了探戈。

让两人没想到的是，一直到舞会散场，洪涛和北师大的白裙子女孩再也没有回来。子轩问陈军，陈军嘴上说也不知道，但心里明白，以他对自己这个高中同学的了解，这小子今晚真要在师大沦陷了。

“要不你们不用等了，自己先回吧。”陈军建议说。

子轩和丹枫边走边骂："真是重色轻友！今天可是他邀请咱们来师大的。他倒好，把同学撂一边不管，自己跑没影儿，这算怎么回事儿啊！"

两人走到331车站时，一看站牌上的首末车时间，哈哈，公交车已经停运了。他们只得慢慢朝西走，好不容易碰到一张拉私活的三轮车主动过来搭讪："去哪儿啊，师傅？上车吧。"两人深怕过了这村没那店，也没问价就坐到了车上，交代车夫说："去清华东路北农工大。"

蹬车的师傅一听不乐意了："不去那地儿，忒远忒荒凉，回来拉不上客。"

"那您最远能去哪儿？"

"只到钢院，2块钱。"三轮车主一副爱坐不坐的样儿。

两人一看，明显是"虎落平阳被犬欺"啊。可也没办法——钢院就钢院呗。

丹枫坐上去后，不知是心情不好还是很疲惫，一路上一言不发。张子轩体贴地问道："累了吧？"丹枫说："还真有点。"张子轩想想今晚的"遭罪"都因刘洪涛而起，有点讨好沈丹枫似地说："看来以后不能和刘洪涛交往，这小子典型的重色轻友，回去就和他割袍断义。"

沈丹枫似乎已累得无力应答，随着三轮车行走的晃动，她很自然地把头轻轻地往子轩的肩膀上靠了过来。子轩立即觉得身上传来一阵电流，让他微微颤抖了一下。但他没有避让，当然也没敢伸手搂住她的肩膀或腰肢。他觉得这种若即若离的感觉好美妙啊，刚才对刘洪涛的种种鄙视转瞬间变为感激：得亏这小子识相中途开溜了，我才有此次当护花使者的机会，这种处处为朋友考虑的哥们得交一辈子！

第九章

还学生一个清静的学习地

之后的几天，张子轩仍在穷追不舍地质问刘洪涛那天晚上到底去哪儿了，到底和那个白裙子女生发生了什么故事？221宿舍的几个人一听这小子去北师大一趟竟然还有艳遇没有招供，纷纷过来威逼利诱。但刘洪涛死不承认，说自己后来回到舞场却没找到他俩，竟然还倒打一耙地说张子轩和沈丹枫肯定是故意要躲开他去单独约会。几个人一听刘洪涛的解释，又把疑惑的目光齐刷刷地投向了张子轩，把个引火烧身而又心虚的张子轩气得只好扭头就走。

李文革说："你俩就别纠缠不休了，跟我们去听听党课吧。"

刘洪涛说："这眼瞅着就要开始紧张兮兮的期末考试了，我哪还有时间跟你们去听党课？我得去复习。"

李文革也就不再坚持，和周烨一起叫上王哲、虞卫军及班上另外几个入党积极分子来到主楼402阶梯教室。推开教室一看，才发现他们来晚了，教室的座位已经坐满了百分之八九十。四人赶紧从侧面走到后头，找了位置坐下。定下心来四处瞅了瞅，觉得气氛明显比以往隆重。只见黑板上还挂着鲜艳的党旗，前面两排坐的都是校系领导，桌子上还摆放着茶杯。

两点整，主持人宣布会议开始，全体起立唱《国际歌》。会议的第二项议程是举行入党宣誓，陆续上台的有八九个老师，让王哲他们奇怪的是有两位特别的人也走上了讲台。一位是电系八六级的高森，一位是已经70岁高龄的建筑专业的资深老教授卢鼎正。

“高森这么快就被批准入党了?”王哲惊诧地对李文革说。对于高森，整个八六级同学都不陌生。高个儿，东北人，个头和他的名字一样匹配。高森也算是风光无限，在八六级新生入学典礼上就作为新生代表发言，初露风头。入学没多久就进入校学生会，在各种活动中都能见到他的身影，给人的印象是雷厉风行。随着时间的推移，人们更多地知道了他的传奇经历。原来此人高考落榜后，在一家工厂工作，没想到心怀鸿鹄之志的高森，在上班后的第三年报名参加高考，而且还一下子考取了北京的重点高校。据说厂里后来只要开会，就拿他的事迹说事儿，鼓励厂里的那帮小青年勤奋学习。

“情理之中的事儿，他的经历太特殊，批准他入党，有示范作用。”李文革好像很理解，因为这一年，李文革也在学生会做一些辅助性工作，和高森有过频繁接触，认为这家伙为人还算地道!

卢教授入党的事儿着实让人意外，“都七十几岁了，还入党啊?”大家心里嘀咕，究竟是卢教授思想经历太漫长，还是组织的官僚作风甚至是裙带关系压制的结果呢，几个人很想知道个中原委。

宣誓完毕，接下来是党员代表发言，恰恰是卢教授。于是几个人屏气凝神地竖起耳朵仔细听了起来。

卢教授确实激动，刚上台还未开讲，就用手绢擦了擦眼泪。教室里此刻出奇的安静，人们都在静候这个极其特殊的党员发言。老教授说，他早年国外求学，追求科技民主救国之路。新中国成立之后，中国共产党领导人民欣欣向荣，他认为中国找到了领路人，他一定要向他们看齐。没曾想，“文革”期间又将他打入地狱，让他燃起的希望又一次破灭。拨乱反正后的这几年，他又逐渐坚定了信念，不懈追求，这才实现了其终身的梦想。

老教授情真意切地袒露了自己的心路历程，也解开了人们的疑惑。满教室的师生为他信仰的坚定而鼓掌，为他对事业的执着、对真理的追求而鼓掌。李文革他们觉得今天的党课最有现实教育意义，老教授的这种坚定执着，对自己的学习甚至今后的人生之路又何尝不是一种启迪呢！

晚上，李文革和刘洪涛去修理楼自习时，仍然情绪高昂地对刘洪涛讲着下午上党课的事儿，而刘洪涛却只是心不在焉地听着。进楼后，两人二楼三楼转了两圈，发现这里的教室要么是上课的，要么教室里大多只有一半的人在自习，另一半空着的座位上不是放着书包就是放着翻开的书本。李文革骂道："这些哥们简直是占着茅坑不拉屎，害得我们这些要求上进的同学还找不着地儿自习！"

"我就不信，偌大的农工大就没有咱俩的容身之地。哥们既然好不容易出来了，那就陪你玩到底！要不去图书馆吧。"刘洪涛说。

"傻帽儿，没长脑子啊？那地儿平时就找不着座儿，这个时候去？找白眼啊。"

"那去主楼？我实在懒得爬主楼楼梯。"刘洪涛有点胆怯，因为主楼三层以下都被外单位占着办公，学生能用的教室都在三层以上。

两人好不容易气喘吁吁爬到主楼四楼，经过一番艰苦的寻觅，可算是找到一间有空座位的教室。推开门稍一定神，刘洪涛发现里面的气氛太热烈了，而制造气氛的正是每次舞会上狂跳霹雳舞的那帮家属子弟。只见他们一个个吞云吐雾，云山雾罩，旁边还有一姐们，瓜子嗑得那叫一个溜儿，整个一脱粒机！刘洪涛本想凑合一下算了，李文革说道："拉倒吧，人家一个个唯恐避之不及，咱还往火坑里跳，能学得进去吗？走人！"

两人只得继续寻找，终于发现513教室倒数第二排千真万确有两个空座，而且教室里也千真万确很安静！两人心里直念阿弥陀佛地赶紧坐了下来。可一道题还没写完，身后响起了"啵、啵"的声音。李文革没在意，极有定力地继续写作业。过了几分钟，这种暧昧的声音再次响起。

“干嘛呢?”李文革用胳膊捅了捅刘洪涛。

刘洪涛何许人也?毫不夸张地说，他对这种声音的熟悉程度，不亚于中华人民共和国国歌。刘洪涛笑笑说：“你不会自己去看看?”

李文革往回扭头，看到了少儿不宜的一幕：后排的一对正忘情地 kiss 呢!

“哥们，注意点影响啊!”李文革只觉一股热血呼地涌上头来，回头敲了敲桌子。

“啵、啵”的声音竟然丝毫未受影响，两人仍然自顾自很认真地进行着。

这下，刘洪涛也不耐烦了：“嘿，哥们!动作不是很熟练啊!”

“你谁啊你?关你们啥事啊，你熟练啊?”后排那哥们很不乐意有人打搅自己的好事儿。

“嘿嘿，这是我上学以来听到的最幽默的一句话。哥们，他和女生亲嘴的时候，你可能还在吃奶嘴呢!”李文革帮腔道。

周围的学生终于忍不住哄笑了起来。其实小两口早就犯了众怒，只是大家素质高，强忍着没和他们计较，现在大家看见有出头鸟，也就七嘴八舌地开始谴责起来。众怒之下，那两位的嚣张气焰马上熄火了，女生首先红了脸，低头对那男生说：“你别说了，咱们赶紧走吧。”两人快速收拾书包灰溜溜地出了教室。

下了晚自习回到宿舍后，李文革终于忍无可忍了!上次在松林宫打球受气，他就对部分家属子弟的行径一直耿耿于怀，这次晚自习找教室的艰难经历，让他这个有正义感的新生下决心要在一个公开场合向全校大声呼吁还学生一个清静的学习地!他想来想去，觉得《群言》报是个很好的平台。他和刘洪涛初步商量后又找到张子轩，看能否三人分工合作，仔细调查研究，尽快在报上搞出一个有关“改善学生学习和课余活动设施”的深度报道。

刘洪涛自然是极力赞成的，因为他自己也为此窝火。上学期好几次和姜丽去散步，从主楼逛到松林宫好几个来回，腿儿都遛直了，恁没找着一个能坐下来歇歇腿的地方。最近更是犯愁，刚交往的北师大女朋友马上就要过来回访了，他能领着她上校园哪儿转转？如果这次报道能够奏效，也算是借这个机会宣泄一下心中的不满吧。

张子轩也觉得不错。子轩进入报社这么长时间，除了干干美工，写点小杂文，还真没有干出什么有影响的事儿，总觉得自己浑身的劲儿没地方使。李文革这个选题很好，《群言》报属于校团委管理，历来以反映学生心声为己任。而这个想写的报道也确实是许多学生正在关注的事儿，可以说是急学生之所急。

抱着各自目的的三人不谋而合，决定立即动手，并对任务进行了分工：刘洪涛专门重新摸排学校的基础设施。比如，教室、实验室数量，宿舍条件，图书馆藏书及座位，体育活动场所，甚至公园面积及休息的条凳等等。李文革负责联络收集其他高校相关信息，以资比较。而张子轩则负责查阅资料，采访学校相关负责人及老师，以及最后执笔成文。

几天后，三人把各自的资料汇总起来，觉得内容丰富，很有说服力。比如恋人们在自习室影响他人学习的事例，人民大学有一段时间也曾一度发生，而他们学校在呼吁大学生们注意公共道德的同时，马上采取了行动：赶修花园，加制供休息的条凳，事情马上得到了好转！要分析原因，很复杂而又很简单，因为普天之下可能没有哪一对恋人愿意放弃那些僻静的环境而故意往人多、光亮的地方凑，除非实在没有他们能待的地方！

“而咱们学校的情况呢？”刘洪涛说，“通过我的实地查看，发现除去松林宫供老年人打门球休息的木条凳外，供全校三千多名学生歇息的条凳仅只有主楼前花园里的6条（有一只条凳6条腿中还断了一条）。”张子轩一听，不禁呜呼大叫起来：“6∶3 000，这是不是全国高校中绝无仅有的比例?!”

而子轩采访的学校相关部门对此有何看法呢？校园绿化科的老师曾对他大倒苦水：“这个问题我们不是没考虑过，但我们每次放一条新凳子在那，没几天的功夫总是变得缺胳膊少腿的。你说多做一些？经费不允许啊！每个条凳就是七十来元，学校给我们的卫生绿化费实在是入不敷出。再说不先把环境搞好，就是放条凳子在那儿，也没谁愿意坐啊。所以希望同学们耐心等待一下，我们想最近先把环境改善好一些，然后再多放条凳子。”

李文革在通过外校老乡的调查中也发现，农口院校与其他院校办校条件上的差距几乎是全国性的。就在全国好多工、理、文、医类院校相继建造艺术楼、实验楼、天文馆的同时，农口院校却普遍觉出了办学经费的严重短缺。比如，在南方某农大就读的同学就告诉他这么一件趣事：该大学 1982 年以前用来做“动物生理及解剖”实验的动物是一头牛，1984 年由于资金缺乏改为用一只羊来做实验，到了 1985 年，由于资金更加紧张，用来做实验的动物体积只得再度减小：一只兔子！而到了农口院校普遍资金缺乏的 1987 年，连买兔子的钱也只得节约了，只好将实验动物改为一只耗子。

先不说远的学校，和近的学校相比差距也很明显。就在中国人民大学耗资二十万元修建了一座富丽堂皇的大门时，我们农工大却在为 3 000 名学生只能挤在一个食堂就餐而伤透脑筋；就在人民大学又耗资十多万元人民币闪电式地修起一座豪华电脑声控喷水池时，我们却在为校园破烂不堪，连基本的绿化都没有而头疼。

再看远的学校，情况又如何呢？在湖北某师专的学生们开始享受“每八人可住一套两室一厅带卫生间的宿舍”的优厚待遇时，我们却因校舍紧张而把一些破地震棚都动用起来当了宿舍。

随着调查的不断深入，三人越来越觉得，这个选题太大了！绝对不像当初想象的那样简单。通过归纳分析，他们认识到产生这些问题的原因是深层次的，有的甚至是历史性的、全国性的。尤其张子轩在查阅资料和采访中发现，学校从建校至今的历史非常复杂，几经沉浮，这种坎坷几乎是全校许多大学生闻所未闻的。要不是现在即将期末考试，他真想把这个问题继续深挖下去，好好整理出一篇介绍学校历史的文章来。如今，只能匆匆行文，蜻蜓点水似地把这篇所谓的深度报道先写出来，余下的探索留待以后吧。

文章当然很快登了出来，而见报后的反响也让他们傻眼了。这一期《群言》报一中午就被抢购一空，真的是一时间大有洛阳纸贵的味道。与此同时，三人几乎一天之间成了名人。

也在看《群言》报的校团委书记汪琼对这篇文章赞赏有加，认为整篇文章摆事实、讲道理，有分析、有建议，这和以前那些牢骚满腹、空无一物的文章大不一样。它既让学生们陷入深深的思考，也让校领导对学生们这种理性、有见地的态度而肃然起敬。尤其是文章出自几个大一学生之手，就更加难能可贵！汪琼老师忍不住又看了三人的名字一眼。

执笔润色的张子轩对全校师生的反应有些洋洋自得，觉得三人初试牛刀，就获得如此轰动效果，精神受到了莫大的鼓舞。可惜，这种鼓舞来得太晚了，因为还没等他们将这种写文章的执着精神转移到学习上，令人心惊胆战的期末考试就开始了。

最先开考的是《普通物理》。张子轩本来最害怕这门考试，可回头一想，自己基础并不差，主要是中间缺了几节课，好多知识形成了断层，才心生恐惧。但在最近的一周，他几乎不食人间烟火地攻克该门堡垒。好几次写作业时，他的这种前所未有的认真劲儿让章明捷像看怪物似地看他。子轩不仅把王哲的笔记认认真真看了一遍，又把以前沈丹枫那里抄写的作业重做了一遍。如此这般复习下来，子轩竟然觉得自己豁然开朗，普物的难度也就那么回事啊。看来真的像主席老人家说的那样：世界上怕就怕认真二字！

等到考试卷发下来一看，考题和以前的作业基本类似。子轩做起这套试卷来总体上轻车熟路，心里不禁一阵狂喜，觉得自己最近肯定是祖坟冒青烟，好事特别多！心想，这次终于可以堂堂正正做一回正人君子了。一时间，心情愉快地差点哼出小曲来。可他还是高兴得太早，试卷的后边有一道三分题想破脑袋也不能肯定，于是又开始动起了歪歪心思。他往自己的左边看看是过道，往右边瞅瞅，钱浩宇也在抓耳挠腮，看上去比自己还痛苦。后面呢，是一班的女生，不利于合作。只有前面，是王哲！其实选择坐在王哲后面是子轩精心策划以备万一的重要举措，不曾想还是碰到了万一。张子轩拿笔捅了捅王哲，王哲扭了扭腰，丝毫不理会！“难道这小子不懂暗号？”眼看只剩下十几分钟，张子轩又用手推了推，王哲竟然把腰杆挺直了，而且整个身子往前移了移。张子轩恨恨地想：老三，你等着！以后甭想我给你介绍舞伴，门儿都没有！

看看连生气的时间都没有了，自己无可奈何凭印象写了答案。还有5分钟，检查一下试卷，又大吃一惊，发现竟然有一道14分的题粗心大意答错了。赶紧手忙脚乱改过来后，心里一阵轻松。等把卷子交到讲台的瞬间，贼眼一下看到王哲已经交卷的那道三分题的答案与自己的不同，子轩失望地暗想：哎！看来自己还是蒙错了。

回到宿舍，子轩看见王哲就气不打一处来：“好小子，你就这么当三哥啊。弟弟处在水深火热中你也敢见死不救，咱俩从今往后割袍断义！”

“让你小子知道什么叫少壮不努力老大徒伤悲，看你以后还瞎混。”王哲半开玩笑半认真地说。

“嗷！”虞卫军和王哲正有一搭没一搭地对着答案，突然听见张子轩一声似乎疯狗的狂叫。

“怎么啦，老是一惊一乍地，胃疼啊？”

“不是胃疼，是心疼！14分啊，又没了。”原来张子轩最后检查修改了答案的那道14分题，没修改时和王哲他们做得一样，可自己竟然在最后5分钟给改了！张子轩心里那个气啊：你说我这不是脱裤子放屁吗，这么宝贵的时间，还检查什么答案，这不吃饱了撑的！

章明捷冷嘲热讽：“精益求精嘛，一定要有这种求学精神啊。”

“滚吧你！”张子轩抬腿朝老五踢去。

“够幸运的啦你，三天打鱼两天晒网的还只错了两道题。”王哲实话实说。

“老三，你别跟老五一样戴着有色眼镜看人啊！就说这半个月，我学习的刻苦劲儿一点不比高考前差。”

“这我承认，有本事你能把这个劲儿再保持半年不？”

“老这么个学法，跟高中一样，那上大学上个什么劲儿啊?”张子轩气呼呼地说。

“走吧哥们儿，都别对答案了，吃饭去。”章明捷提议说。

张子轩他们一大帮男生打完饭，在燥热拥挤的食堂中寻找座位时，发现沈丹枫和白晓曼几个女生已经坐下开吃了，边上还有几个空位。几个人赶快过去坐下来，221宿舍的周烨刚挨着沈丹枫坐下，就和女生边吃边聊起来。而沈丹枫和周烨也是有说有笑，竟然跟张子轩连招呼也没打，只当子轩不存在似的。

自从沈丹枫上次为张子轩代买早点，再加上两人两次深夜独处的机会，两人的关系顺理成章地亲近了起来，他们总是有意无意地寻找着能在一起的机会。于是，章明捷发现每逢吃饭时，沈丹枫的餐桌边总是“碰巧”还有空座，而张子轩也总是“碰巧”能坐到这个空座。此刻，张子轩看见沈丹枫和周烨聊得不亦乐乎，而她的身边也没有了平常为他而留的专座，心里立刻开始醋意泛滥地想：女生的脸都是六月的天啊，前些天还那么温柔可人，今天就待理不理了。看来是我自作多情了，感情你对谁都这么热情，感情你边上的空座也不一定是专为我而留啊！这样想着，忽然觉得沈丹枫以前看起来小巧精致的脸庞变得难看了起来。

张子轩正在一脸阴云地胡思乱想间，就听沈丹枫问：“张子轩，又吃炖白菜啊？我这儿还有炒三丁呢，太辣，我没吃多少。要不嫌乎，都给你吧，我们快吃完了。”

张子轩一听这话，心里马上多云转晴，看来沈丹枫似乎还是待他比待别人更好，于是他又觉得她还是像以前一样招人喜爱！而眼前的炖白菜也忽然变得那么有滋有味儿！

章明捷大叫道：“哈哈，沈丹枫你对我们老七太偏心了吧？我也喜欢吃炒三丁呢，我尝尝。”

“你盆里不是有好菜吗？再说哪有老五和老七抢好吃的道理？不知道大让小啊，你们说对不对?”

“哈哈哈。”满桌的人都各怀目的地笑起来。

说话间，几个女生已经吃完，站起身来收拾饭盆准备离开。沈丹枫果真把碗里的菜倒给子轩说：“你们慢吃，我们回宿舍了。”

期末考试的这些天，天气一直热得跟学生们焦虑的心情一样。在女生们刚离开食堂的时候，从西北边忽然飘移过来厚厚的云层，象一层大被子覆盖着天空。一瞬间，仿佛黑暗提前到来，天空竟然变成了怕人的淡绿色。“啪、啪”，一开始是稀疏而又极大的雨滴，打在地上和玻璃上，张开一朵朵小小的雨花。转瞬间雨越来越密、越来越急，变成了滂沱大雨。操场边那几棵高大的杨树树枝随风狂舞着，片片碧绿的树叶不知是被狂风还是暴雨打落，随着马路上很快就聚集起来的雨水漂流着。

很多吃完晚饭又没带雨伞的人只好又重新回到餐厅里望雨兴叹，不过每个人的脸上似乎都带着欣喜的神色，盼望着暴雨能冲走多日的燥热，带来一丝丝凉爽的气息。

雨只下了十几分钟就停了下来，风也住了，天空又开始慢慢放亮。西边淡淡的云层变成绯红的晚霞，似浓妆新娘的胭脂在沐浴后变成了粉红。这么妖娆的景色，让郁闷好久的学生们长舒了一口气。

“走吧，咱们也到清华东路上去透透气儿吧。”李文革提议道。于是，周烨、张子轩、章明捷等几个刚刚吃完饭在食堂躲雨的同学吆喝着背着书包出了东校门。刚出东门，却意外地发现早于他们吃完晚饭的白晓曼、沈丹枫、夏荷也在前面不远处散步。

东门外的小树林确实是另外一个世界，没有了校园内的烦闷和喧嚣，取而代之的是盈耳的鸟语啁啾。雨刚刚停下，清华东路道边宽大的法国梧桐树叶仍在往路面滴答、滴答地掉落水珠。偶尔一阵风儿吹来，树叶沙沙作响，随着又将叶片上的雨儿用力摔落在地，带来一阵急促的啪啪的水声。空气中弥漫着雨水和树叶、泥土和青草的芬芳，充满了田园风情，让人觉得神清气爽。

几个女生在这雨后碧绿树叶的映衬下，显得比平时妩媚不少。男生们赶上去，和她们并排，一起漫步在校外那条2米宽的小道上，不禁显得有些拥挤。子轩找机会和丹枫对视了一眼，本打算走到她身边套套近乎，但看她紧紧挽着白晓曼的胳膊，似乎没有想和他亲近的意思，于是也放弃了这个想法。

子轩不得不承认，刘洪涛和周烨确实有获得女生好感的好人缘。只要有他俩，女生们似乎就从来没有烦恼的时候。就这么会儿功夫，周烨也抓住一切时机逗女生开心，给女生们讲起了笑话：“一天，一条鳄鱼发现前面有一条变色龙，张嘴就想把它吃掉。变色龙急中生智地大喊：‘妈妈！是我’。鳄鱼吃惊地停住，问变色龙：‘你谁啊？怎么叫我妈妈呢？’变色龙哭道：‘我是小鳄鱼啊。’鳄鱼心疼地掉下眼泪，说道：‘可怜的孩儿啊，几天不见，你咋饿得瘦成这样了？’”

一帮人开始肆无忌惮地大笑起来，而且还把眼光转向子轩，那意思很明显：你就像小蜥蜴一样瘦得真可怜！

“看我干嘛？”子轩觉得愤愤不平，很想谴责周烨这种拿人短处取笑的做法，但又找不出什么冠冕堂皇的理由去反驳他。更让子轩恼火的是，这几个平时看起来和他关系还不错的女生，此时看向他的目光中也似乎是带着嘲讽。尤其是沈丹枫，她不仅没有对这种笑话表示愤慨，反而跟着别人一起傻呵呵地笑着。

子轩觉得气不打一处来，决定坚决反击！

“那我也给你们讲一个笑话吧。”他抢过话头装作轻松地说：“说有一只公狼刚失恋，觅食时路过一间小屋，听到屋里有小孩的哭声，随后又听到一女子教训起这孩子：‘再哭，就把你扔出去喂狼。’狼一听有这好事儿，决定蹲在墙根等她把小孩扔出来。结果，小孩在屋里哭了一夜，狼在外面坚守了一夜。看看天都大亮了，那女人也没有把小孩扔出来，狼哽咽地说：‘骗子！女人全是骗子！’”

几个女生开始时没有细想，毫无矜持地哈哈大笑。笑完后，夏荷和沈丹枫突然觉得他在侮辱女人，笑着举起粉拳作势要过去打张子轩，早有准备的子轩面无表情地躲开了。

周烨像一个演员一样及时收起笑脸，正经地说：“哎呀，大家在一起太高兴了。不知你们有没有觉得，这似乎还是咱们班上的男女生们第一次在公开的场合这么充满闲情逸致的闲逛呢。”

沈丹枫立即说："哎，真是这样！好像以前最多就是在食堂吃饭的时候在一起过吧。"

"什么呀？你们都什么记性？难道去中南海参观的时候没有过？去颐和园划船时没在一起过？"子轩反驳道。以前他就看不惯沈丹枫对周烨他们宿舍那帮男生的热情劲儿，尤其在她给他买过早点之后，他更是觉得沈丹枫既然以三个包子作为"定情信物"，对他心有所属了，那就应该在和别的男生相处的问题上有所收敛，不该随便再和别的男生一起说说笑笑。因此，张子轩今天摆明了就是要和他们俩对着干。

周烨说："我的意思是在学校附近的公开场合。我觉得我们天天想着去什么景点旅游，而恰恰忽略了我们眼皮底下的好风光。"

"是啊，你说就一墙之隔，学校里怎么就没有这样的环境呢，要不然咱们学起来也能力争上游啊。"章明捷纯粹是没话找话。

"哼哼，凡事都有两个方面啊，我看环境好了也不一定是好事。"李文革总是习惯从正反两方面去辩论。

"什么啊？特么的环境好还不是好事啊。"张子轩的口头禅到哪儿都改不掉。果然，沈丹枫马上抗议道："喂喂，注意点啊，这儿还有几位大小姐呢！"

"呵呵，随便惯了，对不起啊，这不是表示对老李的强烈不认同嘛。"子轩对丹枫的抗议感觉心里边怪怪的，一方面很高兴她主动接上自己的话头，这是不是证明她老想着和自己近乎？另一方面又不太清楚她反驳自己的语气这么正经究竟是什么意思。难道不是套近乎，而只是真的对自己不文明的话语感到生气？

"子轩你别不同意，你想啊，这样的环境又该催生一批搞对象的了。比如你和沈……"李文革说道。

"打住打住啊，你怎么三句话不离本行，什么事都往这上面想。"李文革刚想把话题引到子轩身上，便被子轩堵住。

"不是我往这想，事实不摆在这儿吗？嗍，你们看。"李文革努努嘴，几个人这才注意到，他们已经不知不觉走入了情侣们的包围圈中。

主楼一角　王晓亭绘于 2016 年

眼见得越往里走，气氛越暧昧。他们都觉得自己有点像新婚之夜听壁根儿的色狼，几个人极不自在了起来。

“啪！”一声脆响，只见李文革往自己胳臂使劲一拍，一只黑蚊子被打成了肉酱。“刚下雨，怎么还这么多蚊子？走吧走吧，这破地方蚊子太猖獗了。”

“我就奇了怪了，他们那些一对一对的，蚊子就不咬他们？”章明捷说。

“人家两人相互咬，所以顾不上蚊子咬。”张子轩说道。

“嘻嘻……，是非之地不宜久留。”夏荷她们终于也发话了。

“再不留步，就要惊起鸳鸯无数了，咱们赶紧回去翻翻《高等数学》吧。”来的时候是李文革建议，想不到回去的时候还是得李文革建议。

进校门时，沈丹枫和夏荷问男生们去哪儿自习，周烨说去主楼吧，主楼的教室毕竟多一些。几个女生马上说我们一起去吧。沈丹枫又转过头，问走在后边两步的张子轩和章明捷道：“你们去不去？”

“不去！”子轩想也没想就没好气地回复道，他还在为刚才沈丹枫立场不坚定的事儿生气。

沈丹枫也没有再答话，进了东门就往主楼那边拐过去。丹枫的这种无所谓的态度更让子轩心里升起一阵无名火，他本来以为她还会找出无数个理由劝他去主楼呢。

章明捷看子轩的表现过于明显，揶揄道：“怎么啦，老七？我看你今晚哭哭笑笑的，真成了酸溜溜的糖醋排骨啦？”

张子轩和章明捷回到宿舍，发现218宿舍只有马昊然这个老顽固独守空房。他一手拿着扇子，一手写着复习题。再看他衬衫解开了两颗钮扣敞开着，“酥胸”微露！样子实在让人想笑。于是几个人闲话来不及说地开始挑灯夜战，书本上连翻都没翻过的地方数不胜数，但必须咬着牙继续看，要不然明天即使抄书也不知道大概的位置。

第三天中午时，普通物理课考试的分数发下来了，结果让全班跌破眼镜：张子轩竟然得了97分，排在第一名！而王哲、虞卫军才得了94分。

试卷发下来一看，张子轩那道在检查试卷时自己纠正的14分题还真改对了，后来据老师说这道题全班只有他一人得了满分。

“好人好报啊！是金子总会发光的，是沙子总会用在建筑上的!”张子轩激动得手舞足蹈、语无伦次。

“哎呀，这……这还真的有点那什么。”老大郑伟诚说了半天，也不知道他想表达一种什么观点。

“请客啊，老七!”章明捷这厮就这点吃的爱好，提出来的要求也没什么品味——三句不离吃。

“你给了我们极大的信心。你都能考第一，这只能再一次印证了毛主席的话确实是真理：世界上没有什么人间奇迹不能创造的!”老二倒是直截了当地表达了不服。

“你们什么意思？什么意思?！怎么我就不能拿个第一！告诉你们，以前考不好那是失误，现在那才叫正常。你们以后一定要慢慢习惯这种情况啊，别以为只有老三、老四是状元承包户。”

“我们才不想承包呢，巴不得分给你们几个第一。”王哲很淡然地说。

“哎对了，你说我拿了单科第一，是不是有希望获得暑假军训资格了?”

“你啊，估计没戏。”王哲又在那儿泼冷水。

“为什么?”

“系里不是定了参训原则吗？要德智体全面发展的。别忘了，德育方面，你的风言风语无人能比；体育方面，你瘦得没有一杆枪重，怎么行军拉练啊？而且你还天天睡懒觉，名声都传到外系去了。你啊，就安心先请客吧。”

“请就请，每人一瓶酸奶。”

“这就叫请客啊，整个一铁公鸡呀!”

“哥们，这都啥时候了，都要放暑假了，谁还有钱请客？再吃，我连回家的车票钱都没了。”

“行行，酸奶就酸奶，总比没有好。”

晚上，张子轩被章明捷几个人簇拥着往食堂走时，想到一下子要花掉好几块钱，心疼得直掉眼泪。

第十章

受气媳妇熬成婆

迎新趣事儿

军训苦与乐

1987年的夏季开学，似乎最高兴的是八六级学生，因为对于他们来说，这个暑假简直就是从受气媳妇熬成神气婆婆的分水岭！毕竟大一升大二了，终于要迎来一个名叫八七级的“弟弟/妹妹”供他们“压迫和支使”了。

按学校的惯例，负责迎新工作的是大二学生。钱浩宇总是对集体活动充满了无尽的热情，可他今天的心里却有些不快。因为他不明白为什么学校偏偏挑了9月9日作为新生报到入学的日子，这本是毛主席逝世纪念日啊！可看看今天的学校，到处张灯结彩，红旗飘扬，鼓乐声声，一派喜庆的节日气氛，这到底算怎么回事儿嘛！

周烨因参加了暑期军训，本来没有迎新接待任务，可他和钱浩宇一样，历来是热心肠。他总觉得，这是大学生涯中很有意义的一件事。于是周烨瞅着不需集训的空档，和同学们一起在迎新处与宿舍楼之间来来回回跑了五六趟，重复着去年八五级的同学在他们身上发生的事儿。

巧的是，张子轩竟然在新生中碰到了自己的高中同桌冯刚。而冯刚也一眼就认出他来，两个男人激动地拥抱在了一起，惹得众人一阵羡慕。

冯刚一路上兴奋地告诉子轩说："去年高考落榜的十几人又继续复读，今年基本都考上了，只是熊光楷又落榜了。"

子轩细问缘由，冯刚叹道："你还不知道这小子吗？前年刚上高三时迷恋上了六班的女生胡霞，结果成绩是飞流直下三千尺。去年复读，造化弄人，老天爷竟然又将他俩弄到了一个班，可怜的光楷从情种变成了情痴，结果今年的高考又名落孙山，可人家胡霞却顺利考上了长沙铁道学院。"

张子轩听得唏嘘不已，实在佩服高中那几个男同学的早熟，想想自己虽然一直暗恋班上那个长得白皙而文静的女生宫雪，可整个高中阶段和她说过的话竟然没超过三句，觉得真有些遗憾。子轩很想问问冯刚有关宫雪的下落，又怕他奚落自己，于是对冯刚说，"还是咱们有定力啊，忍一忍，海阔天空！你看现在，多少女生可以任我溜溜儿的求啊。"

"哈哈哈！"冯刚也笑了起来。

晚上，218宿舍卧谈会的内容第一次从永恒的主题改为八七级新生。从各方汇总的信息来看，八七级大有来头！尤其是这个土木八七，绝对不是"善茬儿"。马昊然反映，他接待了一个从河南特招的女生王彩霞，1.75米的个儿，据说是长跑健将，高中时曾得过全国中学生田径赛5 000米冠军，今后和咱们班夏荷有得一拼了。听到女生的身高有1.75米，章明捷自信心受到强大的打击，有点悲观地说："原来土木八四班在体育上压住咱们一头，好不容易盼着他们快毕业了，自己马上要成为老大，这怎么冷不丁又冒出一土木八七来？"

王哲和于文雍属于鹰派，对此不以为然。于文雍大大咧咧地说："要相信我们的实力！毛主席说：'与天斗其乐无穷，与地斗其乐无穷，与人斗其乐无穷'。体育有几个对手不可怕，咱们班靠的是综合实力。总体来说，他们和咱们班比起来那是小舢板对航母的差别。"

张子轩破天荒没有参加他们的讨论，他把自己关在蚊帐里，又回忆起上学期离校前的那个晚上发生的事情。

那天，沈丹枫主动请他去看电影。看完电影去散步时，他又追问她那次电影院打扫卫生后所说的“知足常乐”是什么意思？

丹枫轻声笑着，有些娇羞地问他：“那你先回答我一个问题吧。”

“什么问题？你说。”

“告诉我你是怎么看我的？”

子轩没想到沈丹枫直截了当地问出这句话来！他明白她是想知道他的态度，可他却一下子不知如何开口。他开始从十万八千里远的地方迂回曲折、拐弯抹角地回答她，先是夸她多么完美，而后说自己多么差劲，觉得自己似乎和她根本就不是一个社会阶层的人，他不配她。末了，连他自己好像也不知道他究竟想表达什么态度。

子轩记得丹枫当时听了他的一席话后，态度立即变得冷淡了下来。她镇静地说了句：“哦，我明白了，咱们回去吧。”从此就不再开口。

子轩见她的态度来了个一百八十度大转弯，知道她误会了自己的意思，以为他不喜欢她。他很恨自己的口笨舌拙，照他脑子里修改了无数次的剧本，故事情节原本该是这样的——他先客套地说一堆自己配不上她的话，然后沈丹枫听了后会坚定地回复他，她就喜欢他这个人，其他的她都不在乎！再然后他就激动地握住她的手，将她拉向自己的怀抱。哪知道现在女主角完全没按剧本演戏，叫他一时不知如何是好。更关键的是他根本就没有机会再去解释，因为第二天大家就离校回家过暑假了。

整整一个暑假，子轩都在思索自己是不是因为同学的起哄而不知不觉地喜欢上她，他也在思索他们将要发展成一种什么关系。他无法掩耳盗铃自欺欺人，从自己最近对她“一日不见如隔三秋”的感受来看，他觉得自己一定是爱上了她。而且，从丹枫几次和他单独在一起时热情的表现和期盼的眼神来看，他可以肯定丹枫也是爱他的或者说至少是喜欢他的。本来，在这样的时候，只要他趁热打铁主动表白，他们的关系肯定会顺理成章地往下发展。可他骨子里的自卑却让他退缩了、犹豫了。他自认为即使和她好上了，他俩的关系也不会长远。不是吗？自己出生农村，家境贫寒，而且父母已年迈，早就盼着他毕业后回到家乡去工作。而她呢？出生在大城市，也有一个疼她爱她的母亲，而且从她不经意流露的话语里，他知道她毕业后也会回到她母亲的身边。仅凭以上这些难道还不能想见他们未来的结果吗？

在罗列了自己和她之间的种种差距后，理性告诉他该及时刹车了，趁现在一切都未开始，否则，开始有多幸福结束就会有多痛苦。可另一个声音又时时引诱着他：爱是可遇不可求的啊，只要曾经拥有，不要在乎天长地久。他被两种完全对立的思想拉扯着、纠缠着，陷入了一个无底的漩涡而无力自拔。

而更让子轩痛苦不堪的是今天在迎新广场上见到丹枫，她竟然装作没看见他的样子，扭过头去。他觉得自己无法忍受在以后的两年里，每天见到的不再是过去那个对他一脸笑容、说话俏皮的沈丹枫，而是一个对他不理不睬、形同路人的沈丹枫！

子轩在头疼欲裂之际，决定使出杀手锏——用钢镚儿卜卦，如果是正面朝上，则主动向她表白爱意；如果是反面朝上，则主动找她接受她的爱意；如果硬币立起来，则表示可以采取前两种方案中的任何一种。他觉得这个规则定得很公平，嘴里马上开始念念有词："天灵灵地灵灵，保佑我有桃花运"，并连续在床上抛了三次硬币，结果是两正一反！他叹了口气道："看来是天意啊，桃花运来时躲是躲不过去了，你可不要怪我赖皮啊！"

迎新的这几天，刚参加完暑假军训回来的八六级同学之所以没有安排接待任务，是因为学校组织他们天天下午聚集到运动场回炉操练军姿，以便在迎新汇报演出上露一手。于是这批人在操场上练习正步，把铺了炉渣的操场踢得乌烟瘴气，人人愤怒。于文雍则是因为操场被占用导致系足球队有几天没法训练而恼火，曾带头找过系团总支，要求协调。无奈军训迎新汇报演出是学校的头等大事，其他的活动必须让路。于文雍只得和队员们不时地找个篮球场练练脚法。

这些参加军训的哥们别的本事不知学到了多少，但确实训练出来了超凡的耐力，每个人迷彩服的背后明显结出了汗渍盐花，竟没有一个人喊热。不过在水房里会发现，这帮人回去冲凉时总是端起一盆凉水，从头淋下来，并发出酸爽的喊叫，弄得水房鬼哭狼嚎，瘆人得慌。

徐航也是班上参加军训人员之一。他冲完凉回宿舍刚换完衣服就和周烨聊起军训时的笑话，周烨说："王哲才好笑呢，你说他学习这么好，逻辑思维这么强的人，却老是顺拐。有次让教官逼急了，顺拐倒是调过来了，结果又出错了右腿，我刚好站在他右边，他的右腿和我的左腿并在了一起。教官从侧面巡视队列，竟然恼火地喊了一句：'谁把两腿都抬起来了？'"

参加了军训的两位在这边谈得兴高采烈，另一边的刘洪涛却兀自美滋滋地想着自己的心事。自从上学期和北师大那个白裙子的高个儿女孩——慕兰认识后，他们之间的感情突飞猛进，暑假时鸿雁传书，为此刘洪涛还提前了一周时间就回到北京，如今俩人已经是你侬我侬、如胶似漆，但又似乎还没到公开关系的地步。好不容易盼来一个迎新小长假，刘洪涛下午就和慕兰约好了晚上去天安门看升国旗。

想到这些，刘洪涛心里像猫爪子挠似地没着没落。于是乎，他跳下床来匆匆到水房洗把脸，最重要的是仔细刷刷牙——这是刘洪涛用血的教训换来的！想想上学期末，有天早上起得晚，懒得刷牙，偏偏中午与慕兰有约，等他猴急地凑上嘴巴想亲热时，一向大力配合工作的慕兰同学竟然坚决不让其得逞。刘洪涛大惑不解，而善良的慕兰解释原因时倒也没说是口臭，只是用词相当讲究地嫌其嘴里有异味，已经很给面子了。刘洪涛没敢强求，但当天晚上急得嘴角就起了大泡。他时不时用舌头撩一下嘴角，心里还阿 Q 地想：这个水泡的柔软程度和慕兰的柔软不相上下。

第十一章

新官上任三把火

占领社团

让人流鼻血的大专班演出

吴凯变成了祥林嫂

老山英模报告会

八七级新生入学不久，又到了各个社团吐故纳新的旺季。随着好多八四级的同学开始退出社团，八六级的学生们由去年的被招对象变成了今年的主考官。按惯例，各社团负责人一般是由大三学生担任的，谁知八六级冷不丁冒出一批像土木八六班那样基因突变、能力超强的人，于是沿袭下来的社团负责人惯例被他们这帮大二的“不速之客”彻底打破。

李文革由于广泛的人脉，加上上学期成功策划的呼吁改善学习环境的报道给校团委及学生处领导带来的好感，被组阁为校学生会办公室主任。赵志强接替李文革出任班团支书。

班长陈峻顺利当上校文工团团长。一是因为他已实际管理文工团半年，积攒了大量人气。二是他在竞选会上夸下海口，在他的任期内，他一定想办法找学校拨款，让文工团的基础设施（乐器）配置来一个翻天覆地的变化，而且要将节目水平提高一个层次，让同学们不再喝倒彩。

王哲因学习拔尖、思想进步、雄辩的口才及组织能力被提拔为系团总支副书记。同时，这小子还成为校广播站的值班编辑。

刘洪涛因为其出色的策划能力和组织能力，被校团委任命为《群言》报的总编。

张子轩也在汪琼书记的提议下，从原来的记者、美工被提拔为《群言》报的主编。同时，他还因为其书画作品在上学期全校五四书法展中的优秀表现，成了学校书画社的得力干将。

而吴凯呢，也成了校摄影协会会长。对于他当这个会长，班上有人是不服的。比如同宿舍的钱浩宇，原因是吴凯的竞选资本主要来自于一次摄影展所获得的一等奖。那次，吴凯拍摄的系列肖像摄影作品不仅用光很有层次感，关键是模特的表情和姿势非常清纯优美，让欣赏照片的人流连忘返，也获得了担任评委的校报美术编辑的高度评价。可这些作品的模特是白晓曼啊！不要说他钱浩宇，所有土木八六级的同学都知道人家白晓曼本身就有一副最上镜的长相，他吴凯只不过是真实反映了人家的美丽罢了。这种拿着别人的漂亮去获一等奖的人心里亏不亏啊？

还有于文雍、许如萱和林娜也有了新的头衔。于文雍被委任为建工系足球队队长，许如萱和林娜分别成为校广播站的中文和英语播音员。

几个“新官”急于烧出上任的第一把火，恰好学校就及时送来了大堆的柴禾。因为这一年的 10 月 15 日适逢建校 35 周年校庆，学校上学期就提前放出风声要举办一系列的庆祝活动，比如传统的文艺汇演、书法摄影展，更多的是学术讲座以及新图书馆的启用仪式，搞得全校师生都像小孩盼过年似地充满了期待。但正是因为这种沉甸甸的期待，让陈峻和吴凯他们觉得校庆这堆“柴禾”实在是太大了，倒像是成了针对他们的一次命题作文，心里不由得紧张和忐忑起来。

首当其冲的是陈峻。以前每次的庆祝活动，文艺汇演肯定是重头戏，而只要有文艺汇演就离不开文工团。加上他刚刚在竞选上夸下的海口，若不能兑现，他将如何面对支持他的众人？欣慰的是，借着校庆的名义，他游说了校办、党委宣传部和团委，成功获得学校拨款，已经添置了组建一支小型乐队所必需的乐器，这不能不说是首战告捷啊！摄影协会会长吴凯呢，肯定要率领几个“狗仔队”成员穿行于校庆的所有活动现场中，将精彩的瞬间定格于胶片。但关键是怎么将以前练得烂熟的摆拍技术转变为抓拍？刘洪涛作为《群言》报的执行总编也在发愁，怎样再创辉煌？怎样在这些光鲜热闹的活动当中挖掘一些有内涵的报道？

不管是盼望到来还是害怕到来，校庆活动终于在 10 月 12 日的文艺汇演中拉开了序幕。这次汇演，虽然只是本校文工团及各系组织节目，但因为据说有校领导亲自过问，整体水平比以前有了较大提高，还是吸引了不少同学前往观看，土木八六的同学们更是倾巢出动前去给陈峻捧场。

前两个节目几乎毫无新意，没看出演出水平有什么提高，这让钱浩宇、章明捷等几个一心捧场的哥们有些失望。等报幕员说下一个节目是大专班的健美操表演时，观众席出现了一阵小小的骚动，掌声明显强烈了起来。谁都知道，学校今年第一次专门面向北京招收了两个食品专业大专班，而大专班的这帮北京女生们显然比其他省的女生多出些说不出来的气质，这些终日生活在皇城中的女生们一个个似乎天生就是骄傲的公主！仿佛生怕别人不知道她们是北京人，一口地道的京腔往往让人未见其人，先闻其声。她们虽然学历比本科生、研究生低，可平常在校园里，头却抬得比谁都高，胸脯挺得也比别人高，那神情就像自己是博士生似的。

演员上场时，16 名女生清一色的黑色紧身健美裤和蝙蝠衫吸引了全场的眼球。跳动的过程中，前排中间的那个女生格外引人注目，明捷、子轩、陈峻、吴凯、钱浩宇几人指指点点：“看人身材凹凸有致，还苗条。”

“人长得也不赖，舞跳得还倍儿棒。”

“就是！你看人家，该伸腿伸腿，该甩胳膊甩胳膊。”

“哈哈，”陈峻实在忍不住笑了，“你们傻了啊，五迷三道的都找不出词儿来形容了。”

正说笑之时，中间的几个女生表演了一个比较前卫的动作：面向观众前倾，两臂循环挤胸扩展。要命的是偏偏中间的那位V字领口开得较低，每次挤胸时竟然会出现一个较大的乳沟。这几个黄花大小伙哪见过这种阵仗，当时就一个个血脉偾张，呼吸不匀。马昊然那瓶子底厚的近视眼镜片后射出两道火光，吴凯平时看起来人五人六的，现在在蝙蝠衫前也充分暴露出其色狼本性，端着照相机瞄来瞄去，似乎嫌手中的400毫米长焦镜头不够用。

张子轩花了一下午的时间和一直不理他的沈丹枫“泡蘑菇”，终于把她劝来和自己一起看演出。此时，她拉着白晓曼作幌子，坐在张子轩旁边。张子轩因为有沈丹枫在的缘故，在言语上可不敢像章明捷他们一样造次，反而假装正经地捅了捅吴凯：“嗨！不至于这么猴急吧。”

“哥们，你是饱汉子不知道饿汉子饥！天天搂着女生跳舞的时候，你想到过我们吗?”吴凯全然不顾身边自己班上两个女生的感受，说话的同时，眼睛仍然紧盯着舞台上那个女生，认真的模样俨然像我人民解放军雷达部队发现了入侵的敌机！

陈峻在一边没有插话，他把更多的精力放在看节目上。实际上陈峻先前就认识这个吸引了这帮色狼眼球的女孩，她叫陈欣怡。前一段时间她们经常到文工团排练、配乐，两人也有几次面对面的接触。在陈峻的印象中，不论业务还是长相，陈欣怡都是个很一般的女孩啊，当然只是气质比较好罢了。陈峻也有些纳闷：不怪几个哥们今儿丑态百出，这小妮子今天跳得确实好。

健美操之后的几个节目对于这几个男生来说，基本都是走过场，起码对吴凯来说是无心观看的。陈峻后半场几乎都在后台忙活，等演出结束收拾完乐器回到宿舍，见大家还在议论纷纷，于是忍不住告诉他们自己认识陈欣怡。

吴凯一阵兴奋：“太好了，我告诉你，这回你死活得救救哥们，明天介绍认识认识。”吴凯这厮像垂死的病人抓住了根救命稻草。

“有这么容易的好事儿？不给点意思？”陈峻想敲竹杠。

“开条件吧！”吴凯很痛快地回应道。

“一星期的早点！”没等陈峻反应，吴凯又补充一句：“要不再加上一星期的占座儿？”

本来陈峻已经相当吃惊，就吴凯这么个睡懒觉的主儿，竟然这么爽快答应了两个比抽筋剥皮还痛苦的条件，足见其心中的急迫。可陈峻还想再逗逗她：“娶个媳妇就这么容易？”

“豁出去了，再加洗两盆衣服成吧？”

“成交！”陈峻毫不犹豫地答应了。其实这才是陈峻最大的心病，只要想起床底下那堆都快长霉的脏衣服他就愁得失眠。

第二天，吴凯就紧催着陈峻去文工团“办公”。陈峻说：“你还真是猴急啊，我也不能没事儿把人家叫来，直接告诉她给你介绍朋友吧，那我不成了保媒拉纤的媒婆了。等周五吧，周五有活动，她们要参加。”

好容易盼到了周五。晚上7点，陈峻按计划召集了一些文工团骨干到文工团碰头，当然包括陈欣怡，开会的内容无非是对上次的演出做些总结，布置下段时间尤其是“一二·九”纪念活动的演出工作。陈峻在会上尤其强调要出精品，不能凑数，还意味深长地特别表扬了八七级大专班表演的健美操节目。会议结束后，大家相继离去，陈峻又点了几个人留下来美其名曰继续切磋伴奏，实则是瞎侃。自然，留下来的同学中就包括陈欣怡。

吴凯也积极地“列席”了今天的碰头会。这小子从一开始就在会场的角落里假模假式地翻看一本吉他曲，眼睛却一直在开会的人中寻找昨天舞台上那个波涛汹涌的女生，翻来覆去踅摸了好几遍，确信没有。正在合计如何教训陈峻这小子，陈峻却大声叫他：“吴凯，过来，给你介绍一下咱校的文艺人才，这是大专班的陈欣怡。”又对身边的陈欣怡说：“这是我们宿舍哥们吴凯，学校摄影社的社长，以后的活动少不了要他给你们拍照宣传。”

吴凯听了介绍有点发懵：这就是前天舞台上的那个漂亮女生？这才过了两天啊，受什么摧残了，变化怎么会这么大？那娇若桃花的脸庞呢？那曲线玲珑的身材呢？

吴凯虽然一开始想得有点“龌龊”，但立马收回了杂念，赶紧和陈欣怡礼貌地打着招呼。但说实话，他还是觉得自己那颗幼小而纯洁的心灵被骗得很惨，遭受了重创，甚至让他开始怀疑人生。可细细一想，怪谁啊？怪只怪那可恶的舞台灯光，可恶的化妆，可恶的舞蹈。

回到宿舍，垂头丧气的吴凯依然纳闷她那胸脯怎么就能在这几天之内像一个撒气的皮球似的说瘪就瘪呢？陈峻也不答话，脱掉上衣，光着膀子，两手握拳摆了一个健美运动员练胸肌的造型，只见陈峻原来并无起伏的前胸出现了一道小小的乳沟。吴凯在明白了这个原理之后的好长一段时间，总是像祥林嫂一样一遍又一遍痛心疾首地见人就唠叨：教条主义要不得！经验主义害死人哪！

10月18日本来是个周日，因为前几天校庆连着放假，教务处今天安排补课，而且竟然把上午四节课排得满满的。大家好不容易熬到第四节课下课，直奔食堂。结果被食堂前广告栏上的一张醒目的广告吸引住了眼球。只见大幅的广告纸上画了一幅传神的解放军手握钢枪的画面，下面仅有两行字：1986年对越自卫反击战老山英模报告会。时间：下午2点。地点：学校大礼堂。

广告制作得干脆利落，一付爱看不看，舍我其谁的架势。女生们无所谓，没觉出这幅广告的魅力，可男生们炸锅了！一圈一圈的男生把广告栏围得水泄不通。

“好家伙，高中时就看《高山下的花环》，陪着导演流了不少泪，要不是因为自己近视眼，现在早在军校上学了。今儿个能见着活生生的英雄，焉有不去之理！”一个男生咋呼道。

另一个男生也在那儿大呼小叫：“老三，赶紧通知加工八五的，下午的足球赛取消啊，我们要去听报告！”

还有的说：“咱们下午好像还有实验课吧，赶紧找老师把时间推迟到明天吧。”总之，一切事情必须全给老山英雄让路。

人群中有个热恋中的小女生不识时务地对其男友说：“讨厌，咱们不是说好下午去西单逛商场的吗？你非得去听那个什么报告啊，是他们重要还是我重要啊？”惹得该男生当众一顿痛快淋漓的臭骂：“少现眼啊，怎么啥年代都有‘商女不知亡国恨，隔江犹唱后庭花’之人，今儿下午这事没得商量！”

再说陈峻自从当上文工团团长后，由于公务繁忙，已经没有精力再来管理班级事务，不得不向大家提出辞去班长职务，于是陈老师又召开班会改选班长。班会上，没有参加社团组织、一身清闲的钱浩宇眼里闪着泪花、言辞恳切地希望同学们给他一个锻炼自己、服务同学的机会。而其他同学几乎都盯着系、校学生会和社团的职务，基本无人和他竞争这个九品官职位，于是钱浩宇的班长职务获得大家的鼓掌通过。此刻，见学校组织了这样有意义的活动，思想上进、古道热肠的钱班长同学立即跑遍了各个宿舍，要求男生们尽量参加。实际上，即使没他去劝，大多数男生也是打算要去听报告的。

钱浩宇、赵志强一点半就开始到各个宿舍提醒大家去听演讲，可 218 宿舍竟然敲不开门，二人只好纳闷地去 221 宿舍叫徐航、周烨等人。

徐航说：“还早吧，二百米远的距离再过十分钟走也来得及啊。”

钱浩宇说：“早点去抢个前排的座位，看得更清楚。”

徐航调侃地说：“这又不是大专班女生的演出，看这么清楚干嘛?”

可等几个人晃晃悠悠进入大礼堂时，才知道失策了。不要说全场都已没有空座位，就是靠前面的走廊边也已经站了不少人，几个人只好无奈地站后边了。钱浩宇眼睛踅摸了一圈，发现 218 宿舍的王哲、张子轩他们竟然已坐在后边靠北的座位上，不由得心里怒骂了一句：“不够意思！原来这几个小子偷摸提前来了。”

第一位讲演的英雄王国清不愧是大学生，风趣幽默，将战场的硝烟讲得惊心动魄，赢得了阵阵掌声。而第二个演讲的神射手郑钰，要说他的事迹应该是最惊险刺激的。使用普通轻武器歼敌的故事那是小菜一碟、不用多说，让人称奇的是他竟然能一人独自使用40火箭筒和60迫击炮，多次摧毁敌军机枪工事，真是个名副其实的全能射手。只可惜郑钰一口西北方言，能听懂者寥寥，鼓掌的也寥寥无几。而钱浩宇却对郑钰这个老乡感到格外亲切和骄傲，听到津津有味之处，独自鼓掌，惹得周围的人就像看动物似地盯着他，看得他到后来也不好意思鼓掌了。

听罢演讲走出礼堂时，同学们个个激动万分，大有报国无门之感。回宿舍的路上，钱浩宇就建议说："要不咱们改报军校吧，有没有从普通院校转读军校的转校手续?"

孙鹏辉说："咱们报国不一定非上部队，从身边的小事做起也是一样的。赶明儿咱们经常到北沙滩附近的小月河转转，看看有没有跳河轻生的小女子，及时把她们救上来，也算是咱们报效祖国、报效社会吧。"

哪知道，事也凑巧，就在他们抱怨报国无门时，一个机会主动找上门来。晚饭时，在英模报告海报旁，多出了一张醒目的告示：近日海淀区组织各高校义务献血，地点在北医三院，希望同学们踊跃报名，学校将在后天上午9点统一派车接送献血者。钱浩宇好一阵激动，心里不得不佩服学校的组织能力。先是讲演，让大家热血沸腾、血压上升，接着来一个义务献血，只要是个男子汉还不都得报名吗？既满足精神需求，又能降血压啊。高，实在是高！

晚上钱大班长风风火火统计献血人数，除了马昊然有心脏病的嫌疑外，其他男生就连排骨张子轩、苦瓜虞卫军、麻秆吴凯也积极报名了。钱浩宇第二天上午把名单报到系里，可惜系里说，这次主要是八四级毕业班的同学献血，不接受其他年级的同学报名。钱浩宇和系里老师争论了半天，觉得学校这么压制大家的报国热情是毫无道理的！系里的领导笑着解释说："等着吧，以后一定有同学们献血的时候。"

钱浩宇从系里蔫了吧唧回来时，老远听到走廊里传来阵阵叫声。原来，三个宿舍各支一摊在玩扑克牌。以前都是218宿舍召集四个人小规模切磋技艺，今天竟然三个宿舍步调一致地同时开局，实属罕见。女生们也兴高采烈地乐在其中，而且，为公平起见，每个扑克摊都有一两个女生。

钱浩宇进屋时，只见自己宿舍烟雾缭绕，满地的瓜子皮。夏荷和黄健雄一组、吴凯和孙鹏辉一组，四个人玩着“五十 K”。吴凯他们两个男生对战男女混合组，还有赵志强在一边热心地端茶倒水伺候着，按理应该将对家打得落花流水。怎奈时运不济，没玩两圈，输得脸上贴满了纸条。

浩宇心里纳闷，这是怎么啦？听英模报告时，一个个还义愤填膺、群情激奋要上战场，怎么过了一个晚上就松懈斗志上了牌场？这哪里是有志青年之所为啊！

赵志强看见钱浩宇回来，兴冲冲问道：“怎么样，咱们明天几点去？”

钱浩宇没好气地回答：“去不了了，没有指标！”

“啊？”几个人异口同声地叫出声来。不过，大家正玩牌玩在兴头上，也没有把这事儿太放在心上。

第十二章

这不是土豆烧土豆吗

民以食为天，没“肉”就翻脸
结识了食堂大师傅
为足球游行

第二天吃完晚饭时，曾经教过大家跳舞的水机八四的蒋志豪跑来 218 宿舍找张子轩："喂，子轩，麻烦你明天去给我买点人参补补，我没时间上街。"

"这么奢侈啊，买它干吗?"

"我这不是昨天去献血了么。"

张子轩一听笑出来："就你还献血，麻秆儿一样毫无血色，我看别人给你献点还差不多。"

"正经话，我昨天就已经买了 50 多块钱的补品了。"

"50 多块？这太不划算了吧，都是英模报告惹的祸啊！"

子轩突然想起自己老早就打算去买自行车，正好这次可以顺道买回来。他又跑到各宿舍去看看还有没有也想买的，问来问去只有李文革有此打算。

第二天中午下课后，不等吃午饭，张子轩和李文革两人就急匆匆出发了。本来子轩是想着把下午自己上街的事儿先告诉一下丹枫的，但李文革一直跟在左右，他也就没好意思再去找她。

他们俩先找到了中关村卖车的地方。放眼一看，真是个好所在。只见一大片空地，各式自行车摆了好几排，少说也有100多辆。看那三三两两围在一起嘀嘀咕咕的倒爷，数数也有10几个。两人仔细转了转，张子轩似乎没有中意的，要不就是太贵，要不就是二八车。子轩唉声叹气的，李文革问：“干嘛非得买二六的?”张子轩不语。李文革问急了，张子轩半真半假地一笑：“这还不明白？为了咱五四楼的女生也能骑呗。”

李文革在一辆二八飞鸽车那儿仔细端详着，觉得别的还行，只是钢圈有些锈迹。正在犹豫间，倒爷上来一番天花乱坠的胡侃，李文革当时就晕菜了，毫不犹豫地掏了70块钱买下，还觉得自己赚了大便宜。

子轩见李文革已经成交，而自己却还没有中意的，对他说：“行了，咱们回去吧。”

“你不买了?”李文革。

“改天吧，反正也不急。咱别把正事儿给忘了，还没给人家买人参呢!”于是两人匆匆赶到商场，也顾不上挑选，随便买了一盒。

回到学校，正好赶上饭点，子轩真想直接去吃饭，可手中还有给人买的人参呢。子轩回宿舍把人参送给志豪时，正碰见章明捷他们准备去食堂。

子轩喊道：“你们给我留个座啊，今天可累死我了!”

章明捷又打趣道：“你怎么没找沈丹枫给你占座啊。”

子轩不耐烦地说：“我上哪儿找她去？怎么那么多废话呢。”

子轩跑到五楼，把人参给志豪撂下，也没顾上听他说句什么谢谢之类的客套话，就匆匆赶往食堂，拿出饭盆去排队。子轩一看打饭窗口上的那块黑板上用粉笔写着的菜单，嘿！有两份极其诱人的菜：土豆烧牛肉，红烧排骨，馋得他哈喇子直流！他嘀咕道：“自行车没买上，晚饭犒劳犒劳自己的嘴巴和肚子也不错。”

轮到张子轩时，他先把头伸进去看了看，那红烧排骨极其纯正，只可惜太贵——1.8元，实在舍不得享受。还是来份土豆烧牛肉吧，虽然肉少，但价格实惠不少，才1.2元。

“土豆烧牛肉。”子轩说着把菜票和饭盒递给师傅。

师傅接过菜票，抄起勺子。子轩以前可能买白菜炖豆腐时没在意，今天买这份贵族菜，才突然被这把奇“大”无比的菜勺吓了一大跳，心说：嚯，师傅从哪儿倒腾来这么一掏耳勺，只够装一块土豆的吧？

在这愣神的当间，师傅已经将打好菜的饭盒递过来，张子轩接过饭盒一看傻眼了：明明看见排在我前面那位女生的饭盆里全是黑色的牛肉，敢情到我这儿一块都没有啊！这不成了土豆烧土豆吗？不行，我得争取我的权益。

“师傅，这什么菜啊？”

“土豆烧牛肉！”

“什么啊？”张子轩怪腔怪调地问，同时把手中的饭盆伸到师傅眼皮底下。

“土豆……哦，来，再给你加两块。”师傅爽快地把饭盒拿过去，用掏耳勺挖了两块大约一公分见方的牛肉放在了张子轩的饭盒里。

总算见到肉了！子轩是一个好打发的人，见好就收呗。

拿着饭盒从队伍中出来，子轩先是不由自主地扫描了一下餐厅，可惜此时还真没发现沈丹枫！子轩有些遗憾的同时，老远就看见马昊然和章明捷他们已经占好了饭桌。

张子轩走过去把菜放在桌上，对昊然说：“早知道让你们给我捎点米饭不就得了，现在搞得我还得再跑一趟。”

昊然咔吧着眼睛说：“我们哪儿知道你今天不和沈丹枫一起吃饭啊？”

子轩懒得和他解释，又拿着空盆去买饭。临走，看着那盆土豆烧牛肉特别叮嘱他们：“别偷吃啊。”

“赶紧去买米饭吧，你怎么跟防贼似地防我们？”明捷不耐烦地打断他。

张子轩匆匆买了两个馒头，一路上美滋滋地想着那两块即将到嘴的牛肉。可等他坐下来，用勺子把那盆土豆烧牛肉翻了个底朝天，也没有见到那两块此时比爹妈还亲的牛肉。张子轩的脸逐渐变成了铁青色！

“他大爷，谁吃了给我吐出来！”咋呼的声音一下子把周围同学的眼光都吸引了过来。

马昊然和章明捷一看张子轩的神情，不像是开玩笑，赶忙解释说：“我们一人就尝了一块，难道盆儿里再没有了么？”

“哪有？哪有？你们给我再找一块出来？知不知道这两块肉是我费了多大劲儿才争取来的？忍了一星期了，等来这么一顿好吃的。谁曾想还是落入你们这群狼嘴里。我这不就是一碗土豆烧土豆了吗？老二，把你的炒三丁拿过来！”

两人被张子轩一顿臭骂，正觉得自己简直就是十恶不赦的混蛋，比杀人抢劫罪还严重时，一看还有补救的机会，赶紧把已吃了一半的炒三丁推到张子轩跟前。

明捷主动讨好道：“我那儿还有半瓶‘老干爹’，一直没舍得吃，我去拿给你。”

张子轩也不理会明捷，只是拿勺子扒拉了两下昊然碗里的炒三丁，差点为自己的悲惨命运晕过去！原来这两小子有个共同爱好，打来的菜，历来本着“先荤后素，先干后稀”的原则，总是拣好的先吃。饭都吃了一半了，盆儿里哪还会有什么值钱的菜？炒三丁俨然已成了炒二丁。

“好……好，你们……有种！”张子轩气得都不会说话了。

吸取了这次教训后，但凡要和昊然、明捷他们一起吃饭的时候，张子轩总是先往菜里呸呸两口，然后自己才开始慢慢享用。然而，与子轩亲如一家人的马昊然之流却根本不在乎，照旧去抢他饭盆里的肉吃。

张子轩大怒道：“我有肝炎，你就不怕被传染？”

“呵呵，肝炎？你就是往这排骨里拌上一包‘含笑百步散’，或者‘千里销魂香’‘腐骨穿心膏’，二哥我照吃不误！”昊然无耻地回应道。

每当此时，张子轩总是看着眼前的那碗不见油星的菜汤苦苦思索一些很严肃的问题。比如，屠宰厂的人是不是天天都能吃上肉？猪能不能像中国的人口一样快速增长？那些养猪的人怎么不能扩大产业？临了又不禁感叹：猪啊猪，你这畜生怎么比女生都更让人魂牵梦萦？那些天天能和猪在一起的人该是多么幸福啊！于是，大学二年级的张子轩在这个时候确定了自己以后的人生目标：毕业后一定要混到“想吃排骨就吃排骨，想吃红烧肉就吃红烧肉”的那一天！唯其如此，才算是真正成功的人生。

在被猪这种畜生折磨的日子里，子轩也意外发现了一个秘密：孙鹏辉几乎天天吃着红烧牛肉、辣焯三丁等小炒，而且菜量还比别人多，每次总是满满当当的一大饭盆。其实孙鹏辉平常和他们宿舍钱浩宇、陈峻在一起吃饭的次数较多，有时候三人碰到其中有谁没带饭盆或勺子时，竟然可以共用饭勺。子轩只是偶尔碰巧和孙鹏辉他们一桌吃饭，看见那些好菜后，人穷志短的他免不了经常“不小心”把筷子伸到鹏辉的碗里夹几块肉送到自己嘴里。等他发现鹏辉长期吃小炒这个秘密后，猴精的子轩在除了和沈丹枫同桌吃饭的日子外，总是创造一切机会与鹏辉同坐一桌共同就餐。

不过，这也不是长久之计。为何食神总光顾这小子呢？子轩想套套这小子到底此间有何玄机。有天晚上，两人自习回来，一向不抽烟的子轩竟然买了一包良友烟送给孙鹏辉。鹏辉接过烟，咔吧着眼皮狐疑地看了看子轩，说道：“无事献殷勤，非奸即盗！说吧，啥事儿？”

子轩答道：“没你说的那么严重。直说吧，就是想知道一下你小子怎么每次打的菜都是又好又多？”

“哈哈，羡慕吧，我可以告诉你，但你不许告诉别人。”

“我能告诉谁啊，搞这么神秘。”

“跟你说吧，食堂的大师傅都是我一个县的老乡。”鹏辉接着又大方地说，“哪天带你去认识认识西北汉子的豪爽。”

“还哪天哪天的干嘛啊，咱今儿就去呗。”

“不行不行，今儿太晚。他们这帮大师傅辛苦着呢！早晨4点就起，这会儿早睡了，明天去吧。”

子轩回到宿舍躺在床上翻来覆去睡不着，惹得下铺的老二骂道：“又发情了?”

子轩探下头对马昊然悄声道：“这回是真发情了，而且是母猪发情！老二，你信不信?你以后跟我去食堂，管保你吃香的喝辣的!”

“跟着你?能多看几个女生倒是有可能。”

“老二，说你庸俗你老不承认。饱暖思淫欲，哥们温饱问题没解决哪还有心思看美女?等着吧，以后你就跟着哥们赔好吧!”子轩也不管老二满脸鄙夷的神情，自顾自地高兴着。憧憬着只要过了今晚就能一下子解决温饱，幸福地在床上翻来覆去“摊起了煎饼”。

下铺的马昊然见他神神道道的，知道今晚会被他折腾地受不了，主动提议说：“我是真受不了你在上头晃荡，要不今晚咱俩换床睡睡?”

“好啊好啊，我也正想体验一下睡下铺的方便呢!”子轩想也没想就答应下来。

第二天一早，老二大声说：“赶快换回来换回来，还是睡下铺好！昨晚想上厕所，一翻身就下床，差点摔死我！大爷的，睡上铺太危险了。”

“换就换！我还不习惯呢。”子轩说道。

“你还有啥不习惯的?”章明捷奇怪地问。

“我也是想上厕所，找了半天没找着床梯，愣没敢下床，憋了半宿!”

“一直憋到现在?”

“那谁能憋住?老子在床上就地解决了!”子轩毫不犹豫地回答。

“啥?你敢尿我床上!”老二急得赶紧去看自己的床单，翻来翻去好像也没有发现哪儿湿了。子轩一看老二的傻样，大笑起来。

鹏辉果不食言，晚上天刚擦黑，就领着张子轩去食堂东边的职工平房宿舍，介绍大师傅与子轩认识。大师傅们也都很年轻，一样的年纪不一样的经历，他们的心底里充满了对大学生的羡慕和尊敬。几个人聊了一会儿，很快就成为了朋友。张子轩没好意思先提买饭的事儿，人家大师傅倒是主动提出以后千万别客气，一定要经常去他们的窗口买菜，子轩赶紧美不滋儿地接受了人家的好意。

两人从食堂职工宿舍回来时，听见北楼传出阵阵呐喊助威声以及宋世雄那特别清脆的解说声。孙鹏辉后悔地大声说："快走，为了你这张馋嘴，误了今天的足球赛了。"说着，拉着子轩拔腿就跑。

张子轩对足球历来不是很关心，问道："什么比赛这么重要?"

"和日本队争夺奥运会入场券呢!"

子轩一听这么重要的比赛，也不敢含糊，紧赶着和鹏辉跑上二楼，才发现保管着系里那台 29 吋大彩电的土木八五级 223 宿舍的门口已经挤满了人。两人挤到正在看球的于文雍和钱浩宇的身边，问他们有没有漏掉的精彩，文雍说："还好，半个多小时了，还是0∶0呢。"

正说着，只见中国队段举把球传给柳海光，柳海光竟然头球破门，中国队首胜一球！"万岁"的欢呼声响了起来，电视内外的欢呼声持续了好久！下半场双方易地再战，又是 38 分钟时，唐尧东踢进一球，满屋子的人从此兴奋起来，呐喊助威声再没停歇过，直至后来中国队以 2∶0 锁定胜局。

这是中国足球第一次冲出亚洲，进入汉城奥运会啊！爱好足球的于文雍和黄健雄深知这张入场券充满波折、来之不易，想想 5 月 20 日那天，距离 1985 年的"5·19"刚好两年零一天，中国队在汉城奥运会预选赛小组赛关键战以 1∶0 战胜香港队，唐尧东打入制胜一球，为此，他被对方门将双拳击伤双眼，几乎造成右眼失明。9 月底，预选赛亚洲东区决赛阶段比赛拉开帷幕，中国队在前两场比赛净胜尼泊尔 20 个球，使自己的净胜球遥遥领先。但万万没想到的是，在广州天河体育场主场占尽优势的情况下，反被日本队打进一球，虽然后来段举曾打入一球，却被判队友冲撞守门员在先而无效。再加上运气不佳，两次击中门框，即使高升裹着绷带带血征战也最终未能扳平比分。那时，中国队的出线之路蒙上了厚厚一层阴影，每个中国球迷也都悬着一颗心……。

“万岁，中国足球队！”于文雍被现场的呼喊声拉回现实。当电视机里雄壮的国歌响起，画面中一方是被蒙蒙细雨浇得凉了全身的日本队，另一方却是高兴万分激动不已的十几亿沸腾的中华儿女。

窗外已经有爆竹声响起！激动的人们似乎刚从懵懵懂懂中清醒过来，这才明白中国队确确实实赢球了。一帮学生从寝室拿来很显然是早有预谋的锣鼓跑到南北楼的空地上，接着传来楼底下“砰！砰！”酒瓶摔碎的声音。

钱浩宇几乎被这种兴奋冲昏了头脑，他在宿舍首先找到几个空啤酒瓶，也不管一楼广场上是否有人，就从窗户砸了下去，楼下立即想起清脆的碎裂声。酒瓶摔完后，他又找遍了宿舍的犄角旮旯，可惜只找到两个破了的暖壶，也不管以后是否还要继续过日子，嗖地就从窗子砸了出去，可暖瓶落地的声音像哑炮一样极不清脆。

浩宇听到这种动静，觉得很不过瘾，跑到 221 宿舍到处乱翻，问周烨：“有水壶吗？”

“干什么？”

“放炮啊！”说着提起周烨刚打满开水的暖壶就要开窗扔出去。说时迟那时快，周烨赶紧将他的水壶夺下，及时阻止了一场严重破坏 221 宿舍私人贵重物品的事件。

钱浩宇极不甘心，又马不停蹄地扫荡到 218 宿舍。见郑伟诚和章明捷、于文雍还在兴奋地谈论刚才的比赛。

历来金口难开的郑伟诚竟然眯着眼神道道地说：“吉兆啊吉兆！”

于文雍揶揄道：“老大，你这是又掐了一卦吗？还是气功练得开了天目？”

郑伟诚说：“什么呀？你瞧瞧，恰逢十三大，建国 38 周年，上、下场得分时都是第 38 分钟，实乃奇迹啊！奇迹啊！”

浩宇赶紧说：“那你们贡献几个暖壶让我摔下去庆贺庆贺？”

郑伟诚立马清醒过来："那不成不成!"说着把浩宇往门外推。

浩宇没辙，转来转去跑到二楼水房找到了一把笤帚，在走廊大声吆喝到："走啊，点上火把游行去!"于文雍、黄健雄几人应声而出。

一行人跑到楼下，发现已经有很多同学在集合了。不一会儿，队伍渐渐从几十人到了几百人，浩宇拿火机点了半天笤帚，却只冒青烟不着火，原来是笤帚头有点湿。着急的黄健雄一看，灵机一动地用火机直接从中间点燃了笤帚。

热血的人们浩浩荡荡走出校门沿清华东路向西挺进，一路欢呼着、高唱着到了北京林业大学。林大这帮人还真能沉住气，校园里竟然还处在安静之中。听到外面传来锣鼓声，他们才抬出一面大鼓来。钱浩宇一看：好家伙，不愧是林大，有充足的木材，抬出来的这面鼓足有 1.5 米的直径。林大的同学组织起来之后，两股队伍会合，继续向西，嚷嚷着要到清华、北大。钱浩宇狂热地行进着，一只凉鞋竟然不知为何断成了两截。他干脆把那只断了鞋底的凉鞋扔掉，赤着一只脚，和游行的队伍继续前行!

第十三章

风 花 雪 夜

八七级校花

听 Bill 说汉语

1988 年元旦

修理楼前的风花雪夜

第二天早上，钱浩宇正在酣睡，被陈峻推醒："嗨！该起了！快上课了啊，我们先去食堂买饭。"钱浩宇一看表，已经7：30，依稀记得昨天闹到半夜一点多才回宿舍，看来自己昨晚是累着了。

下床时，浩宇才发现昨晚那只光着的脚生疼。赶紧到水房洗把脸，忽然又觉得左手腕处隐隐作痛，自己也不知道是怎么弄伤的。边洗脸边回忆，似乎是昨晚点燃那只扫帚火把时被火撩着了，胳膊上还有一小片烫伤的痕迹。浩宇洗完脸后也顾不上刷牙，匆匆下楼。一看南北楼之间仍然一片狼藉，到处是摔碎的水壶和啤酒瓶，自行车棚里的车辆东倒西歪，费了老大劲才把自己的自行车从别人的车底下拽出来。

他急冲冲跑进食堂时，看到陈峻和三哲他们正吃着早点。可与以往不同的是，旁边还坐着一位从来没见过的漂亮女生。陈峻只简单地介绍了一下说："这是自动化八七的唐蕊"，然后就没有了下文。浩宇也没多想，坐下就吃。

浩宇快速扫了一眼唐蕊，觉得眼前这女生实在漂亮：樱桃小嘴瓜子脸，丹凤大眼长头发，整个儿一英语老师 Miss Li 再现啊！正闷头吃饭时，这个叫唐蕊的女生起身告辞说："你们吃吧，我得去教室了，没人给我占座儿呢。"

陈峻、王哲二人等钱浩宇吃完后，三人骑着两辆咣咣响的自行车往主楼去上课。停放自行车时，钱浩宇实在忍不住问陈峻："还憋着不说啊？刚才这是什么意思？"

陈峻冷静地说："没什么啊，只不过是以后和咱们一起吃饭的人又多了一个。"

浩宇愣了一会儿，忽然明白过来，大笑道："哈哈，好小子，之前一点风声也没走漏啊，就突然给我们个惊喜。我说昨儿晚上游行的时候到处找不着你，原来约会去了啊。"

喜上眉梢的陈峻表面依然故作镇静地说："啥惊喜啊，只不过水到渠成罢了。"

上午就两节英语课。升到大二后，同学们对英语口语课的兴趣明显下降，原因是换了一个男外教，而大一那位让人心驰神往的美女老师 Miss Li 却不知所踪了。陈峻现在回想起来，大一的英语课曾经是多么美好啊。那时，男生们总是目不转睛地盯着讲台上姿态优美的美女老师，听着从她那娇艳的樱桃小嘴里吐出的英语时，也觉得格外动听！可看看如今这个叫 Bill 的英国佬，上课时的标准姿势就是一屁股坐在讲桌上侃大山，一节课都不带挪窝的，让人觉得讲桌比他家的沙发还舒服似的。你说侃就侃点世界大事，再不济也是欧美大事吧，他不！一上课就像事儿妈一样唠叨着陈谷子烂芝麻的事儿，比如他无数次地告诉课堂上的学生们，在中国干什么事儿都要凭关系，没有关系就会屡屡被骗。还举例说他在中国买土豆，摊贩给别人两毛一斤，可给他非得六毛。买了 2 斤土豆，拿到的只有四五个小土豆蛋，他怀疑缺斤少两，人家摊贩还说给他的秤杆高高的。Bill 抱怨说鬼知道你们中国人手中那根刻的星星点点的木杆是个什么玩意儿！可怜的 Bill 有时气急了，连"丫的"这样的京片子用语都蹦出来，陈峻他们真怀疑 Bill 究竟是来教他们英语的还是来向他们学汉语的。

刘洪涛就曾在课堂上逗 Bill 说：“我们不凭关系，我们都讲人情!”

Bill 当时就蒙了，问：“人情？人情是什么东西？是一种方言吗？”

沈丹枫她们几个女生想逗他，就说：“人情就是过几天的圣诞节你请我们去家里吃饭!”

Bill 还真当回事了，说：“真的？我请你们去我家包饺子吧，中国饺子太好吃了。”

同学们迫不及待地说，“OK! OK!”于是 OK 成了这节英语课上说出来的唯一一个英语单词。

眼瞅着 1987 年即将过去，学生们期盼元旦节日的心也越来越急切，北楼好多宿舍的门口已经迫不及待地贴上了对联。尤其是二楼土木八五级的男生宿舍正好对着厕所，为庆祝又度过了一年和厕所门当户对的日子，也为了赶走晦气和浊气，他们竟然别出心裁地把厕所门也贴了一副对联：全校男生进来都须宽衣解带，天下英雄到此尽皆俯首称臣，横批：天地正气。这对联让所有进出厕所的男生看了无不心领神会地轻笑两声。

王哲回到宿舍，见大家都坐在桌前像老师批卷似的专心致志地写着一堆一堆的贺年卡，就与大家闲扯道：“你们今天注意厕所那副对联没，这帮八五级的哥们还挺有意思的。”

张子轩停下笔来说：“是有意思，可我认为上联那个‘宽衣解带’有点俗，怎么老让人联想到女人呢？”

于文雍嘿嘿笑起来说：“老七果然一语中的，同感同感！我回来还正儿八经地琢磨过呢，不如把上句改成‘全校男生进来无不面壁思过’。”

“好!”王哲带头同意，并补充道：“如果按照咱们的这种对联风格，我看索性把横批也改为‘正气逼人’更合适。”

“嗯，有道理，本来就熏人嘛!”于文雍说。

张子轩插话说：“我看咱们宿舍比厕所对门也好不到哪儿，正气逼人的东西也不少啊。”

“什么啊？”

“老六的球鞋！”

“老七你这么说就太不客观了啊，我的球鞋洗得够勤的了。”于文雍竟然较真地把床底下刚洗过的球鞋拿出来展示给大家，说，“你们看看，多干净！柳雨薇帮老四洗的鞋也不过如此。”

“你啊，要不是后天要和女生们一起踢混合赛，我看你也不会洗得这么及时吧。”张子轩说。

“那又怎么了？谁像你啊，为了跳舞，一年四季的高跟鞋。那双球鞋你倒是爱惜得很，买的时候什么样现在还什么样。我看后天的混合赛，谁摊到你和老二一队，算是倒霉啰！”

“你大爷的，难不成我俩的球技连女生都不如？”张子轩很反感他们小看自己。

“你以为呢？女生分到哪队，那是鼓舞哪队的斗志，你俩分到哪队，那是涣散哪队的军心！”善于总结的于文雍说道。

“呵呵，我还告诉你了，到时候我就偏偏祸害你这队。”子轩笑嘻嘻地说。

说话就到了元旦前一天，本来全天只有上午两节理论力学课，但因为惦记着下午的混合足球赛和晚上的全班聚餐，大家还是觉得上午的时光特别难熬。

理论力学的王老师好像特善解人意，上课前就和同学们商量道："要不咱们提前5分钟开始讲课，一会我提前10分下课，让你们还赚5分钟。”同学们一听，当然乐意了。

可王老师讲着讲着就刹不住车了，尽管到最后教室里变得人声鼎沸，就差站起来公开抗议老师超时，王老师也意志坚定地持续到十点差四分才宣布下课过节。张子轩拿着计算器算来算去，发现不光没有赚5分钟，反而是让老师赚了1分钟！不禁对章明捷感慨道："看见没，咱们都还嫩点儿！还是那句老话啊，再狡猾的猎手也斗不过好狐狸啊！”

下午两点，在辅导员陈老师的亲自策划下，一场别出心裁的男女混合足球赛开赛了，连平时基本不碰足球的张子轩和马昊然也上场了。全班唯一缺席的是刘洪涛，这小子自打和慕兰的关系处于半公开状态后，三天两头就往北师大跑，对班集体活动几乎是能请假则请假，请假不批他就请霸王假。他的这种“恋爱大于班级活动”的指导思想让刚刚当上班长的钱浩宇心里极不高兴，不止一次地在公开场合批评刘洪涛拆他的台，而一心为了爱情的他仍然我行我素地奔跑在爱情路上。

球场上两队的领队分别是黄健雄和于文雍，守门员分别是陈峻和陈老师。这场比赛纯粹是一场小孩过家家的游戏，大家踢起来全不顾什么球场规则，像孔海琳等分在陈老师这队的女生们，想要给本队立功心切，竟然要赖地抱着足球就往对方的球门里跑。球场上嘻嘻哈哈，惹得球场边聚集了不少看热闹的外班学生。

陈峻最近和唐蕊的关系已是如胶似漆，即便踢着球，这小子也没把心思完全放在守门上，因为唐蕊就在底线不远的地方观战。陈峻时不时扭头和唐蕊眉目传情，搞得门前险情连连。终于，在他们又一次含情脉脉、隔空飞吻时，对方于文雍轻松破门，惹得钱浩宇大声叱责陈峻：“大丈夫何患无妻？你们想亲热也不在这么一会儿吧！”

好在于文雍这一队里正好凑齐了张子轩和马昊然这一对大球傻，在对方的沈丹枫带球进攻时，心慌意乱的张子轩竟然配合着她往自己球门里踢进一球，文雍大骂：“怎么偏偏让我摊上你们这哥俩，真是成事不足败事有余！”

钱浩宇却乐得哈哈大笑：“告诉你们吧，他俩就是我们这边派过去的内应。”沈丹枫听了也咯咯笑了起来，对张子轩说：“是吗？你是我的内应吗？”

元旦过后，正是隆冬季节，雪隔三差五地下着。要不是马上就要期末考试，这种鬼天气，正是心安理得地在宿舍打牌、侃大山的好日子。

张子轩、章明捷和女生们在一起吃晚饭时，沈丹枫和夏荷提议吃完饭去修理楼自习。章明捷说："我觉得你们真是好奇怪哦，为什么都喜欢去教室呢？宿舍里多温暖自由！也不耽误学习啊。"为了证明自己说得对，章明捷又转过来求子轩的附和："对吧，子轩？"

张子轩对明捷的问题有点左右为难。一来心底里是很想和沈丹枫一起去自习的，但又一想这么多人在一起自习，自己除了能多看沈丹枫两眼外连悄悄话也不能说，还不如回宿舍呢！于是点头称是。沈丹枫白了张子轩这个"墙头草"一眼，懒得再和他多说话，并把放在他面前的菜盆拖回自己面前，那是一份她买的红焖刀鱼。子轩一愣，知道自己这事儿又办错了。

章明捷等人回到宿舍时，王哲和虞卫军这哥俩已收拾完书包，一如既往地早早去教室自习了。子轩和明捷关上门，在宿舍泡了一杯茶，开始优哉游哉地抱着录音机听了起来。子轩心里时不时地想起自习室里的沈丹枫，老长时间了，功课一个字儿也写不进去。正在这时，对门的周烨和潘皓走了进来，神经病似地磨叽了半天，非拉着他俩一起去修理楼上自习。此举正中子轩下怀，他立即穿上军大衣爽快地撇下章明捷，和周烨他们一道去教室自习。

几个人在修理楼找来找去，转到三楼第二个教室时才发现有足够的空位。张子轩眼尖，一眼发现沈丹枫恰巧也在这个教室，而奇怪的是夏荷却不见了踪影。子轩不由分说抢着进去坐在了和丹枫并排的一个座位上。

原来沈丹枫和夏荷吃完晚饭就来到了修理楼，可坐下不到半小时，夏荷因为临时有事先回了宿舍。本来丹枫也想和她一起回去，只是觉得时间还早，作业刚开始写呢，还是再坚持一下吧。没想到这会儿班上的男生来了好几个，沈丹枫一下觉得教室温暖起来。

她写完作业，又看了会儿书，觉得实在难以静下心来，她知道这是张子轩在她身边的缘故。与其这样干耗时间，不如收拾书包回宿舍呢。她在收拾书包的时候，抬眼看了看右边的张子轩，在他的桌上轻轻敲了一下。张子轩抬起头，两人目光交汇了不到一秒，这个木头竟然懦弱地先低下了头，又去写那个破作业。

沈丹枫心想子轩怎么是这么个男生？自己就算再怎么活泼大咧咧的，也是个对他多次显露过柔情的女生啊！那次自己主动问他，他竟然说了一堆不着边际的话，难道就这么不解风情对我毫不在意？难道还要我死乞白赖地求你不成？哼！

沈丹枫赌气地对周烨他们问道："有没有护送本小姐回五四楼的?"

教室里有几个人朝着沈丹枫说话的方向看过来。张子轩当然是最想当这个护花使者的，可班上同学历来对他和沈丹枫的一举一动格外关注，如果此刻紧随她而去，明天就会成为全班取乐的对象，所以在那儿犹犹豫豫。

周烨起哄道："排骨赶快去，我们作业没写完。"子轩心里极其不乐意他们在女生面前叫自己的外号，但此时也不是和他们理论的时候。他言不由衷地推辞说："你们净把艰巨的任务推给我！没见过你们这么当朋友的!"

潘皓听着这小子言不由衷的话，故意刺激他说："好，算了，这么艰巨的任务也不为难你了，我去我去!"

子轩一听赶紧制止道："拉倒吧你，好像我就多么不仗义似的。"说着赶紧动手收拾起书本来。

沈丹枫先出教室，张子轩故意磨蹭了一会儿随后跟出。下了楼，子轩紧赶几步，两人从一前一后慢慢变成了并排前行。天空依然是黑沉沉的，地上的一层薄雪倒是让夜晚变得有些明亮。走到食堂边的黑胡同时，沈丹枫不知是害怕还是脚滑，竟然不自觉地抓住了子轩的胳膊。子轩心里一颤，想都没想就将胳膊伸出去轻轻搂住了沈丹枫的腰。他正在犹豫是按照钢镚儿卜卦时正面的方案办还是反面的方案办，丹枫停了下来，侧脸望着他。子轩也转过脸，几乎快碰着对方的鼻子，更让他心惊的是眼前那一双即使在黑暗中也显得异常明亮的眼睛，似乎鼓励着他干点什么。气氛突然变得暧昧起来！沈丹枫和张子轩急促的呼吸仿佛在头部四周形成了金钟罩一般，让偶尔飘下来的雪花在他们头部四周 10 厘米之外就融化了。子轩看着这张熟悉的、曾经让自己幻想过、纠结过的脸庞，就这么在眼前诱惑着，一股男子汉的勇气油然而生！他以一种大义凛然奔赴刑场的气概，将嘴唇狠狠地向沈丹枫脸上压了过去。接下来，一场史无前例的“唇齿之争”发生了——

不知过了多长时间，两人的嘴唇才慢慢分开，张子轩心里叹了一口长气：再见了，我的初吻！就在这样一个让人毫无防备的夜晚！自上大学以来，他曾经为自己憧憬过、规划过第一次约会的无数场景。场景一：一个月朗星稀的夏夜，主楼前的小花园，在甬道上徘徊多时的自己终于见到约会的女生翩然而至，只见她一袭白色衣裙，长发飘飘，恰似嫦娥下凡（想起这样的比喻确实有些肉麻），两人在花园的长椅上坐下，中间隔着30厘米的距离，在一阵诸如“今晚的夜色真美啊”之类的扯淡过后，自己主动以每秒1厘米的速度向女生靠近，大约经过20秒的慢速运动之后，将靠近女生的那只手伸向女生背后的靠背上，然后又慢慢用几个指头轻轻触碰一下女生的肩头，没话找话地向正在用手绢当扇子用的女生问：“你冷不冷?”然后又自我解嘲地狠抽自己一耳光说：“你看我激动得糊涂了，应该问你热不热，对吧?”等她并无反感后，再将自己的整只“猪手”抚住她的肩头。之后，女生的上半身在肩头那只手的拉力作用之下，慢慢靠向自己的胸前。再然后，附近的恋人们就会听到从这张长椅传出一片“啵……啵……”的让人心旌荡漾的接吻声。这时，按照小说中惯常的描写，月亮肯定会羞红了脸，偷偷地躲进云彩的后边，好让这对恋人继续从事他们的美好事业……。场景二：依然是一个夏夜（自己为什么老是不自觉地把场景设计成夏夜呢？是不是因为夏天才是一个恋爱的季节?），月亮已经轮休了，只有满天的繁星值夜班。在清华东路边的小树林里，两个男女主人公又重复了场景一中发生的那些动作。这回，臭不要脸的星星可没有害羞，反而眨巴着眼睛瞅着小树林里的这对人儿。……场景N：春花烂漫的紫竹院里，两人……。场景N+1：漫山红遍的香山，两人……。

张子轩从甜蜜的回忆中回到现实，不禁感慨造物主真是往死里弄人！像今晚这样月黑风高之夜，分明就是一个杀人越货天嘛！无论从哪方面看也不像是一个约会的浪漫场景，子轩越想越觉得搂着沈丹枫的两只手寒冷无比，于是不由自主地抽了回来。

沈丹枫轻声问道："怎么啦，冷吗？"

子轩说："不冷，你冷吗？"

丹枫说："有点儿。"

子轩豪情地说："来，我给你暖和暖和。"

说着，他站起来解开军大衣的扣子，抓着沈丹枫的手往自己大衣内的毛衣里放，而自己的两手也趁机伸进丹枫的羽绒服里取暖。沈丹枫果真顺从地任子轩将自己的双手放进去，并将两只手环抱着子轩尚不粗壮的腰身，幸福地把脸靠在他的下巴那儿，陶醉地闭上眼睛。子轩站在雪地里，用大衣紧紧裹着沈丹枫，闻着她略带清香的头发气息，沉浸在刚才甜蜜的香吻中。突然间一个美好的词儿涌入他的脑海——风花雪夜。

"对啊！谁说今晚不是约会的浪漫场景？"他幸福地安慰自己，"这么浪漫的词儿今晚至少可以沾上后半句啊，呵呵呵……。"

第十四章

门当户对的友好班级

报名参加社会调查活动

公开了两对儿

折磨人的理论力学考分

与北方交大联欢

校团委早就通知，北京市《国际商品导报》社发动全国大学生搞一个乡镇企业考察活动，尤其要求大二、大三学生踊跃报名参加。王哲、虞卫军、张子轩都觉得这也是一次了解社会、体察民生的好机会，于是，哥仨约好一起赶往五道口去找报社编辑部。

到了五道口，问了好几个人，都不知道报社在哪儿。正在左右为难中，有个学生模样的刚从一栋旧楼里出来，几人上去一问，敢情人家刚从编辑部出来。原来，报社竟然在一个这么不起眼的房子里。

进了招聘室，发现不大的屋子里已经挤了十几个学生，三个工作人员在柜台里面忙得焦头烂额，参加考察的报名表扔得到处都是。轮到他们仨时，编辑让他们写一段文字。

张子轩不明就里，纳闷地问；“搞笔迹鉴定啊？该不是借着这个名头破什么案吧？”

王哲笑道：“你紧张了？干过什么坏事就赶紧坦白吧。”

“去你的!”有书法功底的张子轩不客气地说，“写就写。”

几个人把写好的稿纸递过去，编辑开始评说几个人的字迹。“这个还行。”他指着王哲和张子轩交上来的答卷说，“嗯,这个也不错。”等看到虞卫军的作品时，却说：“这个差点了，还得练两年。”

虞卫军一脸尴尬，心说，你自己那破字儿小学都没毕业，还好意思评论我的字儿。张子轩听了也奇怪，平时哥仨的字儿应该不分彼此啊，也不至于让虞卫军再练习两年吧，这编辑什么眼光啊?

“你们俩先留下，这位同学可以回去复习功课了，只能对你遗憾地说声抱歉了。”

“没事，没事。”虞卫军转头对王哲悻悻地说，“那你们在，我先回去吧。”虞卫军拍拍两人的肩膀，带着复杂的心情回去了。

编辑说完话，跟没事儿人似的去了里屋，把子轩他们俩撂在那儿，根本不搭理。两人四处转转，发现还有一个女生也在重复他们刚才一样的活。张子轩腆着脸儿主动去搭讪：“同学，你也是来报名参加考察的?”“恩那。”女生没多说话，仍在专心地抄写文章。张子轩觉得很没趣，看看女生的字儿，心想：同学，您这字儿，准是白玩儿。

“来来，你们几个过来一下，我交代几句。”子轩正在替那女生操心着，忽然编辑回来大声说：“我们这次活动的范围比较大，全国性的。为使大家考察顺利进行，我们现在要以报社的名义给全国知名的乡镇企业发去通知，希望得到他们的大力配合。”编辑顿了顿，继续说：“今天下午就麻烦你们几个书法家把信封写写，我们马上寄出去。地址名单放在桌上，你们一人只要写一百个就差不多了。”

原来是在拉壮丁啊！王哲看了看那几张报名表，估计前来报名的学生有100多人，可有资格留下来写信封的却只有他们七八个人，心里不禁有点小小的骄傲。

写完100多个信封，已是五点了。王哲扔下笔，大拇指和食指都成畸形了，伸都伸不直。子轩两人正在那甩胳膊搞康复训练，编辑又发话了：“同学们，今天的事儿我们会发报酬给你们的，等考察回来一起结算吧。”

“我当还管饭呢，就这么打发了。”看看天色渐渐暗了下来，继续等下去也不会等来晚餐，子轩想起这一下午都没有和沈丹枫见面，也不知她现在正如何恨自己呢。于是不等编辑说完，就叫上王哲匆匆地往学校跑。

吃晚饭的时候，丹枫没有像子轩想象的那样责怪他，反而高兴得有点“失态”地还给他的碗里夹了一块葱爆肉！张子轩很兴奋，不断向沈丹枫讲述着下午的经历。

以前只要看见张子轩和沈丹枫在一起，章明捷就爱起哄开玩笑。今天他看到他俩不仅在一起买饭、一起吃饭，而且还互相吃对方碗里的菜，最要命的是子轩似乎还详细地向丹枫汇报其日程，才明白两人已是玩笑成真了。于是高声大叫起来说：“哎呀，你俩这是暗度陈仓了啊！我们是不是该叫你七弟妹了？”

同桌的王哲、于文雍一听恍然大悟，纷纷起哄要张子轩、沈丹枫请客，并要沈丹枫一起回 218 宿舍热闹热闹。沈丹枫再怎么开朗大方也是一个女生，她实在不好意思在公开关系的第一天就这样高调，还是千方百计地拒绝他们的邀请逃回了五四楼。

张子轩他们一行人闹哄哄回到宿舍，却见对门一屋子的人也围着个女生谈得兴高采烈。刘洪涛看见张子轩，忙大声说：“排骨，过来过来，见个老熟人。”

张子轩见他又在女生面前叫他外号，气哼哼过去说：“你能不能文明点！”

刘洪涛说：“这是北师大的慕兰，记不记得？”

张子轩上次只是在舞会上和她见过一面，现在最多有些似曾相识罢了，想到她既然来到刘洪涛宿舍亮相，看来他们的关系也正式公开了！于是高兴地说：“哦，欢迎欢迎！”

说也奇怪，有漂亮女生在宿舍，男生们总是表现得兴致极高，那些平时从来不说话的，也都变成了侃侃而谈的演说家。也不知这帮男生怎么想的，明知道人家名花有主而且还是自己宿舍的兄弟，却好像自己表现好了，女生就会转而投向自己怀抱似的。

潘皓心里尤其嫉妒，因为在他看来，刘洪涛这小子极像一个打仗成瘾的尖刀班班长，哪儿有未攻破的堡垒，他就一定要把哪儿拿下。眼瞅着他女朋友已经走马灯似地换了三届，自己却连头一个还处在模棱两可的边缘。真是旱的旱死，涝的涝死，上哪儿说理去？

“老大，你也别光顾着自己接二连三……”

“喂，潘皓，说什么呢？”刘洪涛怕他继续往下揭露自己的情史，急忙打断。

“我是说你接二连三到北师大跳舞，这么迅速地给我们带回来了优秀的嫂子。你就不能发扬点集体主义精神，也为我们谋划一下？否则，我可……”

刘洪涛听出话里有威胁的味道，急忙表态：

“嗨，这还不是小菜一碟。下周，就下周！我给咱们班创造一机会。”

“真的？再晚了就放寒假了啊。”

“说话算数！我把北方交通大学一个宿舍的女生都调过来。”

“你就牛吧，为什么不叫北师大的？”

“再叫她们没意思了，再说她们班大多数女生已经名花有主了，咱们不能一棵树上吊死！”刘洪涛大言不惭地说。

“哟，看来你交往很广啊！除了北方交大的，还能联系哪儿的女生啊？都领过来我们也见识见识。”慕兰听了，对着刘洪涛冷嘲热讽起来。

“哪儿啊，就是高中一女同学的班级，再没有其他认识的了。”此时的刘洪涛当着慕兰的面也只能低调起来，赶紧解释了一番。

这时，周烨赤裸裸地对大家说：“好了好了，咱们还是知趣一些，慕兰第一次来，咱们就别当电灯泡了吧，正好抽空去理论力学老师家看看考试分数。”

周烨又到另外两个宿舍去问了问，钱浩宇、吴凯、章明捷马上表示要一起去。张子轩和沈丹枫公开关系后，这些天一直卿卿我我的，复习考试全然心不在焉，当然对考试结果也一直提心吊胆，听周烨邀人一起去，他也立即同意。但他感到奇怪的是，周烨历来学习认真，和王哲、虞卫军一样都是考研的料啊，这次怎么还如此担心理论力学的考试成绩呢？

几个人穿上厚厚的棉大衣或羽绒服，冒着隆冬的严寒，心神不宁地来到王老师楼下。真是心比天还冷，越是靠近王老师家一步，心情越是紧张。

张子轩有点哆嗦地冒出来一句："他大爷的，要万一真没过的话，今晚可怎么过？"

章明捷笑着说："你还害怕怎么过？和你的沈丹枫一起去过啊！"

周烨说："就是，我看咱们班这几对可以举办集体婚礼了！"

几个人用开玩笑来驱赶心中的胆怯，不知不觉到了五楼老师家门口。

王老师热情地把大家让进家来，嘘寒问暖，绝口不提考试的事儿，搞得兄弟几个人更是心里发毛。

"要我说你们土木八六啊，早知道你们闻名全校，又唱歌来又跳舞，又播音来又办报。大学生嘛，就该这样，生活丰富多彩，知识也要多样化。"

几个人不知老师是表扬还是讽刺，也不知自己是应该附和好还是反对好，正犹豫呢，"可是……，"果不其然，老师话锋一转，像一把钢刀插入大家的心脏，"你们也不能全是玩儿，连学习都不抓了吧？你们毕竟还是学生，大学阶段还是汲取知识营养的最重要的阶段。我就不信，要是考不好了，你们玩起来还能玩得痛快？"

"老师，您说得真是精辟啊，我们有时候就是有点得意忘形了。不瞒您说，我今儿一天，头都大了。不过老师，这次是不是考题也有些难，我这次正儿八经复习了两三天。"吴凯说出来的话总是这么无耻。

王老师听不过去了："你一学期上不了几节课，复习两三天就能考好，还要我这个老师干什么？难是较以前来说的，可不管怎么难，出的题不都是我们学过的吗？你看看你们，吴凯和张子轩才考了 60 几分。”

“啊?!”几个人几乎同时发出了这种模棱两可的惊呼声，原来老师是嫌 60 多分太少啊。

“老师，这么说咱们班都及格了吧?”章明捷不放心地问道。

“你们现在的分数我都觉得对不起你们的父母，要是还有不及格的话，不光是你们，连我这个老师都会觉得脸无处搁啊!”

“是，是，老师！说实话，您讲的课生动活泼，我们普遍很爱听，学起来特有兴趣。”吴凯一高兴，立即显露出了其言不由衷的拍马屁的能力来。

“特爱听？我要没记错的话，好像就是你吴凯，在课堂上还打瞌睡吧?”

真是哪壶不开提哪壶。这老师，一点面子不给。吴凯心说。

大家来探听的目的已经彻底达到，看看时间已晚，五个人告别老师下得楼来，看见可爱的星星对他们眨巴眼睛，瞬时间觉得生活无限美好，前途一片光明。吴凯突然说：“咱们怎么穿了这么多衣服呢，多暖和的天啊!”

对于联系友好班级的事儿，刘洪涛还真是说到做到。头天送走了慕兰，第二天下午就跑到北方交大桥梁八六班找到他的高中同学，也没有经过双方班级的民主讨论会，只是两人经过大约 3 分 35 秒的密谋，当即拍板确定两个班为友好班级，并决定趁热打铁，于本周六晚到农工大举行两个班级的联欢。

刘洪涛回来把这个消息告诉钱浩宇后，钱班长却对此很在意：“我说你这人把我这个班长放在啥位置？这么重大的事项也不事先和我商量一下？谈恋爱要讲究个门当户对，这你最清楚。友好班级也要讲究个实力相当啊！对方班级实力如何，在学校的影响力如何，能否配得上咱们班北京市先进班集体的影响力？这些你都妥善考虑过吗?”

刘洪涛拍了拍钱浩宇：“班头，你提到的这些问题早考虑了，我能不找个门当户对的友好班级吗？人家也是北方交大的优秀班级呢。你就等着激动吧，哥们。”

“当然，你的能力有目共睹。再说，你的动机也是好的嘛，这次不追究了啊，呵呵。”

接下来，钱浩宇开始乐呵呵地安排周六的联欢活动。如何接待？如何以整洁的宿舍环境，以高人一等的综合实力展示土木八六的高大形象？男生们积极建言献策，非常踊跃，可有的女生愤愤不平了！比如从来都是语不惊人死不休的孔海琳就抱怨道：“切，谁还不知道你们男生那点花花肠子，准没打什么好主意！”

钱浩宇一听，觉得这种思想很不好，决不能任其泛滥，蛊惑咱班女生，让大家觉得这次让男生们朝思暮想的晚会是如此的不高尚，因此必须坚决予以制止。

“孔海琳同学，我必须严肃地告诉你，这是一场必须打赢的政治战役，事关土木八六的荣誉，甚至是建工系的荣誉和农工大的荣誉。个人利益服从集体利益，步调一致才能得胜利。赶紧的，提提晚会的方案建议。”

班长钱浩宇一番语重心长的劝说让孔海琳和刘诗晴哭笑不得，女生们也懒得狡辩，干脆采取了不支持、不鼓励、不反对、不参与的“四不政策”。最后在钱浩宇极其武断的干预下，班会的调子基本定下来：凡是有利于晚会胜利召开的事一定要多做，凡是不利于表现土木八六风范的事一定不能做！

在“两个凡是”精神指导下，从周四到周五，全班同学特别是男同学个个情绪高涨像打了鸡血似的，只盼着周六早点到来。

转眼到了周六下午 5 点，食堂打饭的窗口还没开呢，全班的男生们守住了所有的窗口，几乎以急行军的速度吃完饭，赶紧回宿舍捯饬形象。

周烨就像一个化妆师，拿着把电梳子给刘洪涛卷头发、喷摩丝，把个刘洪涛捯饬得像个新郎官，惹得潘皓在一旁急吼吼的催促：“别老顾着他啊，本来就够潇洒的了，不得先顾着咱们长得落后的吗？”

“你懂什么！刘洪涛今天是主持人，代表咱们班的形象，马虎不得。”

于是潘皓只好和徐航他们用一把普通梳子，臭美一气。

219宿舍的吴凯穿上了西服，拿着镜子左看右看总觉得不得劲，后来才发现少了领带。找谁借谁都不给，要抢孙鹏辉的，孙鹏辉坚决不干，反唇相讥：“就兴你娶媳妇，我们打光棍呐？都这时候了，谁还顾得了谁啊。”吴凯只好无奈地到别的班去借了一条领带，好歹算是解了燃眉之急。

钱浩宇坐在床上，到处找袜子。床底下一盆快发霉的衣服因为怕被交大同学发现，早就被他踢到了墙根的位置。到现在找不着干净袜子了，他还得费事儿再把盆从床下掏出来，想从没洗的袜子中找出一双相对干净点的穿上。哪知刚一拖出盆来，一阵强烈的异味让219宿舍的几个哥们顿觉“神清气爽”，鼻子通气了许多！大家异口同声强烈谴责，浩宇不得不重又把盆推到床底。就在绝望之际，他总算在床脚找出一双看似洗过的黑袜子，凑近鼻子一闻，果真没有臭味，不禁大喜过望，叫道：“看见没？这就叫未雨绸缪，哥们早就有备用的。”浩宇抓住袜子往脚上一套，又大失所望：“我说怎么还能漏了一双袜子呢，原来都破洞了，而且洞口还都在左边大脚丫的位置，左换右换总有一个脚丫子露出头来。”

钱浩宇拿着破袜子坐在床上一筹莫展，陈峻给他出主意：“笨，你不会把其中一只翻过来反着穿啊？”

钱浩宇赶紧翻过来一只，果真两只脚丫子都不露了。可是又怕人看出来袜子是反着穿的。

“都是黑色的，正反不明显，又是晚上，你还穿着长裤，谁去把你的裤腿挽起来检查？”

几个人还在忙忙碌碌，站在窗边一直往外看的孙鹏辉大声叫道：“快看，是不是他们来了？”

这帮人凑过去往窗外一看，只见一行20几人骑着自行车浩浩荡荡奔北楼来了。吴凯打眼一扫，男女生比例让他相当满意：男生9

人，女生13人！后来又发现几个女生还背着几个大书包，心说真能装，到这儿联欢还带着学习用品！

陈峻跑到刘洪涛宿舍报告情况，刘洪涛赶紧跑下楼把他们带上二楼。三个宿舍争相把客人往自己宿舍里拉，瓜子、水果争相往人家怀里递过去。那热情劲儿，感动得交大同学几乎要热泪盈眶了。

叽叽喳喳寒暄了一会儿，大家一起前往修理楼307开晚会。进入早已提前布置过的教室，客人们只见一派喜庆气氛，黑板上是热情洋溢的欢迎标语，教室四周张灯结彩，连灯管都粘上了彩带。

晚会由刘洪涛和北方交大的一个女生共同主持。看得出两人都很激动。刘洪涛代表东道主说："这个……同学们，我很高兴两个友好班级今天举行第一次联欢，我代表我们土木八六欢迎北方交大同学来到我们农工大。"教室里随即响起热烈的掌声。

北方交大的女生大方地接过话筒："友好班级的同学们，我叫李伟红。晚会没开始，我们已经深深感受到你们的热情，希望我们共同度过一个美好的夜晚！"

晚会开始后，先是虞卫军用颤抖的嗓子唱了一首保留曲目《一剪梅》，算是抛砖引玉。接下来两个班交替进行，刘洪涛和李伟红嘀咕了一阵，宣布两个班合唱一首《让世界充满爱》，这让晚会达到了一个小小的高潮。

接下来，潘皓来了一首吉他弹唱。虽说吉他弹唱似乎是大学生的专利，个个学校都很普遍，但潘皓的弹唱还算得上是中规中矩，有两个女生还盯着潘皓看得很仔细，好在潘皓演出时心情极其紧张，做到了"目中无人"，故而对两位女生的青睐视而不见。这要在平时，估计浑身早散架了。

潘皓的演唱接近尾声时，只见北方交大的几个女生跑到"后台"——教室的角落，拿出书包，掏出几套花花绿绿的衣服，换好了衣服后回到教室前面。吴凯、陈峻一看，眼球都快鼓出来了：买糕的，整个一地道的维族小姑娘啊。吴凯感叹道："真有你们的，我说怎么还带着书包呢，原来还真是有备而来，带着道具。"

不用说，人家的新疆舞表演获得了阵阵掌声。

进行到这份上，陈峻的面子挂不住了："大意了，大意了！这样下去，主场迎战也要输啊。"赶紧叫来于文雍、张子轩、钱浩宇、潘皓等人密谋一阵。陈峻挪到夏荷那儿，命令她把红纱巾解下来。夏荷虽然奇怪，但此情此景下知道他拿过去肯定不是玩儿，就大方地解下来递给了他。

陈峻心说：好酒总是品到最后才觉得香醇，压轴戏总是在落幕前才展现在观众面前。赌好吧，您勒！

这时，刘洪涛高声宣布："下面由土木八六表演一首《红高粱》插曲——《妹妹大胆地往前走》！"满教室立即安静了下来。

只见大高个儿于文雍顶着红头巾充当"我奶奶"，五大三粗的陈峻、黄健雄、徐航、李文革分别扮演四个轿夫。一路上边唱边颠，像模像样。大家没想到临时起意的这个节目表演得如此大胆豪放，就像彩排过一样，不由得大声唱起彩来，交大的女生们更是个个笑得花枝乱颤。如此的气氛简直让土木八六的男生们有一种"拨开乌云见太阳，柳暗花明又一村"的感觉。

刘洪涛在一边长舒一口气：局势终于扳回来了。

节目表演完后，终于进入正题：游艺舞会。要说人家交大的男生素质就是高，没一个跳舞的。全部抢着进行康乐棋、围棋等高品味的棋艺活动，将自个儿班的女生毫无保留地拱手相让给主场的土木八六男生们。

"看看人家这风格！"周烨不觉哀叹道："不战而屈人之兵哪，咱班还是输了。"

开始还不觉得周烨这话有多么正确。等过了一个多小时，只见什么快三、慢三、迪斯科、伦巴、探戈、水兵舞，统统跳了个遍，土木八六的男生们还是丝毫没有休息的意思。

陈峻也说："你看潘皓、吴凯这几匹色狼，搂着人家交大的女生就不松手，跳了两个小时了，腿像上足了劲儿的发条，愣是停不下来。"

张子轩也同意："就是，他们不嫌累不要紧，也不知道怜香惜玉让人家女生休息休息。"

周烨又一次强调："男生的素质确实是个大问题啊！不懂得怜香惜玉的人，打一辈子光棍也不带可怜的。"

第十五章

开成了恋爱动员会

校园时装

恋爱利弊辩论

民主楼杨旭论诗歌

偷窥青春

这年过完春节返校后，北京的大学校园里似乎悄然流行起了一种男生的时装，那就是黄色军大衣、牛仔裤和运动鞋，脖子上再缠绕两圈雪白的毛线围脖。这种打扮的，仅土木八六就有诸如陈峻、张子轩、刘洪涛、虞卫军等一大帮。一开始大家有些奇怪，但联想到几乎所有这身打扮的哥们身边都有一个若即若离的女生跟随着，这才恍然大悟，原来但凡有了这身行头的男生就是等同于向大家公开宣示：我是有主的人了！

张子轩考上大学的第一个冬天，父亲就请村里的裁缝师傅给缝制了一件黄色军大衣寄给他，春节前沈丹枫陪着他上街买了一条百穿不洗的牛仔裤。现在，沈丹枫又趁寒假亲手给他织了一条白色毛线围脖。张子轩穿上这一身，除了赶时髦之外，确实觉得非常暖和。这种暖和，不光是身体上的，还有心灵上的。同时，这也让更大范围的同学知道了他俩的关系。

开学后，沈丹枫也开始堂而皇之地去218宿舍，有时甚至待到很晚才回五四楼。有两回，沈丹枫在218宿舍的时候也正好碰上柳雨薇和虞卫军一起回宿舍，场面那叫一个热闹！而每逢此时，最遭罪的就要数老大郑伟诚。看着老四、老七他们两对儿在宿舍卿卿我我的样儿，老大总是在上铺极力闭上眼睛盘腿打坐。虽然可以做到视而不见，但却无法做到充耳不闻。因此老四、老七他们郎情妾意、打情骂俏的流氓做法，总是瞬间就攻破了他的定心大法。而这时，“善解人意”的子轩总是拿着暖水瓶塞到老大手里：“老大，这里少儿不宜，你赶紧打水去吧。”

“你这臭小子，我是老大，连我都不宜，你怎么就宜了？”

“那不一样啊，你不是跳出三界外不在五行中的方丈吗？乖，听话啊！”说着就把他推出屋外。

“方丈”的修行那真不是吹，在如此悲愤交加的状态下他也没有蹦出诸如“你×的，×你大爷”之类的京骂，只是乖乖地拎着水壶往水房而去，实际上内心里大有林冲雪夜上梁山的悲凉。

陈峻自打和唐蕊公开关系之后，无论在哪儿都相当高调地秀着恩爱，要么挽着胳膊，要么搂着腰。两人除了上课之外的时间，几乎形影不离。但不是他们俩形影不离，而是三人——还有“电灯泡”钱浩宇。在旁人看来有一个现象已经很让人不解，他们仨可以光明正大地在一个饭盆里吃饭！而更令人发指的是三人竟然还同乘一辆自行车！一般是陈峻骑车，唐蕊坐在前面的大梁上，钱浩宇坐在后座，三人很幸福地从食堂骑行回北楼。往往这个时候都是坐在后座的钱浩宇没心没肺地不着调地高吼着齐秦的歌：“我是一匹来自北方的狼，走在无垠的旷野中……。”一路上惹得男生们的口哨声此起彼伏。那情景哪儿是“走在无垠的旷野中”，简直是“走在无垠的抗议中”！

眼看着班里在春节前后两三个月的时间中竟然公开了四对儿！班上这种一窝蜂谈恋爱的现象当然逃不过分管学生工作的系团总支书记余老师的耳目。他马上招来团总支副书记王哲及班长钱浩宇，要求两人对班级同学负起责任，立即分别找这几对“新人”谈话，争取及时地“挽救”他们。

这个任务着实让两人觉得很尴尬，不好完成。对王哲来说，张子轩和虞卫军都是同宿舍的哥们，陈峻还是与他曾经一个饭盆吃过饭的战友，如何严肃得起来？无非善意地提醒他们：“要注意影响，要低调低调再低调！”

对钱浩宇来说，他只能对张子轩和虞卫军拉下脸来，稍微严肃地指出他们这种谈恋爱的“流氓行径”相当影响土木八六先进班级的形象，不过刚一张嘴就被张子轩堵了回去：“你要有本事，还是先把陈峻和唐蕊他俩拆了再来劝我们吧。”

王哲和钱浩宇经过一番努力工作后汇总谈话情况时，都是一脸苦笑。钱浩宇说：“自古以来，宁拆十座庙，不毁一门亲，咱俩这么干纯粹是自讨没趣。”

两人把情况汇报到余老师那儿，还替这几个家伙说了一些解释的好话。余老师一看不仅没起到预期的效果，而且派出去的工作组竟然也被收买，哪肯善罢甘休？于是又和陈老师商量着组织一场讨论会，一定要让大家认清在大学谈恋爱的严重危害。

陈老师以最快速度召开了一次班会，主题就是讨论“大学谈恋爱的利弊”。没曾想，这又是一次善始未善终的讨论会。

班会开始后，冷场了两分钟，谁也不想第一个开口。王哲只得带头发言：“我还是认为大家不要这么早谈恋爱。因为我们现在都不成熟，相互也不是很了解，如果谈了，根本不知道对方的缺点。再说，我觉得谈恋爱对同学友谊也有妨碍，如果说另一方与其他同学正常交往，可能也会引来对方的不满意。”

实际上，王哲学习拔尖、理想远大、作风正派、待人礼貌，几乎具备了一个优秀大学生应该具备的所有优点，因此早就是许多女生碗里的菜，只是女生们都不好意思主动表白。可也有女生表示得相当明显，比如经常找他借书，经常给他送贺卡。但王哲却从来未对这些女生的心意给与回应，因为在他看来恋爱只会使人涣散斗志、磨灭精神，而自己又一直秉承着“革命尚未成功，同志仍需努力”的远大革命理想，因此他已下定了“不读博士，绝不近女色”的决心。

但在这个问题上，虞卫军与他不同。人家虞卫军是以周恩来和邓颖超、马克思和燕妮等革命伴侣为榜样，决心爱情、学业双丰收，做一对“互帮互学的有志青年、比翼齐飞的恩爱伴侣”。

既然王哲开了头，大家也就不客气地打开了话匣子。

李文革接着说：“我倒是不反对谈恋爱，但刚才王哲提出的这点确实应该引起注意，我们应该搞好和全班所有同学的关系，而不是沉湎于两人的卿卿我我。”

“大家随便聊聊，不要拘谨，我们这是一个辩论会嘛，也没有什么对错。”陈老师对前边两人发言所引领的方向感到很满意，引导大家踊跃发言。

“我也说点想法吧！”这时，老实巴交的郑伟诚竟然也开腔了，“老话说，不孝有三，无后为大啊，谈恋爱是青年人必然经历的人生之路，我觉得还是顺其自然的好。”

郑伟诚的发言寥寥数语，却让人瞪大了眼睛，谁也不会想到这个外号“方丈”的男生竟然发出如此震耳发聩的爱情宣言。大家正等着他继续发表惊人言论，可他却到此为止了。

周烨说：“其实吧，分析早恋原因，无非是现在大家自由了，感情充沛，要尝试寻找新的事物，寄托感情。但我还是觉得不要过早，至少大三、大四再去谈。”

林娜听了反驳说：“现在流行着一句话，‘一年交、二年挑、三年急、四年没人要’。我认为无所谓早晚，无所谓利弊，其实恋爱就是一个培养自己性格的过程，思想上哪有什么成熟的标准啊！难道说到了大三，就真的成熟了？”

刚才被郑伟诚惊得瞪大眼的同学们这次又让林娜的发言惊得张大了嘴，怎么每次班会都会出现这些令人意想不到的情况啊！平时怯生生的女生们反而大胆地吐露心迹、发表看法，这让男生们对她们刮目相看，原来她们的思想也很深邃啊。

在大家辩论的同时，子轩和丹枫就像一对被揪斗的地主和地主婆，一直都是一言不发，而陈峻和刘洪涛却不管三七二十一地列出了恋爱的许多有利之处，总结起来，有17条之多：

1. 优势互补，女生多余的饭票可以贴补男友。

2. 冬天有人织围脖，既暖身体又暖心窝。

3. 有人占座，能相互促进学习。

4. 能丰富课外业余生活。

5. 有人洗衣服，能促进精神文明建设。

……

当然，反对的同学也找出了十几条弊端：

1. 补贴饭票的同时，碰到学校里卖冰棍、糖葫芦、胡大瓜子的必须尽量躲着点，要不然男生在这些零食上的花销要比女生伙食上补贴的还多。

2. 当女朋友织围脖的时候，千万不要忘了，星期天五四楼水房里洗衣服的男生中一定会出现你的身影，这种美德同样会引来五四楼的一片惊叹。

3. 有人占座的同时，你再也别想像以前那样想旷课就旷课。

4. 有人陪你度过浪漫时光的同时，你的眼睛从此再也别想有事没事就往其他女生身上瞟，否则，当心去医院做眼球修补手术。

……

陈老师一看大势不妙，班会的大方向越来越偏离了当初预设的轨道，本打算开成一个恋爱批斗会，结果却开成了一个恋爱动员会，必须赶快把会议的发言权收回来，于是总结道：“同学们啊，咱们班最近在男女生交往问题上出现了一些新动向，有三四个男生已经公开和女生搂肩搭背的了，有的甚至还把女生带回自己寝室，其他男生很有意见。我想跟同学们说，现在大家虽然已经是成年人了，可大家的首要任务还是学好专业，而不是把精力放在谈恋爱上，因为古往今来，但凡那些有成就的人都是晚恋晚婚晚育的。当然，我的话仅仅是建议，我只是想让你们记住：大学应该是让你们成才成名成就的地方，而不是你们成双成对成家的地方！”

刘洪涛是一直都不愿意参加这种干涉大家自由的班会的，听了陈老师的话，他有点戏谑地说：“其实我们现在根本不是和女生谈恋爱，只是为了晚婚晚育讨好以后的丈母娘呢。”

张子轩和沈丹枫都是自尊心极强的人。经过在辩论会上老师点到为止的批评后，再不好意思天天一起吃饭、一起在校园里散步了。两人商量将约会转入地下，低调行事，避避风头。对于张子轩来说，此时两人降温的举动恰逢其时。因为开学后，他开始担任《群言》报轮值主编，而他也很想搞出一期无论形式还是内容都有所突破的报纸，与丹枫少见面也让他有更多的精力投入到紧锣密鼓的组稿编辑工作之中来。

这天吃完中午饭，子轩赶到民主楼《群言》报社编辑部办公室时，发现约好的《群言》报社的几个社员早就到了。一个是八六级的男生杨旭——一个诗歌狂热分子，已经是《群言》报社的老社员了，另外两个是刚拉入伙的八七级女生，好像见过两次，但印象不深。

杨旭这两天一有空就去张子轩宿舍。目的很明确——竟然想劝子轩在这一期报纸中开辟一个诗歌专版。子轩进门刚坐下，还没来得及和两个女生寒暄，杨旭就又开始唠叨：“我说张主编，你不能老觉得我们诗歌低人一等，你也不是不知道，中华文明上下五千年，可最早的古代文化就是劳动诗啊。你想想这作用，它让祖先加强团结，提高生产热情，是征服大自然的强大武器啊。可以这样说，没有诗歌，就没有人类的生存和繁衍。繁衍都没有了，哪儿还有你和我……”

子轩觉得杨旭这小子哪儿都好，就是侃起诗歌来，比他祖宗还亲，用一口山东腔说快板似的一直侃到嘴角白沫横飞也刹不住车。

“这么说，诗歌就是人类祖先了？你小子，就扯吧。你说的作用不假，可我也知道，上古的劳动诗这种体裁主要是当初文字与文学不发达，散文很难形成和发展造成的，现在散文发展了。”

“怎么这么说呢？诗歌的作用肯定是明摆着的。你不就常用我们的‘窈窕淑女，君子好逑’做指导思想，对女生大摆迷魂阵吗？”

“你还是整点干的吧，说到天亮我也不会拿整版登诗歌的，这确实不现实。”

“你看你看，没点儿大将风度，这么说吧，目前诗歌稿源相当充足，散文才能登几篇？可诗歌呢，多简洁，一个版面能登 20 个作者。哎对了，我这就有一篇不可多得的诗作，你看看……”

杨旭从稿子堆里翻出一页，推到张子轩面前。张子轩一看，果真被这篇诗歌吓了一跳，只见稿纸上赫然写着八个字：

只要
你要
只要
我有

“看看，多深刻，多有诗意——”杨旭说着说着慢慢停了下来，他看到张子轩瞪着小眼睛，充满了愤怒。估计足足瞪了三分二十秒，然后，张子轩抓起杨旭的手说：“我有一首比这个更简洁更有震撼力的诗歌，要听吗？”

“哈哈，老大，这么快就深得要领了，洗耳恭听。”

“你听好了，就四个字：滚你×的。”这下轮到张子轩激动了，惹得旁边的两个八七级女生也笑了起来。

“不怪我瞧不上写诗的，越来越不像话了，就这水平，我真想查查他的高考语文分数，怎么混进农工大的？”

“你又来了，又把我们降一个级别。”

“不是我降低，就拿你们崇拜的祖奶奶穆伦·席连勃来说……”

“等等……，这个什么穆伦她是谁啊？怎么就成了我们的祖奶奶？”

“杨旭，你该不会说你不知道席慕容吧？我越来越鄙视你了。”

“嗨，这个……这个啊，”杨旭解嘲地说：“知道是知道，这名字太早，忘记了。”

“人家席慕容自己就说过，十二岁以前的作文从来都是抄她姐姐的。等到十三岁，她姐姐转学了，也不和她一起生活了，于是傻眼了，怎么办？咬牙写吧，写不出长文章，还不能憋几个短的。于是，一代诗人诞生了。”

两人讨论了半天，不分胜负，但报纸发什么文章的决定权在张子轩手上，英雄气短的杨旭临走时只能讨好地说：“不办专版，麻烦就尽可能多地登载几首吧。”子轩大度地说，“这没问题，我也很欣赏舒婷和海子的诗歌。”

两个女生对他们刚才的争论一直很感兴趣，脸上始终充满了对师兄的仰慕之情。等杨旭一走，她们也递过来一摞稿子，子轩粗略估计不下二十篇文章。张子轩翻看了两篇，觉得文字功底都还不错，这说明收集这些文章的女生的文学水平也不错，不禁仔细考量起这两个才女。长得较瘦的女生一看就是那种开朗而有主见的，叽叽喳喳主动介绍说她是建工系八七级的，叫肖怡华，还希望子轩以后能对其多帮助、多指导。而另一位白皙的女生略显文静，只是羞涩地微笑着介绍自己叫陶玉，是食品八七级的。

子轩有心让她们多参与到本期的组稿中来，于是吩咐两个女生不光要写文学稿件，还要关注一下最近的学校时事，抓紧时间写两篇新闻稿件报上来。

待两个女生走后，张子轩在安静下来的报社办公室里仔细阅读了大家汇集上来的文学稿件，基本确定了哪些是要采用的、哪些是备用的。考虑到排版后肯定需要几篇补白的小品文，他想了想，直奔学校的新图书馆。在期刊阅览室，他抱来一摞杂志，终于在《读者文摘》上挑选了几篇，抄录下来。

文学版的组稿任务完成后，心情一阵轻松，张子轩又换了几本杂志，随便翻了翻《家庭医生》和《知音》。在《家庭医生》的目录里，都是些日常生活中遇到的小病如何防治的文章。再往下看时，突然一个“香艳”的题目映入眼帘：《夫妻相拥而睡影响健康》。子轩顿时觉得心跳频率瞬间加快。他悄悄往自己的左右两边看了看，发现阅览室里的几个人都在专心看自己的杂志并没有谁在注意自己，于是赶紧翻到文章所在页面。这一看，不禁大失所望，只见这篇文章已经被人开了天窗，剪得只字不留。

《家庭医生》的这篇文章激发了张子轩心里“见不得人”的求知欲。他又翻开《知音》，立即被目录上的“两性私密信箱”栏目吸引住了目光，都是些什么“药物会影响性生活吗？女性的性心理”等等文章。当他又一次心慌意乱地像做贼似的翻到目录所指页面时，发现这两篇文章也不见了踪影！剩下的只是顺着装订线留下的锯齿般手撕的痕迹。

张子轩此刻的心情啊！简直就像一个窃贼在外溜达了一整夜，好不容易潜入一间看似豪华的房间想大捞一笔，可进去后却发现已经被先到的同行把值钱的东西洗劫一空！子轩气得差点骂出声来：怎么都那么自私呢，就你要恋爱结婚，别人都活该打光棍啊！你知道全校还有多少嗷嗷待哺的男生吗？

子轩一中午的好心情被两本让人开了天窗的杂志搅和得荡然无存，愤愤然回到宿舍时，才下午四点多钟。宿舍里只有老二马昊然躺在床上看着一本大部头的书，见他进门，老二略显慌乱地将书合上。

子轩放下书包说：“今儿下午这么清净，怎么就你一人啊？”

马昊然努努嘴说：“你看，桌上好几台水准仪呢。”

“那又怎么啦？”子轩不明白老二的回答和他问的问题有什么关系。

“王哲他们下午把仪器背回来放宿舍了，明天要在校园内搞测量实习，让我在宿舍看门，他们自习去了。”

“哦。”子轩这才仔细地看了看桌上放着的两个水准仪箱子，但他马上将重点转移到老二的书上，装着不在意地问：“看什么好书？我瞜瞜。”说着不等老二答话就把书抢了过来。

子轩一看，是一本崭新的《青年知识手册》，心想挺好的一本书，你慌什么？他不露声色地翻了翻，明显中间有一页稍微折叠过，有看过的痕迹。子轩翻过去扫了一眼，不禁哑然失笑，原来这小子正在看“恋爱-婚姻-家庭”这一章，折叠的这一页还有个小章节竟然叫“夫妻性生活如何和谐美满”！又往前后翻了几页，发现第七章是哲学原理，第九章是成才之路。子轩心说：呵呵，本来我下午还觉得自己挺低级下流的呢，原来兄弟们都在背地里如饥似渴地学习着，看来兄弟们都是一丘之貉。

子轩装着无所谓地把书还回去，却突然趁其不备质问老二：“说，刚才究竟是在看万众敬仰的哲学理论呢，还是在看雅俗共赏的性知识？快说，不许犹豫！”

照平常，马昊然应该会狡辩一番。没曾想，此时的昊然竟然索性破罐破摔，嬉皮笑脸地说：“嘿嘿，两者兼而有之，兼收并蓄。”

子轩说：“我就纳闷了，大家天天喊着食堂伙食差，可我觉得你这两年怎么长肉不少呢，而且这肉都长脸皮上去了。”

“老七，理解万岁！哈哈！你说你有实验基地，而我们只能靠书本学学理论知识，这还不让吗？”

子轩还装模作样地说：“嘿，你这怎么还倒打一耙呢。我哪儿有实验基地了？”

“这还用哥们明说嘛，你的实验基地不是沈丹枫吗？”

“不许胡说啊，现在全校风声紧着呢，陈老师处处派人盯着，对谈恋爱的而言简直就是处在白色恐怖之下。告诉你，我现在和沈丹枫的关系比和刘晓庆的关系还纯洁。”

“哎呀，这么纯洁呢！”马昊然嘲笑道：“是你不从她呀还是她不从你呀？要不我们去劝劝沈丹枫，叫她赶快从了你吧！”

第十六章

我本将心向明月，奈何明月照沟渠

测量实习

一封抄来的情书

玉渊潭踏青

第二天开始测量实习时，老师先将大家进行了分组，特地安排男女搭配。之所以这么分组，是因为建筑测量课是一门近乎实战的课程，不像其他课光是抽象的理论。对于大部分男生来说，经纬仪的操作无非就是几大步骤：架设仪器、对中整平、照准读数。而女生似乎动手能力相对薄弱，但她们在记录绘图和数据计算上又是强项。

按照安排，郑伟诚与孔海琳一组，马昊然和沈丹枫一组，吴凯和许如萱一组，这三组人在松林宫开始往南测量校园平面图。开始测量后，起初马昊然还不着急，老和沈丹枫聊与张子轩有关的事儿，还怪沈丹枫怎么突然间不再到218宿舍串门儿了，而沈丹枫却似乎很忌讳再谈论他俩的关系，总是把话题岔开。聊着聊着，发现郑伟诚和吴凯他们两组的进度已经超前，马昊然这才有点着急，加上沈丹枫老是操作不准确，基本数据边测边改，简直烦人。

“喂，老大，陈峻他们在主楼，说要你去把老师的一本书拿回来。”马昊然突然对郑伟诚他们喊起来。郑伟诚丝毫也没有怀疑，把塔尺靠到墙边，就往主楼去了。

大家埋头干了两分钟，许如萱又对马昊然说：“呀，我差点忘了，马昊然，张子轩早上说有你的信。”

马昊然自言自语地说：“这小子，怎么没告诉我啊，非得找女生转告？再说，这事儿他为什么没告诉沈丹枫反而告诉许如萱？”马昊然虽然心里犯嘀咕，还是问：“是吗，他们那组在哪儿呢？”

“在修理楼。”

马昊然对沈丹枫说：“那你先整理一下数据，我去一趟。”说完，屁颠屁颠奔修理楼去了。

许如萱眼看两个男生走远，笑得直不起腰来。吴凯还莫名其妙，怪许如萱说：“干嘛你？咱们落后了，快点吧。”

“我这不把他们支走了吗？你忘了，今天愚人节，戏弄人不犯法！”

“呵呵，好，把他们支走了，咱赶紧测。”吴凯咧嘴笑了。

不一会儿，伟诚和昊然先后气哼哼地赶回来，马昊然无可奈何地说：“许如萱啊许如萱，连你都学会骗人了。说，怎么罚你们？”

“嘻嘻……，谁叫你们没有点同情心，超出我们那么远？想让老师批评我们啊，我们就是要想法让你们休息一下。”

“哎呀，你可是坏了我们大事，本来还想上午抓紧测完，下午抽时间去看电影《霹雳魂》，这下叫你给耽误了。”马昊然这厮撒谎都不带打草稿的。

“真的？下午有《霹雳魂》，太好了，我们宿舍昨天还在议论咱们学校怎么还没有放这部片子呢？”

“这下满足你们了吧，下午1∶30放映，你请客啊。”马昊然不客气地说。

“好好，今天也犒劳犒劳一下你们男生。”

在修理楼附近进行标高测量实习的有三组人马。一组是张子轩和刘诗晴，一组是于文雍和夏荷，另一组是白晓曼和钱浩宇。

刘诗晴的手真笨，把个水准气泡调得不是在左边就是在右边，偏偏不在中间。气得张子轩把她拉到一边："你啊，高智商的活儿看来还真不能干，你去竖塔尺，我来测，照你这样，得测到猴年马月去了。"

刘诗晴还不服，嘟囔个嘴说："切，神气啥啊！现在把人追到手了，就把红娘不当回事儿了。你这态度，信不信我告诉沈丹枫去？"

张子轩立马软了下来："咦，你还要挟上了？咱这不是搞学术交流么，怎么又扯到红娘和丹枫了，跟她有什么关系！"

正说着，昨天在《群言》编辑部认识的陶玉和另外一个女生背着书包走过来，看到他，高兴地打招呼说："张子轩，你们的实习课太有意思了，就是拿着望远镜玩儿啊。"

张子轩立即变得很绅士地答复说："还好玩呢？你看我们哪一组不是吵得脸红脖子粗。你们去自习啊？"

"对，正好要去修理楼。对了，预祝你办的这期报纸热卖哦！"

"肯定的！因为这里还有你的一份心血呢。"

这边的张子轩还在热情地和陶玉寒暄着，另一边的刘诗晴却等不及了，大声催促道："张子轩，你胳膊不疼是吧，我可是在这儿一直把着塔尺呢！"

陶玉一看妨碍了两人的工作，就脸一红地匆匆告别子轩往修理楼而去。

于文雍和夏荷一组更糟糕。两人都是急脾气，于文雍水准调不好，夏荷的塔尺竖得晃晃悠悠，搞得两人相互责备。

"夏荷，你是不是得了多动症，干嘛手老抖啊！"于文雍即使对女生讲话也从来不讲究点艺术。

"你倒是好，你还脑垂体不发达呢，水准气泡调了半小时也调不好，还好意思说别人。"夏荷回击起于文雍来更是铿锵有力。

实际上，于文雍调不好水准仪是有原因的。因为他的心思根本没在测量上，眼神老是往足球场开小差。

原来足球场上总共有四支队伍在混战，踢着踢着，还相互干起来了。由于测量的位置刚好就在运动场边上，于文雍也听了个大概，好像是土木八五和土木八七相当恼火，因为他们先按惯例在学校的儿大宣传栏公示过今天足球场预约。可电系八四级的两个班却根本不管什么提前预约一说，竟然早早占上场子开踢了。于文雍也在心里说：这帮毕业班的也太没有风度了，这是来狠的啊。

然而八四级的也认为他们有理，大声说："兄弟们，既然我们占着了就先让我们踢着吧，你们的日子还长着呢，我们可是踢一次少一次了。"

"那哪儿成！不管年级高低，咱们都要讲究职业操守。不管，我们也要踢！"于是四支球队在同一个球场上自顾自地踢起来，现场那叫一个乱啊。

于文雍是校足球队队员，足球几乎是他的命，明明夏荷的塔尺在正北方向，他却把水准仪的物镜对准了东边，瞄了半天也不抬头，整个一个南辕北辙。

"于文雍，往哪儿看呢？我在这边！"夏荷大声怒喝。

于文雍这才回过神来，把水准仪转到塔尺方向。两人就这么打打闹闹到天擦黑，当天的测量计划严重滞后。

钱浩宇和白晓曼这一组应该是绝配。两人一动一静，一快一慢，本应相得益彰，配合默契。但当白晓曼慢悠悠调试仪器时，钱浩宇却在远处痴痴看着她，心不在焉地想着心事，手中握着的塔尺歪成了四十五度角也不知。

钱浩宇其实并不像人们想象的那样大大咧咧、傻傻乎乎，上学期班上雨后春笋般冒出来的这几对促使他对白晓曼的感情慢慢清晰。前几天陈老师要求举办的那场讨论恋爱利弊的班会，反而让他坚定了尝试恋爱滋味儿的决心，再加上生性固执的他是一个一旦拿定主义便会不顾老师、同学如何看待的人，因此在班上的几对儿纷纷转入地下的同时，他竟然决定逆流而动，找机会向她表白。

如何表白呢！大学生钱浩宇仍然认为写信是最稳妥的办法。然而，怎么写？他可真是没有经验。为此，在测量实习的空闲，他特意到图书馆翻了好多书，忽然在《大学生》杂志上看到了一篇托尔斯泰写给索菲亚的求爱信，不禁眼前一亮。他觉得这封信简洁直白，而且是大文豪的手笔，应该可以打动女生的心。很快，他几乎照抄照搬地改写出了自己人生中的第一封求爱信。

晓曼：

我再也无法忍耐下去了。最近的几个月，每天我都对自己说：今天我一定要说出一切。然而每次我依然怀着惆怅、悔恨、恐惧的心情而难以启齿。每天夜里，我都和今天一样，总是痛苦地对自己说：我为什么没说呢？可我该怎么说，又说些什么呢？现在，我带着这封信，如果我又一次没有说，没有勇气对你说出一切，那就让我把信交给你吧！

我知道，你是一个诚实的好女孩，我只想让你告诉我，你是否愿意做我的女朋友。只要是出自内心，你就大胆地说可以；倘若你对自己还有丝毫的怀疑，你就说不行好了。

如果听到你说不行，对我来说肯定是很可怕的，但如果我做了你的男朋友，而你又不能像我爱你那样地爱我，那会更可怕！

浩宇急盼

钱浩宇在教室上课时，瞅了个没人注意的机会将信塞进了白晓曼的书包。然而，几天过去了，白晓曼也没有任何表示，这让钱浩宇心中非常忐忑。钱浩宇偷偷观察着，见她每天很正常地和女生们一起吃饭、上课，一起疯疯癫癫，而见到他以及和他一起计算、绘制测绘结果时，也没有表现出一丝丝不好意思的样子。钱浩宇将各种情况简单汇总一下，发现她除了没回信之外，什么都和以往一样！这更是让钱浩宇抓狂了，他反复追问自己：这说明什么？说明她不想答应他，还是说明她也不想拒绝？又或是我的信她压根儿没看到？

其实白晓曼比他更苦恼。虽然晓曼平常轻声细语说话不多，但其实是一个内心丰富、极有主见的女孩。自从收到钱浩宇的信后，她就愁肠百结、乱了方寸。此刻她正靠在床头，茫然地看着窗户，掩卷沉思。窗外，今年的头一场春雨正淅淅沥沥地下着，细细的雨丝轻轻地吻上窗户的玻璃，让窗外的景物变得朦朦胧胧而有诗意。几天来，她把钱浩宇放在脑海里分析了一千八百遍，觉得他的确是一个再好不过的人：论人品，他就像全班所有人的大哥哥，处处给人以关怀；论心胸，他从不猜疑和小肚鸡肠。可是，他真的就是自己心中的那个白马王子吗？晓曼想了很久很久，自己缓缓地摇了下头。她似乎觉得他缺少了自己希望的男生所应该具有的浪漫温情，对什么都是大大咧咧毫不在乎，甚至连写给自己的情书都是那么直白无味，而且通篇还是这种怪怪的语气——唉，此情无计可消除，才下眉头，却上心头！晓曼叹了口气，我该怎样去回复他啊？如果拖下去，又能拖到何时呢？明天就是全班同学早就约好了的春游日子，我又该怎样去面对他？倒不如让这恼人的春雨下个不停吧，这样，春游只好取消，他也没有机会来找她而让她难以回答了。

想不到第二天雨过天晴，这让除了白晓曼之外的全班人都很高兴，觉得真是老天爷帮忙，玉渊潭踏青终于可以成行了。大家不到八点半就骑着自行车聚集在食堂前，钱浩宇清点了一下人数，偏偏就差了白晓曼。

浩宇问夏荷说："白晓曼没和你一起啊，她去不去？"

"早上吃饭一直在一起啊，我下楼的时候，她说马上就来。我去催她！这家伙每次总是让大家等她。"还没等浩宇反应过来，夏荷已经直奔五四楼而去。

不一会，白晓曼跟随夏荷匆匆来到，看着大家都推着自行车，白晓曼又发急了："你们都骑车啊？我不会骑怎么办？"

"不是有钱浩宇吗？钱浩宇不行还有我们当替补啊。"章明捷在一旁一语双关地说道。

"不行不行，那么远的路，带着人一定怪累的，要不我就不去了吧。"白晓曼一个劲儿地推脱。心想，即使有人带也不能是他啊，多让人尴尬。

"没事儿，就你那苗条个儿，俩加一块还没有我一人重呢。再说累了，大家换着带呗。”钱浩宇抢着答话。

白晓曼想想要是自己再推辞下去的话反而会让大家看出些什么苗头来，于是默默地跟在钱浩宇的自行车旁往外走。

20多辆自行车组成一行队伍浩浩荡荡出了校门。刚拐到学院路，骑在最前面的赵志强发现语言学院大门边有两个带红袖箍的“马路牙子”，赶紧通知后面的大部队。自行车立即变换队形，把钱浩宇、徐航他们两辆带人的自行车围在中间，然后快速通过。交通协管员看见这20几个大学生男男女女挤在一起，一个劲儿地提醒：“慢点慢点，注意安全啊！”

大家一路欢声笑语，可从学院南路拐到320站点时，赵志强的自行车链条却突然被卡住，人差点从车上栽下来。这下可好，像多米诺骨牌一般，后面的同学来不及刹车，相互撞倒了一大片，“哎呀哎呀”的叫声不绝于耳。好在骑在最后的潘皓、李文革及时刹住了车。他俩把车停好后，赶紧帮忙把大家一个个扶起来。大家互相问了一下，只有夏荷的小腿擦破了皮。

“怎么样，能挺住吗？要不然把你的车锁在这儿，我们带着你走吧？”赵志强和周烨纷纷围过来关切地询问。

“没事儿，我能骑。”夏荷其实挺疼的，似乎已是泪眼蒙眬，但她不希望自己的受伤拂了大家的快乐心情，所以故作轻松。

赵志强细心地看了看夏荷的伤处，从兜里掏出一块手绢递给夏荷说：“要不绑一下吧，老磨来磨去会疼的。”

夏荷不想让大家笑话她如此软弱，说道：“真没事儿，我们搞长跑的，经常胳膊腿摔得都是伤，比这严重多了。别管我，咱们赶紧走吧。”

赵志强看看确实也没什么大事，这才把车推到街边上一个修车点，让师傅把链条修好。这回，大家小心翼翼地保持着车距，前面领路的改成了章明捷，后面的还是李文革、潘皓，而细心的赵志强则在中间陪着夏荷慢慢骑。

章明捷、张子轩、沈丹枫几个人脚下生风，渐渐把大部队拉在了后头。一不留神竟然顺着阜成门外大街过了三里河路，等骑到西三环时，沈丹枫才惊呼已过了玉渊潭北门老远了。几个人又折回来走公园西门。哪知道，西门挡着栏杆，几个人不得不狼狈地扛着自行车进了公园，惹得沈丹枫撅着小嘴埋怨张子轩干事儿总是冒冒失失。

紧挨着西门的便是玉渊潭一处著名的景点——樱棠春晓。此处荟萃了两千余株樱花和西府海棠，两种植物同科同芳，相映成趣。虽然才是上午十点，这儿已是游人如织，晚开的樱花在春风中，树树绯云降雪，此番美景让赏花的人们扶老携幼，渐入融融春水，鲜花映着笑脸，真是人面桃花分外红。

几个人将自行车停好，步行经过湖中的翠堤。在旅游指示牌上，才知道这又是一景，名曰翠堤嵌虹。走到南岸的昆玉码头处——也就是事先约好的集合地才发现，后面的大部队全部在此处集合了。大家纷纷笑话张子轩和沈丹枫是不是要脱离大部队单独活动，夏荷揶揄章明捷说："人家小两口心情愉快脚下生风情有可原，你说你跟着人家搀和啥？"

章明捷说："我就是想快点把大家带到目的地，谁知道却欲速则不达呢。"

周烨去管理处给大家租好船后，许多人相继摇船离岸。见钱浩宇和白晓曼还在岸边唠唠叨叨，管理员不耐烦了，催促说："快点啊，后边的还等着呢！"说着把他们的船使劲推离岸边。

大家边划船边欣赏着美景，只见西湖水面开阔，波光粼粼。远处高耸的中央电视台发射塔以及周边色彩斑斓的高层建筑倒映湖中，随波摇曳，别有情趣。再看周边的同学，个个欢声笑语，男生们荡着桨，情不自禁地唱起那首经典的革命歌曲："让我们荡起双桨，小船儿推开波浪，海面倒映着美丽的白塔，四周环绕着绿树红墙……"

船靠岸边，一帮人信步上岸，经过樱花雨和云溪深处，只见景区的油松云芝映衬在蓝天中，成片的绿竹长满了山南坡，竹林中的甬道蜿蜒曲折，引人入胜去探究幽深的境地。

张子轩、沈丹枫及章明捷、于文雍四个人边说边笑、走走停停，慢慢落在了同学们的后头。张子轩已经有好长时间没有单独和沈丹枫在一起，看到如此幽静而美丽的竹林，觉得如果不能独享两人浪漫，实在是有负春光。只可惜没有眼力见儿的明捷一路上总是腆着脸亦步亦趋地紧随他俩不离半步，子轩气得恨不得一脚把他踹到湖里去喂鱼，心里骂道："老五啊老五，你小子也是比老子多活了60来天的人了，你就不能识趣点不当电灯泡吗？难道你是陈老师派来故意监视我俩的吗？"

骂完之后，子轩觉得以章明捷的情商，让这个笨蛋主动离开是不可能的了，只能自己想点办法，于是低声对丹枫说："咱们慢点走吧？"丹枫一听，心有灵犀地放慢了脚步。

子轩刚想偷偷拐进旁边的小路，章明捷竟然在前面招呼道："老七，你俩怎么这么慢？快点！"

子轩差点气晕过去！好在于文雍好像看出点门道，对明捷说："哎呀，你走你的，你管人家干嘛呀。"

子轩厚着脸皮也不答话，领着丹枫快速拐向竹林深处，俩人刚一脱离大家的视野，便迫不及待地搂在一起亲吻起来，子轩觉得人世间最幸福的时刻莫过于此时了！

"嘿！你们干什么呢！"正情到深处、你侬我侬的张子轩和沈丹枫被这突然的声音吓了一跳，两人分开一看，见一个戴红袖箍的公园巡逻员站在他们不远处的地方严肃地看着他们。

"怎么啦？"张子轩一脸茫然地问巡逻员。

"怎么了？你们不知道这是公共场合吗，竟然干这种有伤风化的流氓事儿！"

"你这人怎么说话呢？我们拥抱一下就是干流氓事儿了？"

"你是光拥抱了吗？"

张子轩还想辩驳，沈丹枫却像被人撞见丑事儿似的红着脸，低头拉着他的胳膊就往外走。巡逻员仍然在后面不依不饶地说："再抓到你们就罚款啊。"

两人狼狈地走出竹林，子轩美好的心情瞬间荡然无存。他不服气地回头望去，那个让人讨厌的巡逻员已不见踪影，却见远处西门湖边如云般的樱花跳入眼帘，和近看时又是一番别样的景致。

然而两人却无心欣赏，翻过大堤，见南土山上的一个重檐亭子下正是班上的那帮同学。他俩走过去，听周烨正充当导游给大家介绍说："据说元代时此处有亭叫榆园厅，厅边小泽，叫玉渊潭，这亭子还是在去年刚刚修葺一新的。同学们啊！这才是玉渊潭的真正出处、点题之亭，要是不在这儿照个合影，那才枉来一趟呢。"

大家纷纷同意，等站在一起排队照相时，发现似乎少了两人：钱浩宇和白晓曼。

周烨说："赵志强，你赶快去找找他们吧。"

章明捷说："找他们干嘛？你们真是多管闲事。就不能给人家单独留点时间吗？"

张子轩在心里恨恨地说："你这会儿倒是挺懂事的啊，刚才对老子怎么那么装聋卖傻不给机会呢？"

王哲说："咱们这次组织活动是人数最齐的一次，既然合影，就不要落下谁，还是去找找吧。"

赵志强沿着刚才游玩的线路找回去，发现钱浩宇和白晓曼他们俩果真在竹林深处的小道上，似乎正在很亲密地谈着什么。志强这个呆头呆脑的家伙根本就没把他们俩的关系往别处想，以为他们俩就是碰巧在一起欣赏美景，也碰巧聊到了一个共同感兴趣的话题，聊着聊着就掉队了。于是隔着老远就叫唤到："钱浩宇、白晓曼，你们快走！大家都等着你俩照合影呢。"

俩人一看都有人回来找他们了，急忙跟着赵志强往回走。

大家照完合影，看看已到三点，决定打道回府。照完相后的钱浩宇似乎情绪低落，没像出发时那样热情地四处张罗。王哲倒是没忘记嘱咐章明捷他们几个到西门骑上车后去阜成路口集合一起回学校。

回校的路上大家才发现腿变得有些沉重了，骑行的速度明显不如来的时候。尤其是钱浩宇，来回完全是两个心情。因为刚才在竹林，他故意拖慢脚步，委婉地要白晓曼给他一个答复。白晓曼犹犹豫豫了半天，赞美他的话说了一箩筐，但最后的结论却是拒绝。

一路上，浩宇虽然强装笑脸在同学们面前乐呵呵，但内心却充满了痛苦。他心想：是不是因为我不够温柔，不能分担你的忧愁？是不是因为我不够灿烂，不能给你想要的浪漫？你可知道，这段日子，是我人生中第一次体会到人世间还有这么一种叫人魂牵梦萦的感情，虽然只是自己一厢情愿。这种牵挂，不同于对父母的牵挂，也不同于对同胞姊妹的牵挂。只可惜，我本将心向明月，奈何明月照沟渠，这棵爱情的小花蕾刚露头就被无情的冰雹摧残掉了！

就在心情几乎跌到谷底的时候，浩宇及时启用了他的"阿Q胜利法"，自我安慰道：罢罢罢！我钱浩宇是谁？是钱浩宇！是浩瀚宇宙中独一无二的男子汉！即使以后真的没有快乐起来的理由，也要将痛苦抛在脑后，将笑容没心没肺地挂在脸上。更何况事情也并没有坏到万劫不复的地步啊！哪怕和晓曼做不成身贴身的男女朋友，也还可以做成心贴心的男女同窗！这不，白晓曼还坐在我自行车后座上和我贴着后背呢！这么想着，钱浩宇果然轻松了许多。

骑行到北京航空学院的门前时，眼尖的章明捷赫然发现他们的老校牌改成了"北京航空航天大学"，一阵愕然。大家顿时开始关注学院路上的几个大学校牌，果不其然，等到北京钢铁学院的门口时，发现他们竟然也改成了"北京科技大学"！

这下队伍炸锅了。大家开始发起牢骚，憋着一肚子气的钱浩宇，更是大声借景抒怀道："我看，咱们学校也改改吧，改成环球农业工程大学得了。"

而李文革却慨叹说："大家也别牢骚满腹了，改了名又能咋样？咱学校不也改名了吗！改了名就有教室上课了？改了名就能马上有宽敞的食堂了？改了名毕业就能分配好单位了？啥时候咱们也出一把力，把校舍要回来了那才是实实在在的！起码到那时，才是一个完整的农工大啊。"

一提到校舍这个沉重的话题，大家就沉默不语了。耳边只听得见咯噔、咯噔拼命蹬车的声音。

第十七章

来自复旦大学的报告

系学生会竞选

三人罢官

启明沙龙开张

春游回来没几天，校、系学生会开始酝酿一年一度的改选。据大家在宿舍里侃大山透露的初步信息，班里好多人蠢蠢欲动：于文雍打算竞选系体育部长，周烨欲竞选系学生会主席，张子轩准备竞选校学生会宣传部长，重磅炸弹是李文革决定竞选校学生会主席！看大家这阵势，似乎是要全面占领校、系学生会各部门一把手职位。

王哲觉得，为统筹考虑，有必要让大家确认一下。等他牵头让大家报名汇总后，果然发现了新情况。一是张子轩主动降低目标去竞选系学生会宣传部长，二是赵志强也报名竞选系学生会主席。

王哲忙问子轩："为什么突然改目标了？难道是知难而退？其实你应该很有把握的！以你在宣传战线上的名气，部长的职位几乎铁板钉钉。"

子轩解释说："前些天确实一直打算竞选校学生会宣传部长来着，但八四级的老乡蒋志豪私底下劝我别傻了，在校学生会干名气虽大，可毕业分配不一定沾光。在系里干可以和系主任搞好关系，毕业分配时能有一个好单位。你想想，到底是虚荣心重要还是毕业分配重要?”

王哲听他这么一说，觉得这小子考虑得倒也很现实。可赵志强呢？他怎么也报名参加系学生会主席竞选？这倒极其出乎大家意料。一个班有两个人要竞选系学生会主席，这算怎么回事儿啊？这不是相互拆台吗？王哲觉得这事儿不妥，但也不好劝说谁上谁下，干脆直接把名单报到了系团总支。

余老师一看，心说瞎胡闹！觉得有必要跟赵志强聊一聊，因为他的实力明显比其他几个竞选人弱得多。而且，一个班有两名同学竞选同一个职位，无论结果如何，最后也都有可能影响团结啊。

赵志强来办公室后，余老师说：“志强，你也报名竞选系学生会主席了吧?”

“是啊，余老师，你都知道了。”不明就里的赵志强觉得老师真是关心自己。

“我心里非常赞赏你这种积极要求上进的精神，可是你可能不知道，这次竞选会很激烈啊!”

赵志强愣了一下，猜不透余老师眼镜后面讳莫如深的眼神究竟包含着什么真实意思。他不知道余老师是关心他找他来给他出主意，还是别的什么目的，只能回答说：“成不成总得试一试才知道。”

“嗯……我的意思是……你能不能退出竞选?”余老师还是说出了自己的想法。

赵志强一听余老师直接劝退他，很吃惊问：“为什么啊?”

“志强，你退出去，一是减少竞选时间，二是也可以让你们班周烨获得更多选票。反之，你参加，肯定会分散你们班赢得的选票。”

“余老师，那么为什么让我退而不是周烨呢?”

“志强哪，说实话，从目前全系各班报名竞选系学生会主席的人选来看，我觉得你的胜算不大。我怕到时候无论是什么结果，都有可能影响你们俩人的团结。”

东楼　王晓亭绘于 2016 年

“余老师！我知道你是好意。可是我觉得吧，既然举办一场竞选活动，就该让同学们充分地了解竞选人，也让竞选人充分地了解一下大多数学生的真实意愿。至于结果，我当然考虑过，可有一点请您放心，我绝不会因为我们是讲台上的竞争对手而成为今后学习生活中的敌人的。”

余老师的劝说自然无果而终。第二天，又有小道消息传来，说已经几乎内定现任建工系学生会主席连任了。这让曾经遭受过“劝退”的赵志强心里更觉愤愤。这算什么？委任的话还搞什么竞选？再说，现任主席莫君华马上大四了，外出实习还有毕业设计，哪有时间领导全系的工作？在这种复杂而严峻的形势下，王哲为大家打气说：“大家要有信心啊，任尔东西南北风，我自岿然不动！咱们班这些人无论人脉还是能力，优势都是极其明显的。你们两个竞选主席的，互为替补，其实可以确保咱们班万无一失！”

动员会后，大家分头行动。秘而不宣地开始走访各个班级，摸底调查，看看支持度究竟如何。情况汇总上来，支持度似乎都比较放心，王哲他们偷偷地乐观着，以为这届学生会就等着全由土木八六级来组阁了！

竞选战斗首先是在建工系学生会主席的选举上打响的。

周五晚上 6∶30，在东楼园厅如期召开了建工系学代会和团代会。会议定下规则，参选人员每人竞选演讲 10 分钟，不得超时。而会议宣布的四名主席竞选人中果然有现任主席莫君华，另外还有水工八六的曹勤，土木八六的赵志强和周烨。

抽签的结果，曹勤最先发言。这哥们是河北人，一口地道的普通话，加上口齿伶俐，获得了不少好感。可惜内容不好，讲了一大堆革命理想却未谈具体措施。周烨第二个上台，应该说，同学们此前还是比较看好他敏捷的思想的。但他这次的竞选演讲却让人看出了他内心的紧张，有两次还出现演讲卡壳的状况。赵志强是第三位，带点山东腔的普通话怎么听怎么像是山东快板，好在其内容有血有肉，专拣同学们最关注的热点问题，慷慨陈词，会场竟然响起了两次热烈的掌声。赵志强下来后，张子轩发现他高兴之情溢于言表。

接下来是上届主席莫君华。毕竟姜还是老的辣，他的演讲踏实老道，滴水不漏，让人觉得考虑周全。这让赵志强有点坐不住，总想挑出点毛病来将这个最有力的对手打倒。偏偏莫君华演讲超出了规定的时间，赵志强于是迫不及待地站起来，大声提醒余老师：“他超过了时间！”惹得场下一片嘘声。赵志强一看自己像是惹了众怒，也没再坚持让莫君华中断演讲。

到了唱票环节，大家屏住了呼吸。最后唱票结果，得票数竟然和演讲秩序刚好相反：莫君华第一名，赵志强第二，周烨第三，曹勤第四。

“不可能，这与咱们民意调查大不一样，”赵志强当场大声提出异议说：“我要复查一下投票结果。”场下对他的提议又是一片嘘声，余老师瞪了他一眼，但最后还是同意复查结果。赵志强急匆匆去复查，结果和唱票数完全一致，弄得他极其尴尬。

莫君华确认当选系学生会主席后的第二天上午，就分别找周烨、张子轩、于文雍谈话。三人一开始还很激动，觉得胜利已经在向自己招手，但结果却让他们大吃一惊。原来莫君华是让周烨干副主席，张子轩干宣传部副部长，于文雍任体育部副部长。三人都没有当面同意，说等他们回去再考虑一下。

下午，几个人集中到218宿舍，个个觉得一肚子怨气。王哲也在替几人打抱不平，愤然说道：“这莫君华说的没道理啊，老七哪点比陈雷差，竟然协助他工作？说实话，哥们，你们以前谁听说过有陈雷这人吗？好像在《群言》报写过两首诗，这就能干部长？他的社会工作经验哪能和咱们班比啊！”

“不过，莫君华说过如果陈雷干得不好，马上把他换下来。”一旁的李文革提醒道。

“骗小孩呢，莫君华还说论私人感情，他和我比和陈雷更铁。狗屁！我看啊，还是他们的老乡关系更铁！好像陈雷还帮忙给莫君华拉票呢。”张子轩生气地说。

“那要不咱们仨都不干吧，让他们另请高明。”周烨提议道。

“我看行。”于文雍也附和着同意了。

三人决定不干了，心里反而踏实了不少。

再看学校学生会的竞选。李文革虽然也遭受了滑铁卢，只被组阁为校学生会副主席，但他却比较理性地接受了这个职务。晚饭时，李文革和周烨、于文雍一起，买了几个菜和啤酒，由张子轩带到《群言》编辑部，继续说着说不完的牢骚和抱负。

团委汪琼书记每天下班很晚。这天她经过编辑部门口时，听出是这几个熟悉的声音，于是进去和他们打招呼道：“呵，怎么还喝上了？今儿是节日吗？还是有什么喜庆事儿？”

“汪老师，哪是喜事儿啊，是愁事！我们空有一腔报效学校的热忱啊。”张子轩和汪琼老师最熟悉，抢先答道。

“呵呵，怎么发起感慨了？说说看。”

子轩也不隐瞒，把竞选的事简单汇报了一下，没忘了对汪琼老师大倒苦水。汪老师听后笑了，劝他们说：“就这么点事儿啊，不至于这么沉沦吧，往小了说，谁不是一步一步升上去的？往大了说，你们这是奔着当官儿的功利思想作祟。张子轩，我原来也想把你推荐到党委宣传部帮忙整理些稿件的，现在看来，幸好没推荐你，你这个思想要不得啊。”顿了顿，她接着说：“你们现在的眼光还紧紧盯着班上、系里的学生干部岗位这点事儿，快仔细看看外面的世界吧，这是一个多么火热的年代啊，谁说只有干一把手才能大有作为？眼界要放长远些，看看同时代的大学生都在如何开拓进取。哦，对了，你们等我一会儿，我给你们拿一本书。”汪老师说罢，扔下一脸愕然的几个人，急匆匆又往办公室赶。

不一会，汪老师推门进来，递给李文革一本小册子，说：“你们不要急于作决定，先好好看看这本报告吧，相信对你们是有极大启迪的。”汪老师说完，转身出门离去。

李文革接过来一看，是一本封面上印着《来自复旦大学的报告》的复印本。他粗略翻了一下，发现第一页有人用钢笔批示道：“党委办公室及团委转发：当代大学生既是抱大的一代，也是希望的一代。他们的潜能，只有在改革中国人才培养的弊端中才能得以发挥。青年大学生更要自觉的加强文明道德意识修养，主动挣脱家庭学校社会的襁褓的约束，争做勤工助学的实践者和社会改革的实践者，也希望各位领导老师党团组织为大学生走向社会铺路架桥。”

李文革放下书说：“咱们先不管这书，来来，喝酒。”

几个人从编辑部回宿舍后，李文革就着酒后的豪情，几乎是连夜看完了这本名叫《来自复旦大学的报告》的小册子。合上书本，心潮澎湃，激情满怀！看看人家复旦大学的学生们如火如荼的实践活动，他们自办书报亭、自助商店，积极参加各种社会考察，勤工助学，这种自强不息和以天下为己任的精神才真正无愧于“八十年代大学生”的称号啊！

第二天早上，他就把这本复印件推荐给周烨，认真地说，“我觉得值得一读。尤其咱们几个在学校和系学生会干的应该学习一下，真是触及灵魂的好东西啊！”

几天之内，王哲、张子轩、于文雍纷纷学习完毕。几个人在当不当副职这个问题上的想法慢慢有所松动。李文革劝大家道：“确实无所谓什么职位，只要我们凭良心去做了，我深信我们一定会在农工大的历史上留下印记！即使毕业了，我们也会无愧于四年的农工大生活！哥们儿，我号召，让我们投入到这滚滚洪流中去吧！”

李文革不知是不是因为自己是学生会副主席而说出了这么一大堆煽情的话，这要在平时，一定显得非常的可笑，可此时经过这本魔力小册子的洗脑，大家却觉得深有同感！就连平常总是泼冷水的刘洪涛也积极响应起来，觉得是到了该踏踏实实干点实事儿的时候了。

李文革找团委汪老师归还小册子时，汇报了他们几个人的读后感，汪老师觉得很欣慰。李文革趁热打铁，提出让汪老师给他们找两间空屋子，最好离宿舍楼近点。

汪琼老师问：“要房子干什么？”

李文革将他想办沙龙的初步想法告诉汪老师，又催促说："你一定要支持啊！你不给我们地方，我们怎么启动啊？"

汪琼老师一听，这把火是自己点起来的，可不能让它这么快就在自己手上熄灭掉。于是一口答应下来，对李文革吩咐道："文革，你也知道，现在外单位占用的校舍还没有归还，咱们学校教室如此紧张，给你们找地儿要有耐心等待哦。"

李文革强压兴奋地说："您尽量就行，先谢谢您。"

说办就办的汪老师第二天就开始积极协调后勤处和教务处，过了两天，房子的事儿果然顺利解决了，而且就在他们经常上课的东二教室附近。

李文革拉着王哲、刘洪涛、吴凯等一帮人去看了地儿，是两间原来堆放着教学设备的教室。几个人看了看，觉得仔细打扫，简单装饰一下，就是一处很好的举办沙龙的所在。

没几天，东二教室附近的"启明沙龙"就开张大吉了！沙龙虽是以校学生会名义开办，但其实前前后后都是由李文革伙同班上几个同学张罗起来的。"启明"这个招牌名也是他最后定夺的，他就是想让沙龙成为活跃同学们思想的启明星。沙龙的形式也很新颖，不是枯燥的空谈，而是招聘了一些勤工助学的大学生，兼营咖啡、拉面、凉菜等简单的餐饮。

自从沙龙成立以来，几个活跃分子天天有空就猫在这儿，谈论着校事、国事、天下事。在这样一种中西合璧的、混合着面条味和咖啡味的欧罗巴氛围之下，青年们的思想格外的活跃和碰撞。他们讨论费尔巴哈的人本学哲学思想，尼采的虚无主义及其美学思想，叔本华的悲观哲学和意志主义，弗洛伊德的精神分析及性学理论。什么抽象派、后现代主义，什么意识流、印象主义……。他们越来越庆幸自己成长在这样一个火热的开放时代！他们在课堂上学习马列的同时，也如饥似渴地了解、学习着、交流着此前被过滤、被禁止而闻所未闻的东西方文化思想。

第十八章

当导演也没那么难

话剧汇演

陈峻灭火

在启明沙龙如火如荼举办之时，学校“五月的鲜花”文艺话剧汇演也隆重展开。张子轩和陈峻正在咸吃萝卜淡操心地议论建工系的话剧该由团总支来牵头还是文艺部来牵头时，余老师却把王哲叫去，说考虑到话剧的特殊性，系里决定由王哲和系学生会宣传部牵头，以土木八六做骨干，系文艺部协办。

王哲从系里回来，首先去找陈雷商量如何展开。然而，陈雷一时间也没有思想准备，于是提议说：“这样吧，我跟你一起去你们宿舍，给张子轩交代一下。”

陈雷跟着王哲一起来到218宿舍，对子轩说：“子轩，全校话剧汇演要开始了，系里让王哲和咱们宣传部一起操办。你看，话剧的事儿就由你来具体组织吧，你和王哲一个寝室，商量起来也方便，你觉得呢?”

张子轩愣了一下，不知如何回答。说实话，竞选过后的一段时间，他对陈雷是相当抵触的，两人基本没有过什么实质性的工作配合。但自从经过汪琼老师的一番教导之后，变化还是很大的，再加上这期间余老师也找他们三个“罢官”的同学一一谈话，几个人也都慢慢打开了心结，后来才正常走马上任。

王哲看张子轩犹犹豫豫，立马解围：“子轩，我看陈雷这个主意可以，他也确实不能事事亲自去抓，咱俩商量着来吧。”

子轩还真有些打怯地说：“这话剧可是从来没有排练过，怎么觉得无从下手啊。”

王哲说：“我也想了，虽然有难度，但觉得如果组织得当，完全能办好。任务既然已经接下来，咱们就别再犹犹豫豫了。我看这样吧，我来负责总协调，需要协调指导老师、排练场地、道具等。你就负责剧本，咱们把陈峻也拉进来，他是学校文艺部的，这回让他替系里出把力，负责挑选演员及排练。”

子轩也不好再推辞，于是应承下来。王哲找过陈峻之后，几个人立即开始分头行动。首先得弄剧本啊，张子轩为此冥思苦想了两天，头都大了，一点灵感没有，和王哲商量道：“实在写不出来啊，这时间又这么紧，我看要不上图书馆找现成的回来改编吧？”王哲又打听了一下，好像学校也没有强求必须原创，就说：“行，咱们赶紧吧。”两个人搬回来一摞《大学生》杂志，开始淘金。

功夫不负有心人，几乎花了一个晚上的时间，两人终于找到一个合适的小故事，并以此为蓝本，改编出来一个话剧剧本。故事的大意是说五四楼每天都有一个任劳任怨的清洁工，她扫地的声音每天都会准时在走廊响起。但有一天，女生们忽然发现有衣服丢了，于是怀疑是这个清洁工所为，故事由此展开。

剧本问题解决后，张子轩和陈峻开始挑选演员人选。当他们把建工系女生过了一遍筛子后，发现八六级的女生是基本没戏了，身高和气质都上不了台面，而八七级中倒是有几个符合条件的女生。

第二天晚上，陈峻、张子轩借口找女演员，把女生宿舍上上下下串了个遍。他们先到了 417 宿舍，这倒不是因为张子轩怕女朋友，只要踏足五四楼就必须首先找沈丹枫汇报，而是因为这个宿舍除了住着本班的刘诗晴和沈丹枫之外，还有建工系八五级、八七级的女生，而八七级的女生中就有他们暗中商定的女一号——水机八七的韩玉洁。

沈丹枫和刘诗晴把他们热情地让进屋坐下，赶紧端茶倒水削水果。丹枫把自己的杯子倒满水，笑嘻嘻地递给张子轩，而刘诗晴将自己的水杯洗了洗给陈峻用。

等陈峻开门见山地向韩玉洁说明来意后，没想到这个高挑白皙的东北女孩竟然一口回绝："不行，我没法演。"

"为什么啊？"

"害怕呗，我从来没上过舞台，这么多人盯着看，忘了台词多丢人！"

刘诗晴在一旁插话道："我真想去，人家还不要呢，你去试试能怎么啦，挑战一下自我。"

无论八六级的两个女生如何亲妹妹亲姐姐的劝说，韩玉洁始终咬紧牙关不松口。正当陈峻和张子轩要告辞时，旁边的沈丹枫说："我能不能毛遂自荐演女一号？"

张子轩哭笑不得，赶紧解释道："别介啊，这剧本里的女一号是一高挑娴静的女生，你刚好都很巧妙地避开了这两个特征啊。"

沈丹枫听了很不高兴地说："什么意思啊？嫌我上去丢脸是吗？你俩少骗人！剧本不是你们编的？你们非得把女主人公写成高挑娴静啊，不能写成活泼开朗的吗？"

"那样就不会有性格冲突，剧情不会跌宕起伏了。"

"你就找理由呗，好像别人都不懂似的。好了，你们走吧，不耽误你们找下一个美女啊。走吧，走吧！"说着就把张子轩使劲往外推，随后就把门关上了。

张子轩心里莫名其妙，但仍然和陈峻打着哈哈："是啊，咱赶快找下一个吧。"

两人出门后接着又去找女一号 B 角——住在 423 宿舍的李丽芬。李丽芬是土木八七的，个头高挑，长得漂亮而有气质，平时也是个不乐意抛头露面的女孩，形象很符合剧中人物的特点。两人觉得在选角色这个问题上已无退路，铁了心要拿下她。于是对该女生循循善诱，从个人利益讲到班级荣誉，从班级荣誉讲到整个建工系，从建工系讲到学校，从学校讲到首都，并推而广之，讲到全国的文艺事业，他们就是要让李丽芬明白：如果不参加演出，该有多么不好的影响！终于，李丽芬在两个师兄的威胁利诱下答应了，她生怕因为自己的胆小，影响到全国文艺战线的大好形势。

等把演员全部定下来，眼瞅着已到了二十三日，离演出也就只剩个把星期。王哲说："咱们一天也不能耽误了，明天正好周六，定下来下午一点半在东二教室进行第一次彩排。"几个人安排完毕，张子轩又动用《群言》报社的关系，抓紧跑去复印了20份剧本。

第二天下午一点，张子轩、王哲到教室做准备。可没曾想，到了一点半，没有一个人准时来教室的，竟然拖到两点二十分才陆续到齐。

王哲很不高兴，板起脸说了几句整顿队伍纪律的话："咱们这是以系为整体的集体活动，时间本来就很紧张，大家还是这么不当回事的话，到时候演出就是丢大家自己的脸了。如果有不想参加的，马上退出去！"

大家以前从没有看见王哲这么严肃过，来得最晚的几个八六级的男生也很不自在。

第一次彩排主要是集体学习剧本，分配角色并熟悉角色。男一号最后确定由陈峻亲自出演，搞得李丽芬多少有点不自在。因为唐蕊和她还是老乡呢，而剧情里还有男女主角手挽手的情节，李丽芬心想：这要是因为演出闹出什么误会，以后可如何和唐蕊相处啊？

陈峻好像知道李丽芬想法似的，很大度地宽慰道："无所谓的！你看你，真封建，这是演出啊。我都没怕，你怕什么？"

一旁的张子轩心说：你当然无所谓了，两个校花级的美女你都有机会亲近了，换成我，我也无所谓啊。

一下午总算排了第一场戏。等到散场收拾东西往教室外走的时候，大家可是没有了刚进教室的沉闷，嘻嘻哈哈中透露出演戏的兴奋。张子轩和王哲也说："原来当导演也没有想象的那么艰难啊。"

之后的几天，张子轩和陈峻几乎舍弃了所有和女朋友约会的时间，加班加点地排练，刚刚把整个戏粗略走了一遍，就听说别的系已经开始彩排了！王哲急得像热锅上的蚂蚁似的，赶紧去联系大礼堂的李老师，想预约场地搞一次实地彩排，可了解的结果让他大吃一惊：礼堂已经预约到了周六！而下周二就要演出啊。王哲和李老师好说歹说，总算把彩排定在了周日上午。

到了这天，王哲他们邀请了系里余老师、学校语文组的田野老师做现场指导，王哲和张子轩也像模像样地坐在老师们边上。等演了第二场后，田野老师在下面大加赞叹："嘿，这个不赖！本子选得好，演员也基本到位。我提两点建议：一是要适当加大台词量，咱们可不能演成哑剧啊；二是正式演出的时候，一定要注意灯光音响的配合，你们要提前录制一些背景音响，这样会对剧情起不小的烘托作用。"王哲和张子轩听了，点头称是，觉得老师们的建议非常有帮助。

不料，等接着往下走场子的时候，却怎么也找不到男主角陈峻了。十几个演员在那儿着急得叽叽喳喳，王哲赶紧吩咐几个演员分头去找，自己也打算去五四楼看看这家伙是不是又跑唐蕊那儿去了，气得直骂："这小子成不了大器！离开唐蕊这么会儿都受不了！"

王哲快出大礼堂侧门时，听见八七级的一个同学叫唤："别去了，回来了！回来了！"

"你干什么去了？这么多人等你！陈峻你太不像话了。"王哲的脸气成了猪肝。

"拉肚子，真是拉肚子！"陈峻见王哲气成那样，心想：至于嘛？

"那你上厕所说一声不就完了，害得大家到处找。"

"你们不是在那儿忙嘛，再说我急得哪还来得及跟你们请假。"

"好了好了，赶紧上舞台吧。"王哲不想再耽误时间，催促大家往下排练。到十二点时，算是基本排了一遍，想达到很有把握的程度是不可能的，但至少大家熟悉了一下舞台现场，不至于到时候乱了阵脚找不到北。

“大家别忘了，今儿晚上继续到东二教室把今天彩排当中出现的问题重新走一遍。”王哲通知说。

同学们边说边往外边走，管大礼堂的李老师却不愿意了，看着满地的瓜子皮和烟头，一脸的不高兴，对王哲说：“哎，你们这样可不好啊，再这么不讲卫生，下次肯定不借给你们用!”。子轩听了不以为然地说，大不了再罚我们扫地呗。

到了演出的那天，电系第一个上场，竟然整了个抽象剧！演员们穿着迷彩服太空服，讲的是地球环境恶化，人类上月球居住的事儿。题材很好，演员在台上挺卖力，可观众却不买账，整个礼堂鸦雀无声——因为都看不懂，呵呵！

第二个上场的是建工系。开演后，王哲负责幕后提词，张子轩在灯光控制室又是忙配乐，又是忙灯光，真成了三头六臂。好在大家齐心协力，演员们表演自然流畅，没出纰漏，而灯光音响的配合也是恰到好处。王哲虽然忙得脑子一片空白，无心顾及下面观众的反应，但自我感觉好像还不错。

建工系的演出结束后，王哲和张子轩赶紧坐到观众席认真地观看其他系的演出。让他们如释重负的是，一直在下面看演出的于文雍和章明捷声称，建工系的演出获得的掌声最多，因为演的朴实而贴近生活。两人不禁心中窃喜，满心以为大奖非自己莫属了。

谁曾想，演出完毕，团委汪琼书记当场宣布各系得分，第一名竟然偏偏让那个谁也看不懂的、掌声最少的电系获得了，建工系屈居亚军。同时，电系还获得了最佳剧本奖，而建工系因为是改编，与此奖无缘。这样的名次引起场内同学们一阵不满的口哨声。

王哲作为组织者更是觉得评奖极不公平，心有不甘，很想叫子轩、陈峻一起去找评委们反映情况，要求复评。但转眼一看，陈峻又不见了踪影。

原来演出结束后的陈峻所关心的根本不是节目能否获奖的问题，

而是如何在唐蕊那儿获得谅解。陈峻已经从钱浩宇那儿悄悄获得情报，这些天在排练话剧的过程中，唐蕊已经给他罗列了三条“罪证”：第一是没有时间陪她，第二是陈峻吃饭时间不规律导致不能亲手喂她，第三条也是最不可饶恕的一条就是因剧情需要和别的女生天天“勾勾搭搭”。

陈峻知道后，倒吸三口凉气：太可怕了！这三条，哪一条都是死罪啊！所以演出结束后，陈峻一秒钟也没敢耽搁，立即跑到唐蕊宿舍，开始声泪俱下地保证以后一定戴罪立功。

唐蕊坐在上铺，撅着樱桃小嘴说：“哟，你能有什么罪？谁还说你什么了吗？”

陈峻主动把三条大罪逐条检讨了一遍，唐蕊一听他竟然把她想好的三条罪证说得如此准确，就捏着嗓子装扮着慈禧太后的威严说：“怎么着？看来这是有告密的啊？可你认为就这三条罪状吗？”

陈峻坚定地点点头，唐蕊恼火地说：“这说明你根本没有从思想深处去检讨！我问你，你是不是有一天用你们班女生的杯子喝水了？”

陈峻天真地歪着头想了想，很迷茫地摇了摇头。

唐蕊说：“我可以提醒你一下，某年某月的某一天，你和张子轩一块儿去417宿舍？……”

“哦！想起来了，那天去她们宿舍是喝了两口水。”

“谁的水杯？”

“刘诗晴的，怎么啦？”

“怎么啦？别的女生的杯子你就随便敢用?!”

“这有什么啊。”

“说！是不是想占人家便宜？是不是对我不忠？”

“这都哪儿跟哪儿啊？喝杯水就对你不忠啦？”

“你用人家女生的杯子喝水，那杯子上还有口红吧，这不等于和人家间接亲嘴吗？这还不算对我不忠？”

“天呐！我用女生的杯子喝口水就是跟人接吻，那体育课每次都做俯卧撑，算不算我强奸地球啊？我的太后老佛爷！”

“掌嘴！你还有理了你！告诉你，这次绝不轻饶你，得罚你这星期过来给我洗衣服。怎么样，有没有意见？”

陈峻这个头号贱骨头立即小鸡啄米似地点头表示一万个同意。

转眼就到了星期天。早上9点，陈峻直奔五四楼。天气已经转热了，早晨的阳光就火辣辣的烤得人身上流汗。

走进楼梯间正要上楼，从传达室传出来的一声怒喝将陈峻拦了下来：“站住，干什么的？”陈峻差点笑出来，因为这种句式非常熟悉，一般是地下党进城时，在城门口遭到鬼子盘问时用的。陈峻差点像地下党一样回答：“给你们司令部送柴火的。耽误了做饭你们可担待不起。”

陈峻正想着电影台词，传达室那个孙二娘似的大妈极不耐烦地甩过来一张纸条：“填会客单。”

陈峻接过一看，《会客单》上姓名、年龄、会客时间一应俱全。在填“与会客人关系”一栏时，陈峻皱了一下眉头，认真地写下：尚未发生。

填完表，传达室大姐根本瞧都没瞧，就说：“把学生证押这儿吧。”

“才几天没过来，啥什么时候又兴这个了？看个女生就像探监似的，至于吗？”陈峻抱怨道。

“没办法，学校刚刚定下的制度，想上去就赶紧的啊。”孙二娘爱理不理地说。

陈峻也不想和他多费口舌，把学生证件放在桌上，转身就上了楼。好不容易冲过第一道封锁线后的陈峻，心情已经没有了来时的惬意，心想：来的时候忘了卜一卦，看来今天出师不利啊。

到409宿舍时，见门上的布帘子挂着。陈峻敲敲门问了声：“能进嘛？”

“……能！”屋内的好几个女生齐声答道，接着就是一阵捉弄人后的欢快笑声。

陈峻掀开布帘进去，见几个女生在整理书包，明明大家的书包已经鼓鼓囊囊的了，却还在相互叫唤："呀，《专业英语》忘带了?"

"你这是要出国呢？把下学期的书也带上了吧，打算到图书馆过一年不出来了?"唐蕊对几个磨磨叽叽的舍友讥讽着。

"哟，这是赶我们走啊？对啊，我们去的时间长点，给你们倒出地方啊。"

"他啊，你们不用倒地方，他今儿去的地方不妨碍你们，嘻嘻……"唐蕊幸灾乐祸地说。

唐蕊说着，随手把镜子和梳子收起来，也没有给陈峻让座，从床头拿出一袋花花绿绿的衣服递给他："给！赶紧洗了，咱们好出去玩，我收拾一下。"唐蕊温柔如水的样子让陈峻像收礼物似的高兴地接过衣服。

"呵呵，陈峻好福气啊，组织考验你的时候到了，好好表现啊。"几个女生在一旁帮腔。

陈峻傻呵呵笑着说："感谢组织培养!"说着，拿着脸盆屁颠屁颠儿去了水房。

第十九章

搬掉学生活动的绊脚石

坎坷的回校路

暑假见闻

迎新晚会导致的大字报事件

子轩和文雍采访

孙鹏辉做起了买卖

周烨这趟暑假返校的行程是在愤懑、燥热和拥挤中度过的。

本来他和人民大学的老乡在省城火车站售票厅排队买票时，看着那一条条排着的长龙心里就打怵，觉得不知到何时才轮到自己。想不到两人有说有笑的，即使排了四十几分钟也没觉得那么难熬。周烨将两人的学生证一起递给售票员，要购买两张到北京的车票。细心的售票员接过两本学生证，对着人民大学的学生证晃了一眼就放下了，而拿着鲜红的北京农业工程大学学生证却左看右看像有点不相信的样子，看罢照片看钢印，看罢钢印又看证面，无奈怎么也找不出什么破绽来。于是便对周烨说："只能卖给你一张学生票。"

"为什么？"周烨不解地问。

"你这本学生证我怀疑是假的。我怎么就从来没听说过有这么一所大学呢？"

周烨着急了，如果要买全票，那就得多花十来块钱呢！于是急忙申辩："怎么没有？我们还是全国重点呢！"

然而固执的售票员却更加不相信了，坚决不售另一张半价票。因为在她看来，自己每天阅证无数，绝不可能还有自己不知道的全国重点大学。

周烨偏偏不信这个邪，他费尽周折询问了好些人，辗转找到车站负责人，把事情的原委细说一遍，这位负责人还真指示窗口给了一张半价票。票最终虽买到了，然而却多耗费了那么多的工夫，多受了那么多的窝囊气！周烨气得把学生证往地上猛摔了出去。

检票进站时，候车的人们带着大包小包，或提或背或扛，蜂拥着挤向狭小的火车门。周烨很庆幸自己年轻有力气，能够在人堆里挤上火车。可等上了车后，他们才发现这只是战斗的开始。车厢里一眼望去，尽是人头，周烨和老乡只往里面挤进去几排座位的距离，就再也无法挪动脚步了。周烨只得把行李随便往座位底下塞进去，之后，就被四周的旅客挤得仿佛脚都离开了地面。车厢里充斥着臭汗和臭脚丫的混合味，还有哭叫声和吵闹声，在八月这个闷热的季节，在这个狭小而拥挤的空间，周烨和他老乡的衣服早就湿透了。

列车行进了两个多小时，走廊里稍稍有了落脚的地方，车厢里似乎也没有了刚上车时的嘈杂。周烨他们觉得终于可以喘口气了，正觉得放松的时候，却听见对桌俩小子在那儿兴致勃勃地谈尼采、弗洛伊德。周烨在大一时就对这些西方思潮颇感兴趣，此后在启明沙龙里和宿舍床上的小台灯下，又孜孜不倦地专攻弗洛伊德的性学理论，后来，靠着扎实的理论指导，终于被全班尊称为“爱情学校校长”。此刻，他听见两个男生聊着自己的“专业课”，不觉特别亲切，在一旁听得也特别仔细。可不一会儿，他越来越觉得两人的谈话好像是故意显摆自己的学识，居然满嘴胡咧咧跑火车，惹得周烨不禁在心里直骂。本想直接纠正他们的谬误，只是毕竟隔着一排座位，这种隔空对阵的方式实在是不痛快。周烨就在这种想对决又无法对决的痛苦中挨到了终点站。

下了火车，周烨在西直门与老乡告别，风尘仆仆赶回学校。周烨进到宿舍，才发现自己差不多是最后一个返校的。三个宿舍的哥们都在吞云吐雾，嗑瓜子喝茶水侃大山忙得不亦乐乎。周烨把碍自己事的徐航赶到一边，将行李往床上一撩，又弯腰到床底拿出脸盆就去水房，出门时，还听对门的章明捷叫唤："'校长'怎么了？一个暑假就成熟得话都不说了？"

周烨没工夫答话，把脸盆扔到水池上，赶紧跑到厕所，裤子差点没来得及脱下，一股水柱飞流直下。"哦！"周烨长舒一口气，"舒服！"这泡尿憋了10多个小时了，火车上就想解决，可车上连厕所里都挤着四个人。今天就算了，明天还真得考虑一下要不要去校医院查查自己的膀胱憋坏了没。

从水房洗把脸回到宿舍，一身轻松的周烨先到对门218宿舍，才发现钱浩宇他们一帮人正在宿舍吹嘘着暑假环游中国的趣闻。周烨听着听着，就忘记了自己一路上的不快。

原来上学期放假前，钱浩宇就用三寸不烂之舌，到处鼓动同学们利用暑假来一次神游华夏之旅。以浩宇的说法，此次旅行将让大家饱览祖国壮美河山，同时体察社会现实，洞悉人生百态，将是走入社会前的一次预演。但大多数人因为各种原因不为所动最终选择了回家之路。最后，只有钱浩宇、徐航、虞卫军、白晓曼等几人，每人带着不到一百块钱的路费及对大好河山的无限憧憬，毅然决然地开始了自东向西、由北往南的风光之旅。想不到，这一路上除了风光旖旎外真是历经磨难，风光之旅也成了探险之旅。

虞卫军总是报喜不报忧，给大家描述着赞美着黄土高坡的粗犷、黄果树瀑布的俊美，而钱浩宇则是重点吹嘘一路上如何扒火车、坐拖拉机以及如何保护白晓曼的壮举。

虞卫军感慨道："一路看来，咱们国家经过几年的改革开放，有些地方生活变好了，可贫富差距、城乡剪刀差变得严重了，好多农村还住着茅草房！"

"是啊！贫穷的根源还是科技不发达，生产力水平不高啊。"周烨搀和进来说。

"你还真别说，"张子轩似乎更来精神，接上话茬："我这次暑假调查的课题是《农村产业结构调整》，走了一些村子，有时候在地头找农民聊天，竟然看见有的村出现了人拉犁犁地的情况。”

“什么？……这历史的车轮不又退回去了？”一直身处首都的郑伟诚一副吃惊的模样。

“可不咋的？你们记不记得咱们小学课本上说，1985年全国就要实现机械化，2000年就实现四个现代化呢！这都1988年了，不仅没有实现机械化，原来的拖拉机还改成了人力。”

“照你这么说，农村还真是要使劲儿生男劳力啊，没有男人，庄稼也种不了！”老大郑伟诚好像很懂的样子。

“可生多了，资源不是越不够了吗，越生越穷啊！”周烨反驳说。

“嗯，那计划生育还是要大力提倡啊。”郑伟诚这个墙头草又附和周烨道。

“老大，你家不在农村，也不知道农村的情况，现在计划生育宣传力度已经够大了，我们一路上看到的全是计划生育标语。”虞卫军说。

一提到计生标语，宿舍所有人似乎都有了共同话题，章明捷就很兴奋地说“对啊对啊，而且那些标语说出来都吓死你！我们那儿就贴着‘一人超生，全村结扎！’‘一人结扎，全家光荣！’”

周烨说：“呵呵，我看你们那儿就差出来一个结扎的男人骑着大马、戴着红花，逢人便趾高气扬地宣布：‘俺结扎啦！快来俺家喝酒吧！’”

于文雍说：“我们江西那也有‘该扎不扎，见了就抓’，甚至是‘能引的引出来，能流的流出来，就是不能生下来’。”

王哲感叹道：“难道计划生育宣传标语就一定要如此血腥吗？计划生育非要实行‘暴力’的方式吗？难道就没有平和暖人，既顺民意又符民情的方式吗？我觉得计划生育部门真的需要反思，需要以一种和谐务实的方式来解决计划生育工作难题！”

……

大家说得正起劲的时候，陈峻推门进来，身边跟着他的“小媳妇”唐蕊。

“呵呵，这是小两口回娘家呢!”章明捷嬉笑说。

“去你的!”唐蕊怒嗔，虽然她和陈峻已经公开恋爱关系有很长时间了，但每次叫人打趣还是会满脸通红。

“呵呵，公公婆婆都见了，还害羞呢?”

“说正经的，今晚借你们的煤油炉用用，几个老乡过来聚餐。”

“呵呵，是摆婚宴吧?怎么不请我们呢?”于文雍打趣道。

“你这家伙，怎么这么讨厌。”唐蕊过来作势要打于文雍。

“那怎么办，我们也聚会啊，再说看你这厉害的态度，也不像是找我们借东西啊?”

“那怎么才像?”

“你看看我们宿舍满地的瓜子皮，你就不能表示一下你的诚意?”

“行行，”陈峻说，“估计把你们这厚厚的瓜子皮打扫走，够做一顿饭的柴火了，我们也就不用借炉子了。”

“嘿嘿，那敢情好，又搞卫生又节省能源了!”章明捷笑着说。

“我叫你欺负我们陈峻!”唐蕊上来对着章明捷就给了两粉拳，章明捷受用地大笑起来。

这时，土木八七（2）班的欧阳羽走了进来。这个班是一个师资班，基本是定向委培，毕业后回各自的学校任教。这个班的同学大多比较活跃，和土木八六的同学也比较熟络。

“呵呵，今天怎么有空来坐坐?”王哲热情地招呼。

“哎呀，无事不登三宝殿啊。”

“什么事儿啊这么客气?”

“今年的迎新晚会，团委让我们班组织。”

“好啊，真不赖诶，这么重大的活动给你们，绝对是个锻炼。”

“想想也对，这个任务不给你们给谁?以后毕业了，估计你们要常组织这样的晚会，现在先预演一次。”于文雍也说。

“我们班来主办这个晚会好是好，可毕竟是面向全校的啊，大家到现在还没有一点思路。你们去年组织过，经验丰富，我特地来请教请教。”

王哲说，“你要我告诉你什么具体节目我还真没数，不过我倒是觉得一定要弄出点新意来，别总是老一套的舞会舞会，演出演出。一是要让他们新生体会到大学晚会的层次和高中的是不一样的，二是要让他们每个人都有机会参与到喜庆中来，要让他们觉得自己就是晚会的主人，让他们体会到大学的温暖。哥们，你也是过来人啊，这时候新生最爱想家了。”

“嗯，叫你们这么一点拨，还真是茅塞顿开。我们原来也担心，可别最后弄成个老乡会了。”解决了问题的欧阳羽轻松地说。

几天后的迎新晚会是在小食堂举办的。

王哲、李文革他们一帮人浩浩荡荡进去后，就见里面张灯结彩，热闹非凡。有跳舞的、对弈的、猜谜语的，还有打乒乓球的，刚刚步入一个神秘新天地的八八级新生无不沉浸在一种节日的气氛中。在东门不远的地方，只见欧阳羽他们站在用桌子围成的服务台后，忙着给大家卖饮料和酸奶。

王哲和李文革他们过去和欧阳羽打招呼道：“哈哈，祝贺成功啊!”

“主席也亲临现场啊，同贺同贺！我们真没想到来了这么多人捧场呢。这得谢谢你们指导有方!”欧阳羽边擦汗边嬉笑着回应。

“什么啊，这是你们自己的功劳。不打扰你们忙活，我们也要去‘与民同乐’了。”几个人寒暄完，王哲和于文雍去猜谜语，李文革和章明捷去下象棋，而张子轩依然直赴舞场去找魂牵梦萦的沈丹枫。

过了不到半小时，在大家玩兴正酣之际，小食堂突然陷入一片黑暗之中，荡人心扉的舞曲瞬间而止；对弈者拿着棋子的手停在了棋盘上……所有的活动几乎都定格了，唯独只有一项活动仍在兴致勃勃地进行着——吹蜡烛。

小食堂里一片哗然，大家议论纷纷。尽管如此，最初谁也没有因为停电而马上离开，因为大家意犹未尽。沈丹枫刚才和张子轩跳舞跳得正甜蜜，现在停电了，觉得黑灯瞎火的真没劲，急着出去散散步。有任务在身的张子轩央求道："估计咱们班同学都没走呢，再等会儿吧，就五分钟啊！再不来电，咱们就走。"好歹说服了沈丹枫撅着小嘴不情愿的留了下来。

看到停电，李文革这个学生会副主席有点神经过敏地对章明捷说："我得出去看看！"章明捷正想着怎样去抽"仕""将军"，听李文革要出去，怒道："别走！眼瞅着你马上就输了，你这是要逃啊！"李文革也不理他，一个人借着蜡烛的微光往外走去。

参加晚会的所有人一开始都觉得停电的原因只是诸如保险丝烧了一类的小毛病，过不了三五分钟就会来电的。然而，十分钟过去了，二十分钟过去了，小食堂依然只有蜡烛的火光。大家再也没有耐心等下去，开始愤愤不平地叫骂着走出食堂，那种激奋，就差要到操场去游行示威了。张子轩也只好信守对丹枫的承诺，随着人流走出食堂。

再说李文革匆匆地从食堂出来后，马上跑到共青楼的学生会办公室，打电话向学校总务处询问停电原因。然而，学校回答说他们也不知道是那儿出了问题。李文革不死心，叫上学生会的几个人一起去找电工组，决心一定要尽快送电。等去了电工组，却见门锁紧闭，根本找不到一个人影儿！李文革不禁气得牙根儿都痒痒！这帮电工组的确是无法无天，好几次大型活动都让他们搞得不欢而散，这不是成心和我们学生会挑战嘛！他暗暗发誓，一定真正担当起学生会副主席的职责，坚决不让这样的事再发生第二次！

第二天早上，学校炸锅了！大、小食堂门前竟然贴出了几张大字报《搬掉学生活动的绊脚石》，落款是校学生会。可让大家更惊诧的还不是这几张针对昨天晚会的大字报，而是另一张黄色的大字报——请注意，这可不是黄色内容的大字报，而是用黄色纸张书写的大字报——大字报的标题只写了大大的三个字：《怎么办?》细看内容却绝对翔实而有爆炸性：原来市委书记亲自主持召开的关于归还农工大校舍的《4.26纪要》居然失效，因为按照会议精神应该归还的校舍到现在没有丝毫退还的迹象！

措辞犀利的几份大字报，让观看的学生们群情激奋、义愤填膺。

因为大字报贴出来没多久，就见有人用钢笔在下沿写下了：“枪杆子里面出政权”的批注，看得大家更是触目惊心：难道要武装暴动抢回被占校舍？正在此时，常年在此摆地摊的那个板寸儿倒爷也应景地吆喝道：“看书啦看书啦！两伊战争终于结束了。看报啦看报啦！国民党召开‘十三大’，改‘反共复国’为‘偏安等待’啊！”

晚上回宿舍时，李文革过来找张子轩、于文雍，煞有介事地说：“这几天学校是多事之秋啊！你们要有记者的敏锐，我建议你们《群言》报要跟踪报道一下，众人拾柴火焰高，万众一心才能得胜利！”

张子轩问：“跟踪哪件事儿啊？是第一件还是第二件？”

“两件一起跟踪！第二件虽不是我们学生会捅出来的马蜂窝，但也是我们早就想说而没说的闹心事儿。”

“可你就是学生会的头儿，你让我们去跟踪，怎么跟踪啊？找谁跟踪？”张子轩追问。

李文革说：“去团委问汪书记，去校办问金主任啊，这是最好的途径了，又快又稳当。看看学校的态度是想如何处理，这种事如果久拖不决，又不妥善引导，恐怕要出大事。”

“呵呵，这火是你亲手点着的，现在你怎么又害怕了？”于文雍说道。

“我们不点，同学们的火也会自燃！到那时就不是着火的问题了，而是要爆炸！”

“有道理！不过你们学生会出面去问问校领导不更具权威性吗？怎么还要多此一举呢？”于文雍问。

“学生会当然要问，但你们有你们的途径，起的作用也不一样。咱们还是多管齐下吧！”李文革解释说。

张子轩、于文雍两人想了想，应承了下来。

第二天上午，偏偏是几节流体力学课。土木八六的学生都知道，拖堂几乎是这门课的代名词，因为流体力学的授课老师郑教授是系副主任，讲起课来当然格外严谨认真。所以当郑老师在讲台上讲个不停的时候，张子轩、于文雍就觉得上午去团委打探消息的计划肯定是没戏了。

正在发愁时，郑老师竟然破天荒地宣布提前20分钟下课。好多人似乎都有点不知所措了，坐在座位上两眼瞪着老师不敢走，觉得郑老师一定有什么阴谋。张子轩他们却顾不上什么阴谋阳谋，背起书包拔腿就往民主楼跑。

等到敲门进去时，团委汪老师正在案头写着什么。汪老师抬头看了他们一眼，从办公桌后走了出来。虽然张子轩一入校就很快结识了汪老师，但以前似乎从没有认真看过她。只见汪老师留着青春洋溢的短发，个头虽然不是很高，但身材却很好，加上永远都是一身得体而整洁的套装，给人的印象总是清爽阳光、赏心悦目。她和学生们说话时，白皙的脸上总是带着友善的微笑，露出两排整齐而洁白的牙齿，张子轩打一开始就觉得她像知心姐姐一样地让自己与她很亲近。

“呵呵，是你们俩啊，我还正想找张子轩说事儿呢，不请自到啊。”

“是啊，您找我什么事儿？汪老师。”张子轩问道。

“我的事儿不急，先说说你们有什么事儿吧，看你们这样，肯定是无事不登三宝殿啊。”汪老师说。

“好啊，汪老师，那我们也不客气了。这几天发生的事儿您也知道，现在全校同学对此反响很强烈，学生会是想妥善处理的，我们《群言》报也想及时把最新消息告诉同学们，免得大家在猜忌中爆发其他意想不到的事儿。因此，我们过来想问问，学校打算如何处理？”于文雍有点咄咄逼人地问道。

“呵呵，你们还算有点新闻头脑，跟得很紧。告诉你们吧，这事儿学校确实很重视，昨晚连夜召开了校长办公会，表示一定要调查清楚事实的真相，严肃处理。今天上午应该已经在食堂前贴出了公告，你们还没看到吗？”

子轩和文雍相互看看，对着汪老师摇摇头。汪老师接着说：“今天下午学校会成立一个调查组，学生会也将派人参加，公告上说得也很详细，你们一会儿去看看。另外，回去要和同学们解释解释，不能跟着瞎起哄，解决问题还是要理性对待啊。”

“汪老师，我们这儿肯定没问题，关键是学校的处理要及时、公正、公开，同学们担心学校一碰到家属子弟就不敢动真格的了。”于文雍说道。

“那好，汪老师，没别的事儿我们就走了。”张子轩也和汪老师告别。

“等等！说完了你们的事儿，我还有点小事儿顺便跟你透个底儿。全校暑假调查报告征文稿件截止到目前，收到的不是很多，也就是50件吧。以目前的稿件看来，你和王哲写的两篇都很有希望得奖。”

“嘿嘿，无所谓无所谓的……”张子轩听了汪老师的秘密消息，脑子里有过两秒的空白。虽然他自己说无所谓，可从他结巴的话语里，谁都能看出来这小子还是有些激动的。也难怪，这篇关于农村产业结构调整问题的征文，确实花费了他不少时间，跑了不少田间地头，可谓有感而发。如果果真得奖，也是实至名归，呵呵。不过，何时才能发奖品呢？该不会和上次的一样，是本笔记本吧？他想。

“另外，我看你的稿子誊写得很工整，有个勤工俭学的活儿不知你愿不愿意干？”汪老师打断子轩的沉思继续说道。

“什么活？我尽量干。”子轩赶忙答应说。

“咱们学校的一个教授有篇论文需要找人誊写后寄去出版社，誊写的劳务费是每千字八毛钱，稿纸由他们出。你看你有时间吗？”

“行啊行啊，谢谢汪老师！”

两人高兴地从民主楼出来转到食堂前一看，学校果真已经贴出了公告。公告上说得很清楚，似乎没必要跑腿再去采访学校其他部门了。于文雍说：“汪老师不是说学生会也会派人参加吗，李文革应该接到通知了吧？咱们再问问李文革有没有什么最新消息。”

于文雍说着，不自觉地用手在张子轩的头上搓来搓去。张子轩把他的手扒拉到一边，怒道：“去去！男人头女人腰，不能随便乱动。”

两人一路打打闹闹往宿舍走。还没到南北楼管理室，就听见北楼窗口传出响亮的歌声，是今年刚刚开始流行起来的费翔歌曲《冬天里的一把火》。子轩顺着声音细看，竟然是219宿舍，在窗户上贴着“批发方便面”的地方又并排贴上了另一张广告：“翻录各种磁带”。

“这小子开业啦！这下子219宿舍可就成了五道口市场了！走，找他录两盘磁带去。”两人回到宿舍，撂下书包，于文雍拿出从语音室借来的两盘《step by step》，马不停蹄地去了219宿舍。

219宿舍的孙鹏辉守着一台让人羡慕的双卡录音机忙活着，正忙着往一盘盘磁带上贴标签，床上堆得乱七八糟。

“呵呵，今天什么好日子，赶在今日开张啊？”

“9月17日试营业，明天9月18日正式开张。明天是就要发！”

“孙老板，什么价格？”于文雍开玩笑地问道。

“翻录5毛，原版3元！”孙鹏辉麻利地答道。

“嘿，够你小子赚一笔的。”子轩觉得这买卖利润很是丰厚。

“赚什么啊，毛毛雨啦。”孙鹏辉学着广东腔。

“来，给我录两盘英语。”于文雍把母带递过去。

“我录一盘李玲玉的《粉红色的回忆》。”张子轩吩咐说。

“哎呀老七，我说你就是个情种，天天情啊爱啊的腻不腻啊？”

“懂个屁啊，我给别人翻录的。再说你管得着吗？青菜萝卜各有所爱。”

“给丹枫的吧？你小子这是在以歌表白啊！”

鹏辉看起来是老手了，将母带和空白带分别插入磁带盒，使用快录功能，摁下转录键，那录音机放出的音效太奇特了，是“及噶及噶”的尖叫声音。不到几分钟，磁带搞定，两人接过磁带，说声谢谢准备回去。

“喂喂！”

“怎么啦？”

鹏辉没说话，右手食指和拇指捻来捻去。

“呵呵，钱啊？等明年吧！”

“好好，今天饶了你们！试营业期间就免单了，以后再来，本班同学一律打八折！”

第二十章

惊艳全校的女足

女子足球队

水工八六被打

贴大字报声援

从上次系学生会换届选举，周烨他们几个副职经过劝说重又回到岗位后，大家都在各自的部门开始努力工作，希望以实力证明他们是名不虚传的。而于文雍经过好些天和班上的几位体育爱好者认真研究，也将上学期末自己脑海中的一个初步想法变成了一个重大决定——成立学校第一支女足队。之所以做出这个决定，是因为大家都觉得建工系有这个条件。首先，建工系女生比例最高，人员充足，这是一个起决定因素的好条件。其次，女生们身体素质好，活泼热情，有为集体奉献的精神。

说干就干，于文雍指使张子轩马上贴出招聘广告，招收队员的条件是“两要两不要”——要爱好体育，要身体条件好；杨柳细腰不要，男生不要。贴完广告，又让班上女生开始到本系各班女生宿舍广泛宣传，并找各班班长统计人数。

不到两天，女足一期人员凑齐 15 人，差不多每个班都有，而土木八六两个班挑选出了四人：夏荷、向冬雨、刘诗晴、沈丹枫。

一开始时，男生们对这帮平时被他们呵护有加的女生去从事如此男人的运动真的不太看好，尤其是章明捷、刘洪涛，没少对于文雍冷嘲热讽。

“能行吗？她们能把球往前踢吗？”章明捷不相信地说。

“会头球吗，头发不能把眼睛遮住吗？”刘洪涛揶揄地附和着。

“这些都不是什么问题。我就关心，她们这些丫头片子知道哪边是自己家球门吗？”徐航更是危言耸听地在边上添油加醋地泼着凉水。

于文雍也懒得去争辩，以他这个专业人士的眼光来看，这帮女生素质整体还是不错的，从头两次的训练情况来讲，有些女生对足球的个人操控技术超过某些男生，例如本宿舍的老二、老七之流。可是，玉不琢不成器啊，这句话也成了于文雍针对这帮女足队员训话时长挂在嘴边的口头禅。于文雍鼓动系里男足队员进行传帮带，一定要在短时间内速成。于是几个男足队员和女生们成天腻在一起，吃饭也不分你我。

章明捷又开始嘟囔：“小六子啊！也不知你们和那些女足队员是练球呢还是恋爱呢？”

文雍反驳道：“你要眼馋的话，你也加入训练啊。”

建工系女足还没正式踢球呢，光训练就已经在全校出尽了风头，其他系竟然也纷纷效仿成立。过了一个月后，原来等着看笑话的男生，在操场看见她们的球技还真是突飞猛进，不由得觉得自己当初的嘲讽很轻率。于文雍看看其他系也训练了近一个月，干脆提议校学生会体育部搞一个全校女足联赛，以此挑选人才，成立一支校女足队。体育部当然举双手赞同，并立即开始安排比赛。

第一场比赛定在10月下旬的一个周六的下午。本来女足在农工大就是个新生事物，再加上有本班好几个女生参赛，集体荣誉感异常旺盛的土木八六，全班男生除张子轩和刘洪涛缺席外，其他的不到一点半钟，几乎就都聚集到了球场边上。

这场比赛是建工系 VS 电系。据说也不是抽签决定的，而是体育部在权衡了各系综合实力之后，安排两个强队踢第一场，试图以精彩去博得女足的开门红。

果然，两只球队一开场就踢得有声有色。不到五分钟，夏荷竟然破门进一球，全场劲爆的掌声还未停歇，水工八六的杨蓉又在离球门十几米的地方凌空一脚，直接进门，令全场的男生目瞪口呆。充当啦啦队员的章明捷不禁叹息：真是最毒妇人脚啊！这要是让她男朋友挨上，非死即伤！于文雍在一旁乐得合不拢嘴，为自己带兵有方而洋洋得意。

哪知下半场，电系换上了一位泼辣女生——刘洪涛的绯闻前女友——姜丽打前锋，对建工系构成极大威胁。到中场时，姜丽把对刘洪涛的满腔怒火化作一记高球，直吊大门，守门员向冬雨扑救不及，对方进一球。于文雍和班上其他男生们一阵扼腕叹息，开始四周寻找刘洪涛这小子，想场上的仇场下报。但刘洪涛今天根本没有加入啦啦队，中午下课后，已经直奔北师大找慕兰缠绵去了。

十分钟后，又是这个姜丽气势汹汹带球而来。于文雍在场边着急地对沈丹枫她们几个后卫狂呼："一定要掐死她！掐死她！"听得几个男生身上一阵冷汗。可场上的女生们似乎已经乱了阵脚，根本顶不住姜丽的泼辣攻势，竟然又让其踢出了同样的一个吊球。

剩余的时间，无论双方的啦啦队如何努力呐喊，即便喊破了嗓子，到最后也还是2∶2平。实际上，这也正好是一个双方都能接受的最好结果。

女足队员们走下场，来到啦啦队聚集的地方收拾衣服和水壶。趁着夏荷她们喝着"女足专供"酸奶的时候，于文雍对大家总结着整场比赛的得失，当然鼓励和表扬的成分居多。

这时，就见张子轩急急忙忙从西边方向跑过来。他来到女足队员们聚集的位置后，着急地问："怎么样？战况如何？"

于文雍批评道："不是我说你老七，你这态度太差劲了！怎么这么不支持我们女足的工作呢？怎么这么不支持沈丹枫的工作呢？你刚才是没瞧见场上的精彩啊，看看夏荷带球过人技术，看看丹枫的头球和倒钩的动作！你要上场的话，根本就不是对手！”

“她们训练的时候，我历来是全力支持的啊！这不，刚巧今天下午让这期《群言》报的主编拖过去当参谋了。”张子轩忙解释说。

“呵呵，主编是不是肖怡华和陶玉她们几个女生啊？”于文雍刚说出口，突然觉得自己多嘴了，这会不会是在挑拨老七和沈丹枫的关系啊。

果然，他看见子轩凑过去给沈丹枫献殷勤时，沈丹枫把脸瞥向一边根本不理他。

子轩生拉硬拽地把丹枫脱下的运动服拿到手里，他那谄媚的样儿让夏荷她们几个女生直想笑。

“老七小心啊，下场比赛你要再缺席，小心沈丹枫废了你！”章明捷笑嘻嘻地说。

“那肯定不会缺席！可咱哥们冲的是整个建工系，冲的是整个女足，整个农工大的荣誉，不是为了哪个人。”子轩顺杆往上爬。

“嘿，你还来劲儿了哈。夏荷，你们几个回去擦把汗就到 218 宿舍来，今晚我请客。”于文雍拍着胸脯大方地说。

听说文雍要请客，张子轩在一旁不屑地咧咧嘴。他知道，这个老六历来的所谓请客，其实就是掏出不到 15 块钱，支使自己和章明捷去五道口买菜回来做饭，而他自己却盘腿坐在床上听英语，美不滋滋儿地等着吃现成的。当然了，他张子轩恰恰无所谓跑腿和做饭，只要不是自己掏钱就行。

女足的精彩惊艳全校。身为宣传部副部长的子轩，立即布置值日班级土木八八级务必在星期天出黑板报大肆宣扬。等子轩周日上午十点去检查时，几个同学在民主楼北边的宣传栏那儿正干得热火朝天。子轩走近一看，发现不少问题：字写得不整齐，插图画的也不像个事儿，整个版面呆板不活泼。子轩不禁皱起眉头，想要他们擦掉重画吧，觉得浪费精力，还是适当改改吧。于是他交代了一下排版、字体等的大体要求，让他们把插图重画，标题换一种字体，又让把版面留出一角及时更新战况。交代完毕，这才急着去五四楼

“伺候”沈丹枫，因为下午还有一场女足比赛。

中午吃完饭后，王哲和章明捷正打算迷糊一会儿，李文革和水工八六的曹勤却急匆匆推门进来说：“王哲，快起来，有大事!”

王哲说：“什么事儿这么急 ?”

“他们班去密云实习的同学被打了!”

“啊？怎么回事儿?”宿舍里的几个人一听都触电似地从床上坐了起来。

曹勤告诉大家说：“唉，就因在游玩时我们有个同学到潭边洗洗手，与当地人员发生了一点小冲突。没想到，这下捅了马蜂窝，几十名当地工作人员、个体商贩对我们班十几名同学围追、堵截，还被毒打。”曹勤气得声音都有些颤抖：“他们这些人纯粹是歹徒，竟然用铁锤，折叠椅来对付我们这些手无寸铁、毫无戒备的学生，甚至连女同学也打!”

大家一听，都气得要命。章明捷大声怒呼：“这还了得，学生们这么不值钱吗?”

操场上，女足赛马上就要开始了，女生们叽叽喳喳异常兴奋，但突然发现，男生们怎么一个都没到?

刘诗晴说：“奇怪啊，怎么连教练都没到呢?”

孔海琳更是大声说：“太不像话了，这帮男生真不守时，准是在睡懒觉！不行，我去把他们揪起来。”海琳说着就往北楼跑。

但她走到221宿舍门口时，发现房间门敞开着，里面很嘈杂，一个个情绪激动地谈论着什么。

“你们干什么呢，还不去足球场?都开踢了，没你们去，建工女队非输不可。”海琳着急地说。

“呸呸！乌鸦嘴，还没开始呢，怎么就输了?”于文雍责怪说。

“本来就是，都要开踢了，你们还在这儿闲聊，真能坐得住啊。”

“哎呀，我们哪是闲聊！孔海琳你还不知道吧?水工八六的被打了，好多人还在医院躺着呢。”

“不会吧，我们宿舍那几个去实习的人也没有回来呀，你们听谁说的？”海琳一听也咋呼起来。

“他们班班长已经回来了，刚告诉我们。没住院的同学可能下午就回校了，我们正在商量怎么办呢！”王哲说道。

“啊？那怎么办啊？”孔海琳着急起来，也不知道是为同学被打如何解决而着急，还是为足球比赛没人指导而着急。

“这样吧，王哲你们留下来继续商量，我们先到球场把比赛踢完。”最后还是于文雍冷静地提议道。

其他人都去了球场，李文革他们几个人留了下来，抓紧商量如何处置。商量来商量去，也没有什么更好的办法，只是一致确定必须马上做两件事：一是要马上找学校领导汇报情况，督促学校严肃对待；二是今晚就在“启明沙龙”举行同学慰问会。

当晚七点半，为水工八六同学召开的慰问会如期在“启明沙龙”举行。曹勤领着同学们进去后，发现会议桌上堆放着许多水果，屋里也布置得充满了温馨的气息。由于会议室不大，除了水工八六的十几个同学外，参加会议的主要是校系领导、学生会干部及《群言》报社的几个记者。会上，曹勤他们含着眼泪向大家诉说了刚刚经历的这段噩梦般的昨天，屋里屋外的学生们无不义愤填膺，纷纷要求校领导马上去事发地公安局协调缉拿凶手。校、系领导虽然对大家极力安慰劝导，但却无法像同学们要求的那样拿出更确切的时间表。此时，坐在会议室的李文革心里却开始着急：树欲静而风不止啊！前两天发生的晚会停电和校舍归还的事儿还没完呢，又出了这么件大事，看来，这次校园里真不会再平静了！

果然，晚上开完会回宿舍后，曹勤找上门来说，“为了让全校师生全面详细地了解这次事件，我们班要贴出一份《水工八六同学被打详情》公告。”

李文革沉思了一会儿，劝道：“曹勤，我们的心情和你一样极其气愤，但贴公告的事儿最好缓一缓，一是因为《群言》报已派记者详细了解此事，届时他们会在报上详细报道的，二是因为贴出这张公告后，可能会给学校造成更加紧张的空气，说不定还会出现什么意料不到的后果。”

曹勤却不听：“现在全校同学都在对此议论纷纷，各种流言满天飞，有的竟说我们在外寻衅滋事打群架，我们不能挨了打还挨骂！……”

李文革也找不出更好的理由来阻止了，只是说：“我还是觉得你们先冷静冷静，再等等。”曹勤不听，转身离开了。

第二天早晨，当学生们背着书包上食堂吃早点时，才发现自己仿佛进入了“文革”时代。农工大的那片“金三角”地带上糊满了各式各样的大字报：最显眼的是三张大纸篇幅的《水工八六级同学被打详情》。其他地方也贴着大大小小的大字报——《愤慨》《要求严惩凶手》《我们需要人身安全》……。

学校发现后如临大敌，马上组织人员，不到半个小时就将大字报清除得干干净净，不仅如此，还派了几名年轻老师看管各处广告栏。学生们眼看自己的诉求得不到重视，又不清楚学校为此事做了哪些努力，这下可好！学生们开始调转矛头，把愤懑全部倾泻到他们自己的代表——学生会身上。有人就公开指责李文革他们这帮学生会干部软弱无能，不替学生做主申冤。

再说最先知道这个消息的土木八六级吧，他们可真没闲着。李文革从知道这个消息的那一刻起，就开始利用校学生会的关系请求学校各个部门向当地警方施加影响，尽早破案并依法处理。张子轩和于文雍等几个《群言》报的也是多方打探消息，为事情的解决奔走呼号。李文革知道有人写了针对学生会的大字报，血往上涌，觉得自己真是两头受气。外班的同学有这种想法还罢了，就连自己班上的同学也因为他们学生会奔走的效果并非立竿见影而埋怨他，这让他觉得尤其受伤。

几个血气方刚的家伙如班长钱浩宇、徐航、章明捷等见到李文革、王哲他们时更是阴阳怪气地说：“人家曹勤他们回来首先来找咱们班说情况，还不是因为咱们班校、系学生会干部多，盼着咱们能发挥影响力，替他们申冤做主。可咱们呢？看看都干了些什么！”钱浩宇甚至鼓动说："他们没能力，咱们还不能声援一下吗?"徐航、章明捷纷纷响应。几个人不管三七二十一，翻出王哲以前练字儿的笔墨，吩咐张子轩说："来来来，赶紧写张大字报声援!"张子轩知道，碰上这样大是大非的事儿，必须坚定不移地站在大多数同学一边，于是赶快开始起草义正词严的大字报。

钱浩宇、徐航、章明捷等几人被这事折腾得一宿没睡好。刚到凌晨五点钟，天几乎还是黑咕隆咚，哥仨拿着糨糊和大字报急匆匆往食堂赶。

几个人鬼鬼祟祟到了公告栏前，四周一看，没人！不禁暗喜。徐航赶紧在地上展开大字报，章明捷把糨糊利索地刷上去，钱浩宇拿起来就要往上贴。

"你们几个干什么呢?"突然出现的声音把他们吓了一大跳，说话间，两个人影迅速来到了跟前。钱浩宇一看，真是见鬼了，原来是党委宣传部的袁老师和另一名老师。

袁老师走上前来，脸都快贴上脸了，才认出钱浩宇好像是土木八六的："你们贴什么呢，这么早？来，我看看。"

徐航把纸打开，心说这么黑，你能看见什么。可是，袁老师像变戏法似地从兜里掏出一个手电筒，瞬间，手电光照在了大字报上。章明捷心想：老师就是老师啊，我们服了！准备得这么充分在这儿蹲点。想想昨晚让子轩写完大字报，自己为了烘托大字报气氛，又往上泼了半瓶红墨水冒充鲜血，格外的吓人。

"哎呀，你看看你们土木八六，怎么好事儿坏事儿都爱出风头呢。瞧瞧，搞得这么恐怖血腥，还'剖腹鸣冤实属无奈?'你们有什么冤屈？有事情可以到学校反映，采取这种方式很不好!"

"老师啊，这个事儿确实太气人了，我们就是呼吁一下，咱们学校领导可不能不管啊!"钱浩宇说。

"你们以为就你们关心同学？老师和学校领导就不关心了？在老师的眼里，你们就跟我们的孩子似的。那么老远来北京求学，我们老师不关心谁关心啊?"

“袁老师，您年纪也大了，这么早就起床太辛苦了，您可得保重身体啊。”徐航的话乍一听来好像是体谅老师，可语调总觉得有点阴阳怪气的。

“我这个老头子早上睡不着，这会儿对我来说已经不算早啦。这么的吧，你们赶快回宿舍，不要再贴了。”几人一看没戏，拿着东西转身要走，袁老师说：“等会儿，把你们的东西放下。”

“我们拿回去，不贴还不成吗?”

“不行，这是作案工具，虽然是未遂，但工具不能不没收啊。”

几个人看看天色渐明，磨叽下去也不会有什么结果，只得悻悻而归。

第二十一章

写一封不落俗套的催款信

围棋和五十K协会
考考建筑师的观察力
向家里催款

时间一晃又过去了半个月。这一天，王哲和虞卫军已经收拾好书包准备自习，曹勤突然找上门来。看见他进来，王哲问道："怎么样，密云那边有进展了吗？那些哥们都没事儿了吧？"

"进展什么啊，还没结果呢！住院的那几个同学倒是基本康复了，可心里的伤疤啊，估计还要长半年呢！我们班同学老是没心思学习，这不，我就是过来和你们班约一下，杀几盘围棋擂台赛，打发打发时光。"

王哲本想推脱的，因为周五就要考结构力学，他自己倒是无所谓，不在乎这几天的临时抱佛脚。可擂台赛不光是自己一人啊，围棋的其他几个主力章明捷、钱浩宇怎么办？想想这学期学的这几个章节，什么"弹性结构的位移计算"、"四个互等定理"，尤其是虚功互等定理中的虚功、虚位移概念把大多数人折磨得都快吐血了，他们几个不正经复习复习，要想及格肯定没门儿！

但转念一想，人家可是前段时间那件闹得沸沸扬扬的被打事件的受害者啊。想当初，咱们班第一个出来声援，仅仅是在口号上，基本没有什么实际效果。现如今人家找上门来寻求安慰，咱们怎好回绝？

王哲应承了下来，但双方商量好速战速决，不要把战线拖得过长，以免影响大家复习考试。而后两个哥们坐下来，竟然正儿八经的谈起主场客场问题、几战几胜问题，最后决定各班选出五人，抓阄选号，争取三天晚上就结束战斗，大家好复习考试。

曹勤走后，王哲赶紧去219宿舍通知钱浩宇，要他们准备迎战。

“这种事儿还要准备啊，咱们就是要做到，平时常锻炼，战时少流血，来之能战，战之能胜。”钱浩宇大咧咧地说。

“够呛，咱们十来天不下棋了，恐怕要全军覆没，这人可就丢大了。”

“嗨，有什么啊，咱们这次本来就不该赢，是陪人家高兴嘛，这顺水人情谁不会做啊！”

“呵，你这么一说，我心里的压力瞬间减轻不小。”

头天晚上一个主场一个客场，王哲主场，章明捷这个倒霉蛋却在客场对战曹勤。晚上九点多钟，张子轩、孙鹏辉几个“五十K协会”的仍然在219宿舍战斗着的时候，就见章明捷垂头丧气地回来。甭问，从那一脸霉相上就知道结果如何。章明捷见没人理会他，觉得受到了忽视，于是开始故意在牌桌上捣乱。他先跑过去看看子轩的牌，大声给报出来，子轩大骂：“叛徒！滚一边去。”

章明捷笑嘻嘻地说，“我就不就不，气死你。”

章明捷知道子轩骂他叛徒指的什么。进入大三以来，班上以他章明捷为首的围棋小组，以王哲为首的桥牌协会，撬走了以张子轩为首的“五十K协会”的不少老会员，搞到现在，张子轩连组织一场像样的活动都很难凑齐人数。

“老七，这可不能怪别人啊。你看你们，牌风日下！现在玩牌的时候，大家‘打电话’、换牌，更有甚者，你身为会长，带头让沈丹枫去对家当卧底，你还好意思说我们背叛。这不完全背离了我们当初协会的宗旨嘛。”章明捷教训子轩道。

“去去，懒得跟你说，这还全是我的错了？怎么不说你们这是脱离群众，搞资产阶级的阳春白雪呢？”

“总之，你这个会长要再不好好整风，我看协会要彻底玩儿完。”

“闭嘴啊，你不玩就拉倒，不许再拆台，否则，等你下棋，我也去捣乱。”

章明捷没趣得很，回了宿舍。王哲一见，笑呵呵地把毛巾往床头一搭，问章明捷战果如何。

章明捷不服气地说：“咳，开局不错，执黑先行，怎么到后来莫名其妙输了一目半，想来想去不应该啊？——他们班也真不讲究，在那儿围观叽叽喳喳帮腔，搞得我脑子一团糟。”

“不是告诉你陪人家高兴就行吗？行了，赶紧洗洗睡吧。”

不一会，隔壁玩牌的也散了。大家回到各自宿舍，正准备睡觉，钱浩宇腆着脸来宿舍挨个儿收钱，什么补交的建筑绘画书本费、预交的下学期书本费、资料费，还有上次去香山游玩洗照片的费用一共60多元，把张子轩愁得直叫唤：“真是越穷越见鬼啊，人家杨白劳还能卖女儿，咱也没儿没女啊，只能往家里伸手要钱。”

“对了，差点忘了，还有四级英语的考试费七元钱一并交了。”临出门的钱浩宇回头又补了一句。

马昊然恨不得上去踹他屁股一脚：“滚吧你！下次不欢迎来218宿舍。你就不能匀着点收啊，一下子收几十元，不怕逼出人命啊。”

张子轩在那儿嘟囔着：“破四级英语考试还要收七元？爱谁谁吧，现在也不是Miss Li教英语了，我是洗手不干了，不考还不行吗？”

钱浩宇收完钱，回到219宿舍还在唠叨张子轩他们交钱不痛快：“大家都在喊冤，我才冤呢，你说大一时咱们买的那写生画夹吧，我还没用它画过一张完整的画呢，我也能退掉不交钱了？”

陈峻接过话头教训钱浩宇说：“你怨什么？你画得不好不能怨别人，因为素描画得好，首先自己要做到观察仔细，做到眼中无物，眼中无人，知道不？这才是最高境界。要留心生活中的每一刻，比如说吧，咱们操场边有几棵杨树？”

“你知道？”钱浩宇反问。

“21棵。”

“别唬人，一会儿我去数数。”

“从北楼楼梯口到大食堂有几步？”

“闲的你！还数多少步，你说多少步？”

“436步。”

“那是你小矮个儿的步伐。人家苦瓜走，可能不到400步呢。”

“这你甭管，反正我留意了，我走就是这些步。”

“你就吹吧，主楼附近那旮旯你熟悉不？”黄健雄听他们谈得热烈，有心考考他。

“那不跟自家院儿似的，想问什么，说吧，不收咨询费。”在观察事物方面自诩为显微镜的陈峻毫不犹豫地中招了。

“你说咱主楼前的主席像，向前伸出的是哪只手，左手还是右手？”

宿舍里剩下的四个人全部探出头来，竖起耳朵。

这是一个大家熟视无睹的问题，其实黄健雄原来也没有注意，只是有一天北航的同学来玩儿，走到大门口，漫无目的地说：“你们学校的主席像没气派，手还背在身后。”当时黄健雄一愣，“是啊，怎么当初雕塑的时候不是往前挥手的姿势呢？”

黄健雄这小子此时的题目出得很巧妙，让人不知不觉走入了死胡同，想当然地认为不是左手就是右手！如果顺着他的暗示去回答，不管怎么样都是没有正确答案的。这样的问题简直就是调戏！

类似的调戏已经被左撇子于文雍领教过一次。那次黄健雄看见于文雍用左手写作业，就问于文雍：“你好像左右手都使用哎！”

于文雍自豪地说：“是啊，左右大脑一起开发啊，免得发育不全！”

黄健雄装出一副三岁小朋友看见大人亲嘴时的惊奇样儿说：“那你一般怎么分配的，比如写字用哪只手？”

“右手。”

“吃饭呢?”

“左手。”

“上厕所擦屁股呢?”

于文雍瞪了他一眼，谨慎地反问：“问这么龌龊的问题干嘛?”

“科学调查，大惊小怪干什么? 严肃点。”

“一般用右手。”

“哎呀!”黄健雄夸张地叫了起来：“哥们太不讲究了，直接用右手啊? 我们都是用手纸的!”

此时的陈峻一时语塞，可脑瓜却飞速地思索起来：主席是伟人哪，而且没听说是左撇子。好家伙，蒲扇般的大手向前一挥：同志们辛苦了！这是何等的气势。于是，胸有成竹地回答：“右手。”

“傻啊你，要是右手这么简单的题他还要你答吗?”钱浩宇善意地提醒着。

“别光猜啊，这回来点彩头，谁要是输了，买一个星期的早点，外带打一周的热水。”

想想一个星期早起床啊，对于这两头懒猪来说，该是多么残忍的处罚！宿舍里几个人全都来了精神，尤其是陈峻和钱浩宇，哪还有心思睡觉?

“走，现在就去看看，不见分晓我无法入眠。”两人几乎同时跳下床，竟然只穿着秋衣秋裤。

“等等我!”看戏不怕台高的孙鹏辉，想知道结果的冲动比两个当事人还强烈，但他倒是没忘记穿上大衣。

三人快步跑下楼，才感觉外面天寒地冻，真冷啊。孙鹏辉想回去加衣服，陈峻说，“算了吧，就几百米远，很快就回来。”钱浩宇骑车，一个坐前面，一个坐后面，自行车被三人压得吱嘎吱嘎直响。

黄健雄眼见得计谋得逞，哈哈笑得喘不过气来。

不一会儿，三人回来，幸灾乐祸的孙鹏辉乐得嘴都合不拢，陈峻、钱浩宇俩二话不说钻到被子里闷头就睡，其他几个人怎么问也问不出结果。

第二天，去主楼上课的221宿舍的学生特地观察了一下主席像，无不咧嘴大笑，只见主席他老人家两手背在后头，深邃的眼神分明是对这两个打赌的傻冒充满了蔑视。

张子轩对补收书杂费的事儿生气归生气，可他明白这种钱迟早是要交的，唯一的办法是赶紧写信让家里汇钱。但每次找家里要钱，都是阵阵痛苦，自己实在不忍心向父母张口提钱这个字啊！每年七八百元的学费和生活费，快70岁的老父亲在地里辛勤的劳作如何能挣出来？即使写信去要，该怎么措辞？既能让自己心安理得，又能不让他们很着急，而且还能主动把钱寄来呢？张子轩想起马昊然家里经常给他汇款，问问他准有经验。

马昊然听了笑着说："我没什么经验，我爸倒是有经验了。春节回家我爸告诉说收到我的信都不用拆封，用手一摸厚薄便知凶吉。薄的肯定是报平安的，敷衍几句便结束，我爸看完信总是抚着胸口如释重负。厚厚的信他就不敢拆封了，肯定是在开始的两篇纸里深情地歌颂他的养育之恩，但最后的一句必定是让父母心惊肉跳的一句：'能不能麻烦您再汇100元钱来'。"张子轩嘿嘿大笑，觉得马昊然他爸总结得太精辟了，可细细一想，老二这些话等于白说，对自己似乎没有啥启迪。

马昊然的提醒让张子轩犯难了，怎样才能不断创新写一封不落俗套的催款信呢？张子轩几乎冥思苦想了一整晚，瞅着熄灯前的半小时，一篇堪称经典之作的大学生家信火热出炉了：

敬爱的爸爸：

您好！家里一切还好吧？又快一个月没给家里写信了。天气渐凉，您的老寒腿没犯吧？妈妈的胃病要注意饮食规律，奶奶也一定要保重身体啊。

现在北京的天气已经很冷了，前天竟然还下了一场小雪，想想我们老家那儿应该还是艳阳高照吧，真是南北两重天啊。

虽然这边天气已经很冷，但请你们放心，到北京都三年了，孩儿早就适应了北方的气候，再说三年前的那件毛衣穿在身上仍然很暖和，袖口破了的地方，我们班女同学替我补好了。刚上大学时缝制的那件军大衣也还挺好的，虽然后摆也破了一道口子，宿舍的同学也劝我再买一件，但说实话，只要穿着暖和，我心里一点也不在乎新旧，我丝毫也不羡慕他们身上的羽绒服。

爸爸，我们现在学习很紧张，专业课新增了好几门，当然书本资料费等也增加了好几十。这些费用，我自己搞点勤工俭学，再从生活费中省点，就能交上去了。说到生活费，您也不用担心，我们的伙食还是不错的，我基本每个星期都能吃一顿荤菜。多出的书本费只需一个月不吃早饭就能省出来了。虽然有时也觉得有点饿，但只要想一想爸妈披星戴月早出晚归在地里忙农活的辛苦，我这点苦算什么？况且我们现在还这么年轻，咬咬牙挺一挺就过去了。

爸妈，总体来说，我在学校挺好的，虽然手头上有些艰难，但坚持到寒假没什么问题。对了，考虑到节省费用，我想这个寒假就不回家过年了！

希望爸妈多保重身体。

儿敬上

张子轩怀着忐忑的心情寄走了这封信，也没指望短时间会有什么结果，因为即使要收到家里寄来的钱怎么也得半个月吧。没曾想！信寄出去之后的第八天，信箱里就来了一张家里的150元的电汇单，倒是着实把他吓了一跳。

他激动地到系办盖上公章，马不停蹄地骑车去五道口邮局取出钱来，又不知怎么地莫名其妙的就进了食品店。他转了两三个来回，看看那些诱人的美食，唾沫星子咽了好几口，但想想这钱不知道爸妈是如何艰难的筹集而来，他还是忍着眼睛和鼻子的痛苦跑出了商店。正要打开自行车，街边突然飘出一阵烤红薯的香味。正是这该死的香味，让他还是晚节不保地掏出三毛钱买了一个烤红薯。

又过了几天，家里跟过来一封信，对这 150 元的汇款做了详细的说明。信中叫他不要太节俭，否则一是饿坏了身体，二是让同学们瞧不起。信上还说，虽然今年的粮食还没有收成，但找舅舅先借钱也没什么问题。张子轩看到信后，很容易想象到父母收到信后老泪纵横的场景。一开始他似乎还暗自得意自己不动声色就让父母“追加投资”，可不一会儿又不禁为自己的不诚实感到痛心疾首！尤其想到在钱来得这么不易的情况下，自己竟然没有挺住诱惑，奢侈地花了三毛钱买烤红薯这种非必需品！突然间不知怎么地又天马行空地想到那些被俘的共产党员是多么伟大！他们竟然顶住了糖衣炮弹加美女的利诱！顶住了老虎凳加辣椒水的严刑拷打！而自己？面对一个烤红薯就让坚强的信念在一瞬间缴枪不杀了！何止是惭愧啊！简直觉得自己禽兽不如！

这小子坐在床上思前想后。而在章明捷看来，他像中了邪似的一会儿得意地笑出声，一会儿自责地眉头紧皱，一会儿又痛苦地要撞墙。

“老七，你是不是被沈丹枫折磨成神经病了？”章明捷实在忍不住地骂道。

“嘿嘿嘿嘿——我确实是快神经了，你说我拿到这 150 元钱，却不知该高兴还是该痛苦。”

“寄钱来了还痛苦？”

张子轩终于忍不住把这钱的来历一五一十地讲了一遍，几个人哈哈大笑起来。于文雍挖苦道：“这文学泰斗就是不一样啊，一封要钱的家书竟然通篇没提一个钱字！还能让家里人急三火四地把钱电汇过来。高！实在是高！老五啊，下回咱们都找他代笔！”

“行啊，要多了不够意思，一次润笔费五元就行，谁叫你们是我哥呢……”

第二十二章

还 我 校 舍

上课时出现的建筑质量问题
机械部上访
外联部举办通俗歌曲演唱会

时令已进入仲冬，虽然已经下了好几场雪，但每次都是纷纷扬扬地造势，稀稀拉拉地收场，总让人觉得老天就像一个做事儿没耐心的孩子，玩儿到一半便停住。看看那雪下的——连地面都盖不住，这就使得校园里那些黑色的煤堆依旧能坚强地面对着老师和学生们。

忽然有一天早上，好几个宿舍的人都惊呼起来。先是219宿舍的陈峻，因为床铺靠近窗户，起来就见外面白茫茫的一片，窗户玻璃上不断有鹅毛般的雪花亲吻上来，又不断化为一片不起眼的细小的水珠。再看南北楼之间的空地上，已经铺上了厚厚的一层。陈峻高兴得手舞足蹈、大呼小叫，被吵醒的黄健雄见这小子每年看到雪都像色魔遇见美女一样兴趣不减，觉得不可思议。想着这玩意儿在他们老家有半年时间光顾，堵得连家都不能出，哪儿有半点值得高兴的地方啊。218宿舍的虞卫军起来也是一声惊呼，原来勤快的他昨天晚上洗好了床单晾在外面，刚才打开窗户一看，床单冻成了冰布，拿进屋来，成了硬邦邦的一片。

上午的课都安排在位于学校西南角的“遥远”的西四教室。因为地上雪厚不能骑车，所以大家纷纷抓紧时间走出宿舍，奔向食堂先解决早饭。于文雍、章明捷他们一大帮吃完饭，走到平房教室区时，发现才不到七点五十分，离上课还有十几分钟呢。看到地上厚厚的白雪，几个同学童心未泯地打起了雪仗。夏荷抓起一把雪扔向于文雍，雪花落进了于文雍的脖子里。见文雍弯腰伸出脖子抖雪的狼狈样，夏荷高兴地咯咯笑了起来。于文雍狡黠地笑着说：“等着，看我的啊!”说着迅速地捏了一大团雪球，转身突然扔向夏荷！雪球准确地击中了夏荷的鼻子。夏荷捂住脸部站了几秒，突然哭了起来。文雍愣住了，不知所措，一是没想到刚好击中她的面部，二是没想到夏荷竟然能哭起来。

章明捷在一旁笑着说：“老六，这下有你的好戏瞧了，我看你如何收场!”

于文雍似乎觉得惹女同学哭绝对有违218宿舍一向提倡的博爱的“舍风”，赶紧走过去安慰夏荷说：“没事儿吧？我看看。”见夏荷生气地不理他，仍旧哭，他又劝道：“要不你砸我一下！有多大劲儿使多大劲!”

夏荷一听这话，果真弯腰到地上抓起一大把雪团，使劲塞进于文雍的脖子里。看看于文雍果真没躲避，任雪水流进脖子也故意不擦，好像是要向她将功赎罪的样子，夏荷真的破涕为笑了!

头两节课是钢筋砼结构，讲课的孟老师一直深得同学喜欢，因为她经常就课本内容延伸讲授一些其他相关知识。比如上节课，孟老师就告诉同学们：“砼施工过程中要尽量保持连续浇筑，少留施工缝。但是大体积混凝土连续施工又会导致人员疲惫，管理松散，在这个问题上是有深刻的历史教训的。”她说，“人民大会堂施工时，连续几天几夜砼浇筑，工人们非常困乏，竟然将垫在地上休息的棉袄浇筑在混凝土里，幸亏被质检人员及时发现，否则要出大事。”同学们对这样的例子听得津津有味，不少同学纷纷以自己能知道人民大会堂建设的内幕而兴奋，所以今天上课也盼着她能再透露点什么好奇的故事。

果然，在讲了几十分钟正课后，孟老师就像说评书的艺术家一样，拿着黑板擦当惊木堂一拍，说道："今天给大家说说普通砼和抗渗砼的施工。"开始大侃特侃抗渗砼用在地下室外墙、底板以及屋面的重要性。"同学们啊，这防渗漏技术对于你们今后从事建筑行业来说是相当大的学问啊，因为我认为我们目前的技术好像是走下坡路的。大家看看故宫，屋面就是一层琉璃瓦，可几百年来，几乎没有漏雨之处，而遥遥相对的咱们伟大领袖毛主席纪念堂的屋顶防水问题呢，在设计之初就大费周章。"孟老师扶了扶镜框说："究竟选用什么材料做屋面层和防水层才能满足质量轻又耐久的要求呢？这在当时可是当成一个攻关课题的啊。为此，现场指挥部组成了由三机部621研究所、北京市建筑设计院、北京市第六建筑工程公司参加的科研、设计、施工三结合小组，经过充分论证后才定下采用最先进的大幅铅板焊接全封闭防水层做法，而且为保险起见，在天沟与屋面交接处和每个雨水斗处，都加铺一道铅板附加层。大家看看，这样的设计按道理来说，简直就是天衣无缝、固若金汤吧？"

孟老师停顿了一下，故弄玄虚地说："可结果呢，现在才使用了10年，就有地方开始漏水了。为什么呀？就是铅板防水层在结构与温度应力作用下，产生局部褶皱，扭曲破坏，导致局部搭接焊缝开裂了！"

教室里鸦雀无声，同学们都在那津津有味地听着。突然，"咔嚓"一声，教室中部顶棚掉下来一大块东西，直接砸在沈丹枫和夏荷之间的课桌上，吓了大家一跳，女生们齐声尖叫起来。沈丹枫还捂着头，一副惊魂未定的样子，坐在沈丹枫一边的张子轩赶紧帮忙收拾，甚至关切地去摸她的头发。沈丹枫往一边躲了躲，脸上露出极不愉快的神色。

孟老师赶紧过去查看情况，发现是教室顶棚的抹灰层脱落了，露出了顶棚的板条基层。万幸的是，没有砸到沈、夏二人的头上。

孟老师边回讲台边感叹地说道："同学们啊，大家瞧瞧！还用我多说吗，活生生的例子，血淋淋的现实啊。当然了，今天没有血淋淋算是万幸。大家体会到施工质量何等重要了吧？真是关系到人民生命财产安全的大事啊！”

孟老师可能压根儿想不到这块水泥灰会带来什么样的后果，因为它不光是激发了同学们学习专业课的兴趣，更是刺痛了好多同学的神经。比如李文革就在担忧，我们还要在这种条件简陋的甚至可以说是危房的教室里学习多久？到我们毕业？还是到八八级、八九级毕业？他觉得自己连一天也无法再忍受了。

第二天，同学们上食堂吃早点，见南北楼管理站门前围了一大圈人。218宿舍的几个人也围过去，伸长脖子往前看，见是红红绿绿的大字报，其主题思想都是呼吁“还我校舍”，大字报的大致内容是说：今年市委“4.26纪要”明确提出民主楼及机械研究院的住户必须于9月1日开始搬迁，11月15全部完毕，然而直至今日，没有一件事按进度得到了解决！昨天，甚至还发生了一起学生在危旧平房上课被水泥块砸伤的耸人听闻的事情！

同学们啊！联想到我们食堂的拥挤，晚自习无地儿可去，教室的简陋危险，难道我们大家仍旧要麻木不仁吗？

……

于文雍说：“这谁写的啊？我们班昨天的事儿，今天就见报了！嘿嘿，老七，不是你干的吧？”

“不是不是，这回真不是哥们儿，不过这匿名英雄可是说出了大家伙的心声啊。”张子轩回答说。

几个人边议论边去教室，一路上发现机械院、地球所的办公楼都被贴上了示威性的标语。让于文雍他们觉得可气又可笑的是，面对这些即使是盲人都想睁开眼瞧瞧的触目惊心的标语，这些外单位的职工们竟然能置若罔闻，照常有说有笑、进进出出，好像那些标语就是透明的空气一般。学生们不禁在佩服这些叔叔阿姨们镇静心态的同时，心里更增添了一种空前的挫败感。

下课时，大家又不约而同地聚在一起议论这事儿。大家伙才知道这一切皆是李文革亲自指挥学生会发起的。见初步效果达到，李文革又忙着和几个热血男儿诸如周烨、徐航、钱浩宇等人一起评估行动效果以及商讨下一步措施。

“我们这只是第一步：营造舆论氛围、吸引全校注意、获得大家同情。”李文革充满激情地说。

“但我怎么好像觉着第一步就输了呢？至少从那帮外单位职工的表现上看，他们没有丝毫的愧疚感啊。”于文雍有点泄气。

“哼哼，学点军事理论吧，咱们现在到了心里较量阶段了，打的就是一场持久战。别看他们表面一副满不在乎的样子，心里肯定已然发虚了。”这是周烨的见解。

“那下一步怎么办？我觉得还得找校领导出面协调才是正道。”于文雍说。

“用处不大！内情我们都知道一些，校领导好像有难处，因为据说市委开会时一再解释历史遗留的问题不可能短时间一蹴而就，还要求学校顾全大局。”李文革解释说。

“我就纳了闷儿了，你们这么积极干什么？上次陈老师还劝我们，铁打的营盘流水的兵，再过一年咱们就毕业离校了，校舍占不占跟你们有多大关系啊？你们出头闹什么？傻不傻啊你们！”夏荷听了他们的议论，也不知他们还有什么后续行动，心里真为他们担心，觉得要好好劝劝他们。

“你们这些女生啊，真是的！还说和我们无关？都要砸破头了！你是非要等到出人命才着急啊？”章明捷开始恨起这帮女生息事宁人的态度！

“是啊，咱咽不下这口气！再说了，学校不想给咱留下什么记忆，咱们还想给学校留下点记忆呢。”钱浩宇帮腔道。

“对！校领导如果有难处，我们学生会更有必要采取进一步行动，对有关部门施加压力，寻求解决办法，反正不能就这么干等着，而且，我们要争取在放假前有所进展。”李文革坚决地说，“今天晚上我们就召集同学们商量一下，妥善行事。”

晚上，校学生会果真在主楼阶梯教室召开了有各系学生会参加的扩大会议，研究校舍退还问题。学生会主席齐世考虑到毕竟要代表学校去和其他部委接触，所以也邀请了校团委汪书记参加会议。会上，大家分析了各种有利和不利因素，觉得有个情况很有利，就是今年电子工业部和机械工业部刚刚合并为机械电子工业部，这样就不用分散精力跑好几个部门了。经过讨论，大家一致决定主动出击，和有关部门进行正面接触，有礼有节地反映问题。大家商量把协调组分成两组，一组由学生会主席齐世带队，领着王哲、刘洪涛他们前往市政府信访局，另一组由副主席李文革带领周烨、张子轩等人前往机械电子工业部。

第二天，李文革他们一行十几人骑车到了位于三里河的机械电子工业部大院，经过门卫通报，部里的人员很热情地接待了他们。一个戴眼镜的貌似学姐的女工作人员把李文革他们领到了会议室，她让大家坐下后，很热情地给大家倒水，并自我介绍说叫沈宏宇，是部里办公厅的，然后马上出去把情况往上面汇报。不一会儿，她就返回来告诉李文革说："你们稍等，我们部党组书记和基建处长要亲自接待你们。"

说话的功夫，几个人推门进来，看一个个的严肃派头，估计是刚才学姐所说的书记和处长。果然，沈宏宇学姐介绍说："同学们，这是我们部里刘书记和秦处长，百忙中抽出时间专门过来和大家探讨解决办法。"

领导们落座后，李文革迫不及待地开始陈述早已准备好的有关校舍的长篇大论，中心意思当然是要求部领导督促下属单位马上解决。刘书记捧着茶杯，不动声色地听着李文革的诉求。茶水的热气似乎让他的镜片蒙上了一层水雾，也让镜片后的那张脸显得更加令人琢磨不透。

李文革讲完，就听刘书记啜了一口茶水，慢腾腾地说："同学们，首先欢迎大家来我们机械电子工业部做客。大家刚才反映的问题确实是事实，但是，这些都是历史所造成的，冰冻三尺非一日之寒哪！想必大家也知道，二十年前，各科研院所响应党中央的号召，全国一盘棋，均衡布局。这么些年来，尤其是打倒‘四人帮’以来，工农商学兵各界同舟共济，同心协力奔‘四化’，祖国建设日新月异啊！对咱们学校来说，各单位与贵校师生也一直是友好共处、互相促进的嘛。”

“现在大家提出来搬迁拖延的问题，这也是事实！但我可以负责任地告诉同学们，我们部里是高度重视下属单位搬迁工作的，一直在积极协调。而且，不光是我们部，北京市的领导，甚至是国务院的领导也作了重要批示。所以，希望大家不要急躁，要耐心等待！要相信道路虽然曲折，但前途是光明的！”

李文革听了半天，发现刘书记从历史的原因到全国的形势洋洋洒洒作了半天报告，却唯独对自己提出的问题躲躲闪闪，丝毫没有作出正面回答。

李文革有点生气，几次想打断刘书记的讲话提出反驳。但就在此时，沈宏宇秘书在底下悄悄塞给他一张纸条，上面写道：同学们，我劝你们不必再吵下去了，今天肯定不会有明确的答复！你们的诉求已经表达得很清楚了，就此打住吧。

李文革看完纸条，向沈宏宇望过去，沈宏宇对他点点头。李文革又把纸条给周烨他们看，并和周烨低声商量了几句，随后说：“那好，刘书记，我们今天耽误了你们这么长时间，我们的要求已经说明白了，希望领导们重视，我们回学校去。”

沈宏宇客气地把他们送出门，边走边简单的对他们讲了一些谈判的技巧：“你们啊，就是年轻气盛，一开始就锋芒毕露的，自己把自己路给堵死了。为什么不先抛出问题，看看他们的态度？然后对他们的处理方式提出你们的看法，这样就占据主动了。”

几个人再一次对这个聪慧而干练的师姐刮目相看，对她拿同学们当自己人的态度感激涕零。

两路人马分别从机械部、信访局回来后，立即交流了一下战果，发现前途虽然微微露出曙光，但其实是毫无结果。李文革又联想到上次“晚会停电事故”学校只是处理了一个值班电工，水工八六被打事件也只是拘留了几名打人者，而真正的组织者却仍然在逃！难不成自己组织的几次为学生维权的行动都将拖延到不了了之？李文革不禁有些灰心丧气了。下一步该怎么走？似乎一下子也想不出一个更好的办法，所有的行动都进入了死胡同。

汪琼书记这些天和学生们接触得越多，就越担心。她担心学生们会不会借表达对“校舍不还、学生被打”等问题的不满，从而搞出什么别的动静来？一想到这里，心里就没谱，顿时也感到一阵心惊。有两天，她曾专门和校办及党委宣传部等几个部门的老师们碰头商量如何引导和分散学生们对这些问题的注意力，而让他们把精力投入到期末复习考试上来。

党办金主任才30来岁，似乎觉得不会有什么大问题，满不在乎地说：“不至于有什么太大的事儿吧，大不了多办几场免费的舞会不就行了！”

“什么呀，周周办舞会，有什么吸引人的？你以为这些学生这么好糊弄？”汪琼老师说。

“要不然让学生会外联部和文艺部办一场演出？”金老师像是自言自语地说。

“不行不行！又是学生汇演，我看比舞会更糟。就咱们这个演出水平，弄不好就起哄。”

“不不，我说的是请专业演出团，有明星的那种。”金老师越来越确定地说。

“这个方法我看行！而且必须由他们学生会自己去组织，我们只做指导。这样，一是让学生会把精力放在组织演出上，二是能让大部分同学们放松心情。”党委宣传部的袁老师对这个建议深表赞同，并决定由团委安排学生会邀请专业团队的演出事宜。

学生会为此专门开了个短会，理所当然地把这项工作安排给了外联部和文艺部，外联为主，文艺部配合。刘洪涛这学期从《群言》报总编改任校学生会外联部长后，对组织大型活动的态度比以前积极了不少，可他和陈峻作为两个部门的头儿，以前还真没有合作过。此前，刘洪涛只是联系组织过兄弟院校的友谊比赛，这请大腕儿走穴的事儿还是头一遭，于是惴惴不安地说："文革啊，这事儿还真有些压力。说实话，通过熟人倒是能联系上一些歌星。可谁知道怎么操作，现在明星的价码是多少？怎么付款？怎么接送演员？"

"你问我，我也不知道啊，这事儿以你为主了，你只能和汪老师多讨教。"李文革一竿子把他支到了团委。

刘洪涛一听，瞪了李文革一眼，拍着自己的脑门儿向厕所走去。

过了几天，一张设计精美的演出海报出现在食堂前的公告栏上，吸引了人们的注意力。这次可不是像上一年"12·9"纪念活动举办的那种"只有上层知识的人才能欣赏"的哑剧了，而是老少皆宜、雅俗共赏的通俗歌曲及现代摇滚、霹雳舞，而且还有当红歌星蔡国庆和苏红！

"这次的演出可能特来劲!"在一阵如同"文革"时期大家想到天安门瞻仰一下伟大领袖毛主席一样的强烈诱惑力的驱使之下，电影院的售票口人潮涌动。

刘洪涛的心情当然是极其高兴的。前几天刚接受任务时真发愁请不来演出团，后来想到自己的女朋友慕兰就是土生土长的北京人，怎么着也能找到个演艺圈的熟人吧。等告诉慕兰后，慕兰果真找到她爸的表哥的三姐夫的大姑的四姨妈，帮忙联系到了穴头。刘洪涛和穴头谈妥后，想和对方签订正式的书面合同，可对方却说，团市委张副书记介绍的，咱两边还有什么不信任的？洪涛一听有道理，也就没再坚持。找着了穴头，洪涛接着又担心节目是否符合同学们的口味，票能否卖出去？要知道，他自己先垫付了不少定金啊！现在从票房的情况来看，至少演出已经成功了一半。

当天下午，正为晚上的演出忙得不亦乐乎的刘洪涛，突然接到穴头的电话，对方告诉他因为蔡国庆、苏红档期冲突不能来演出了，晚会是按时开始，还是延期举行？第一次和穴头打交道的刘洪涛愣住了：怎么会出现这种事儿呢？一开始不是说得铁板钉钉的吗？但演出迫在眉睫，他根本没时间与汪琼书记和李文革他们商量。在短时间的多方权衡之后，他给对方回话了：演出照常进行，但你们必须在演出开始之前把此事明白地告诉观众，观众不满意的，可以当场退票！对方在电话里满口答应下来。

当舞台上紫红色的帷幕刚一拉开时，刘洪涛又诚信地把口头协议商定的穴头一方应得的二千元现款一次性全部付给了对方。而没有按照一种常规的“演出中场付一半，演出结束再付完”的付款手续进行。事实证明，这又是一个不该发生的失误。

第一个节目开始后，主持人根本没有告诉观众当红明星们未能前来的事实。而刘洪涛呢，他看着台下爆满的观众，心里也相当矛盾。先告诉了，要是观众退票怎么办？也许拖到后期再告诉更好些？

再看台下的观众，虽然他们发现这次演出的乐队相当简陋，而且大部分歌手只用录音带来伴唱，但是因为有一个苏红牢牢地吊住了他们的胃口，所以仍然强忍住对这些单调节目的厌烦。

刘洪涛根本无心观看演出，他时不时地从后台看一眼台下观众的反应，听见鼓掌了，他就放心；听见喝倒彩了，他就提心吊胆！当演出只剩下半小时就要结束时，刘洪涛心里不断像老和尚一样念着阿弥陀佛，求菩萨保佑演出顺利进行。

这时，主持人走到台前，用甜甜的嗓子说道：“我们抱歉地告诉大家，苏红因有病，今晚没能来贵校演出……”听到这句话时，电影院沸腾了，口哨声和刺耳的谩骂声几乎掀翻了屋顶。

顶着喝倒彩的嘘声走上舞台的歌手，被观众闹腾得有点发慌。不知是在后台没有统一过口径，还是一时嘴漏，他竟道出了苏红未到的真正原因：她正为第二天在首体举行的演出进行彩排！

“好啊！把我们一直糊弄到现在！”

“难道给我们大学生的演出就比不上首体的重要？”

“滚下去！滚下去！”

九点钟，演出在嘘声和骂声中艰难地结束了，望着涌出门去的观众，刘洪涛把一颗吊着的心稍稍放下了一点。但是当他陪同着演员们拿着几件简单的乐器走向停在南侧门前的客车时才发现事情可能远不会这么简单的结束。

是的，当代大学生们最信奉的二个词是理解和真诚，最恨的是被人愚弄和欺骗！何况三块钱一张的票价对于他们来说何其奢侈，因为那是舍弃了三顿红烧排骨或宫保鸡丁换来的。更何况还有不少的人总觉得上学期停电事件和被打事件没闹起来实在是农工大的一件窝囊事呢！……

于是，在许许多多的“何况”之下，上百名学生开始围在汽车旁，要演员们退钱。但是演员们自认为钱已到手，你也奈何我不得，口气自然有点强硬。学生们可不买账，即刻以怒吼作答！吼声传得很远，不少没看演出的同学及教工也被吸引来了。不一会儿，汽车周围竟围上了六七百人。于是这些相识的和不相识的受骗者们开始高声提出各式各样的抗议，振臂高呼各式各样的示威口号。因为他们同是被骗者，“为了一个共同的目标走到一起来了”——退钱！

演员们端坐车内，对这一切视若无睹，这更激怒了这帮狂热的学生。

“我们在外面挨冻，她们倒在车里舒服！”

“他们不下来，我们掀汽车！”不知是谁的提议，也勿需知道是谁的提议，因为大家都有这个意思了，于是车两旁的学生马上开始行动起来。他们学过“固有频率与周期振荡”的原理，他们知道在车两旁周期性地用力更容易把车掀倒，他们可能想试试这个原理对不对。

在几百人的劳动号子似的助威声中，“一、二、三”，汽车开始左右晃动起来，可是，也许汽车的设计制造者们当初就把这种“不稳定因素”考虑在内了，再加上那里还装着十多个大活人呢！汽车几经摇晃，但最后还是稳定了下来。

刘洪涛在学生们围住汽车的那一刻，便知道事情到底还是来了！他马上找到几个认识的哥们，让他们分头去找李文革。

其实，李文革看完演出，也随着那些同学们来到了电影院南门。

此时，眼见事情马上要不可收拾，他奋力挤到围观的人群中，亮明自己学生会副主席的身份，大声劝阻大家不要掀车。

哪知话刚出口，便四处传来吼声："你谁啊你，吃里爬外的东西!"

"揍他!"有人干脆伸出了拳头。

李文革觉得自己似乎是螳臂当车，自己有些于事无补，于是只能抽身退出。

看着同学们张弓拔弩的架势，刘洪涛退无可退，他必须站出来向大家解释清楚这一切，甚至承担可能出现的后果。但他刚一露面，还未开口，便被一阵怒吼和几乎快触到鼻梁的一只只拳头给包围了。自己便是众矢之的，任何解释都将是徒劳的，他也只好奋力挤出了这个是非之地。退到了人群后边的刘洪涛无法让自己心安理得地离开这个纷乱之地，因为他觉得是自己的失误才导致了这场事件，他转身想去找团委汪老师或者党委宣传部的袁老师求救。

正在这时，却见章副校长挤进人群中来。他大声呼吁同学们冷静，有什么要求可以合情合理地向学校反映。听完这话，马上有人大声说："我们要退票，要双倍退钱!"于是丛林般的胳膊纷纷举起，并大声附和道："对，双倍退钱!"

嘈杂的附和声刚刚小了一点，又一只长长的胳膊举起来并伴随着一个慷慨激昂的声音："我们要民主!"

"哄"地一声，这下子，刚才还处于群情激奋状态下的学生们都忍不住为这个与今晚的事情八竿子打不着的口号而大笑起来，现场紧张的气氛急转直下。

"这和剧情压根儿不挨边儿啊!"刘洪涛在人群后也偷偷地笑了，这个小插曲让他绷紧的神经暂时松弛下来。笑过之后的刘洪涛忽然天马行空地想到，这桥段简直就像一群苦大仇深的长工正在声嘶力竭地批斗恶霸地主黄世仁，突然间，喜儿激动地跑上台来，脆生生地告诉大家伙儿："我一定要嫁给大春哥!"

章副校长算是看清了，这些学生似乎根本没有什么统一的目标，他们只是想发泄心中的不满！而自己被围在这乱哄哄的人群中间，根本不能发表自己的意见。章副校长努力使自己镇定下来，灵机一动，跑到电影院东头的广播站，在广播中果断提出可以给有票的同学退钱。深夜中，在整个校园里响起的广播声异常响亮，狂热的学生们听到广播，慢慢停止了对面包车的包围，开始讨论退票究竟行不行。广播停止后，李文革看看大家稍微冷静下来，过来对大家说：请大家相信，我永远站在同学们这边，和大家一起向穴头据理力争。你们看这样好不好，我们要穴头下车，一起到广播站和章校长商量解决办法。在我们得到满意回答之前，他们肯定走不了！

让隆冬的寒风吹得渐渐冷静下来的学生们似乎觉得这不失为一个好方法，于是选出代表去广播站。在章校长主持下，李文革、刘洪涛和穴头进行了艰难的谈判，最后达成协议：先让学生会扣下演出的乐器，让穴头尽快组织一次义演，或者退钱！这回，学生们终于挺爽快地答应了。李文革和刘洪涛不禁长长地舒了一口气！

刘洪涛在这寒冷的冬夜里擦了一把脸上的汗水，抬起胳膊一看表，表针已经指向半夜两点了。

第二十三章

振兴农工大，责任你我他

火车站接站

讨论春晚及纪录片《大河》

临时起意写征文

刚刚迎来一九八九年春节后返校学生的北楼一片热闹非凡的景象。走廊里，同学们来回穿梭，在各个宿舍搜寻着好吃的土特产。但回到宿舍的子轩却全然没有一丝欢快的心情，看起来闷闷不乐。整个寒假沈丹枫音讯全无，子轩连续写过两封信，都是有去无回。眼看着现在同学们都到校两天了，唯独只有她像故意逃避似的竟然还窝在老家不返校。想到这，他似乎预感到自己爱情的冬天也到了。子轩看着虞卫军与雨薇整日缠绵的身影，更加觉得自己像只被抛弃的羔羊。

子轩不甘心。他觉得兴许就在今天，自己的恋人一定会返校。于是他执着地冒着北京少见的冬雨跑到火车站站台去接站。

他站在细雨里，站在这块早已熟识却又陌生，永远游离着惜别和期待眸子的站台上，固执地等待着她的归来。很久以前，那一声离开北京的长长的汽笛声击碎了温馨而和谐的往日，而后，故乡绵绵的雨丝拉长了昏黄的黄昏，拉长了站台上渴盼的身影。

又一辆来自北方的列车轰鸣着碾进都市。带来了二十节车厢的欣喜。他急切的视线越过朦胧的细雨，越过一张张陌生的面孔，最终还是没能越过由失望筑起的那一堵高墙。当最后一列来自北方的列车到站后，他又一次拖着失望的躯壳回到学校。

张子轩回到宿舍，默默地打开收音机。而对面的221宿舍里仍然是一片欢乐祥和，还不时传出女生们的欢笑声。半个月前的央视春节联欢晚会给人印象太深刻了，以至于221宿舍的同学边嗑瓜子，边忍不住兴奋地议论着赵丽蓉演的《英雄母亲的一天》，而孔海琳和许如萱却对那几首通过春晚一夜之间红遍大江南北的《跟着感觉走》《爱的奉献》回味无穷。

孔海琳一个劲儿地夸徐小凤那首《明月千里寄相思》唱得太好了，并奇怪她的嗓子怎么那么富有磁性。

徐航打趣说："你嗓门儿要是小一点，也会富有磁性。"

"真的吗？"傻乎乎的孔海琳竟然天真地追问。

"真的真的，我作证！"刘洪涛举起右手笑嘻嘻地说。

"你们真讨厌！取笑我干嘛啊。"孔海琳突然回过神儿来，发现男生们是在和自己开玩笑，不禁有点愠怒。

"来，给你个好吃的，"徐航谄媚地拿出一个苹果，"告诉你，黄河岸边种的，可甜了。"

"真是啊，母亲河灌溉的，能不甜吗？"

"对啊，你说到黄河，让我想起年前播出的纪录片，你们也看了吧，不知你们什么感受，反正我是觉得挺沉重的。"周烨不知怎么地从黄河联系起了去年播出过的那个名为《大河》的纪录片。

"谁说不是呢，既沉重，又觉得振聋发聩啊。还记得片子里有段话说，我们已经无法承受失败，变成了一个输不起的民族，我们这个有几千年历史的民族的心灵痛苦在于，文明衰落了！在近代，多少次历史选择了中国，可中国却错过了历史。回过来看，可不是！我们只看重了黄河黄，却忽视了大海蓝。如今的寻梦，所寻找的不是一片瑰丽的梦，而是一个痛苦和无奈的梦！"刘洪涛感叹说。

李文革听了，争辩说："是吗？你们都这么认为啊？我可不敢苟同。我在想，虽然片子表达得很隐晦，但不难看出，它总是利用唯心史观、地理环境决定论等观点解释中国历史；对黄河、长城这些凝聚中华民族力量的民族象征，不加任何分析地进行嘲讽、挖苦和否定；对资本主义文明则极力加以宣传美化。我真的不知道这部片子的政治立场是什么！"

本来，自五四运动以来，民主和科学一直是学生们肩扛的两面大旗，他们也一直是思想运动的最积极参与者和推动者。但在这个如火如荼的改革开放的年代，东西方文化的交汇，传统思想与现代思潮的碰撞，让这些即将走入社会的大三大四的学生们心中充满了迷惑，也增添了他们思考和选择的痛苦。李文革虽然对学校和社会上的许多不公正现象看不惯，甚至是痛恨之极，然而对这种盲目否定民族、否定历史的思潮却是坚决反对的。

正在大家要开始争论的时候，一个小贩浑身挂满球袜、手表，推门进来向他们推销商品。刘洪涛正想从毫无结果的争论中解脱，于是过去和小贩搭讪。挑来挑去，他看中了一款黄色的挂表，挂在自己胸前试了试，两个女生一致觉得很是帅气。小贩极力吹嘘这款挂表走时如何准确，做工如何精良，临了要价十五斤北京市粮票！刘洪涛觉得表确实好，但小贩的要价也确实狠。想想自己的粮票本来就不够用，加上经常打篮球、打排球、搞运动，体力消耗大，当然比别人吃得更多，哪还有剩余？好在有慕兰的每月支援，上学期结束时，竟然还存下了20斤全国粮票。刘洪涛和小贩讨价还价了半天，估计小贩觉得老这么耗下去，赚的钱还不够口水钱的，不如干脆卖点给他，好去寻找下一个买卖，于是答应以10斤全国粮票成交。

刘洪涛买完后，想过来向张子轩展示一下这款新颖的电子表，却发现对面的218宿舍呈现出少有的安静，只有于文雍、章明捷和张子轩三人像表演哑剧一般各自忙着自己的事儿。刘洪涛心想：原来每次开学的第一天，沈丹枫几乎都要来宿舍和张子轩腻歪一整天，可今日却不知为何只有张子轩一个人形单影只的在床上闷头打坐。

“喂，排骨，今日怎么不对劲儿啊，想谁呢？”刘洪涛问道。

张子轩一开始仿佛没听见问话，过了几秒，才突然对着刘洪涛尴尬地说：“哦，没事儿，没事儿。”

“还没事儿呢，瞧你那心不在焉的傻逼样儿！我看你是一天都离不开沈丹枫啊！”在窗户边认真侍弄着吊兰的章明捷不屑地说。

“滚！谁离不开谁了？”子轩怒道。

“哟呵，能耐了哈。”

张子轩没理章明捷，刘洪涛岔开话题对张子轩说：“哥们儿，刚才我们宿舍那些论调听见没？我突然想起来一件事儿，你不觉得最近一年来学校里发生的这些大大小小的事，也该有一个总结和思考？我的意思是，校舍问题、学风问题、教风问题，这些是否有深刻的历史原因？”

“有没有历史原因没有探究过，不过，我还记得大一时咱们一时激愤写过一篇所谓的深度报道，那时候我还真想往深里写，可当时觉得这个题目面太广，大了去了，无从下笔。”张子轩说。

“此一时彼一时嘛，那个时候咱们刚入学对学校了解不深，课程多，也没时间静下心来梳理思路，但是，现在正是时候啊！”刘洪涛说道。

“什么意思？重新开始啊，没那心思！”

“知道你就惦记着卿卿我我那点事儿。可说正经的，你不觉得有些事如果再不做就真来不及了吗？咱们马上就大四了啊，汪琼老师前些天说的那句话有道理：希望我们毕业后都可以自豪地对自己说，生活就是这样的！”刘洪涛鼓劲儿说道。

子轩看了看他，想了想自己最近确实因为和沈丹枫时不时闹别扭而心情郁闷，在别人眼里看来可能还显得有些颓废，如果现在真像刘洪涛倡议的那样去续写大一的调查报告，倒不失为一个自我拯救的办法，想到这里，他说：“瞧你说得那么玄乎，写就写呗，多大点事儿？不过你牵头啊。”又对于文雍说：“你也得参加。”

“我还真是没法儿牵头，现在不在《群言》报社了，杂事儿忒多，再说我文采也没你好，我觉得还是你来牵头行文，我帮忙跑腿。”刘洪涛说。

张子轩考虑了一会，抬起他那张忧国忧民的脸，看了看刘洪涛，又瞅了瞅于文雍，抱着一种我不下地狱谁下地狱的豪情，挺严肃地说：“行，干就干！”

刘洪涛歪过头说：“太好了！我敢说，如果成文，绝对是颗重磅炸弹。不过，咱们也要想好了啊，成也萧何、败也萧何！”

“呵呵，你刚把火点起来，就浇一瓢凉水。瞧你说的严肃劲儿！不就是学校范围内的一篇文章吗，再怎么臭，也不至于让全校师生的唾沫淹死咱们吧。”于文雍说道。

“那倒也是。”

张子轩自从答应撰写这篇文章后，仿佛重新树立了短期奋斗目标，于是几乎忘记了与丹枫之间的不愉快。晚上躺到床上竟然有点夜不能寐的感觉，一时心潮起伏，觉得有许多话要说，不觉哼哼起几句歌词来：党啊党啊，亲爱的党啊，你就像妈妈一样，把我培养大，教育我爱祖国，鼓励我学文化，幸福的明天向我招手，四化美景你描画，四化美景你描画……

刚唱了一段，章明捷一巴掌呼过来：“你不睡觉我们还想睡呢！”

“睡睡睡，就知道睡！难怪一天到晚长肉，长得像冬瓜！”

“长肉怎么啦？多少我还算干点事儿。你瞧瞧你，连肉都懒得长。你说这么懒的一人，这沈丹枫怎么就迷上你了呢？”

“我再次警告你以后少提她啊，再提别怪我和你断交。”

第二天，子轩和刘洪涛、于文雍几人商量了一下采访方案，又进行了工作分工，计划兵分两路进行。一是了解学校历史和学校各部门的思路；二是了解学生们的思想动态，还有学校基础设施上存在的问题。前边的由张子轩、于文雍去干；后边的由刘洪涛去完成，尤其是基础设施，刘洪涛最有发言权，几次恋爱经历已经把学校的各个角落转了百八十遍了，哪儿有把椅子，哪儿少一杆路灯，简直比学校基建处还要门儿清。

等于文雍、张子轩去到校办和图书馆档案室，看见那一堆堆厚重的校史资料时，两人才真的感受到了肩上担子的沉重，他们相信全校绝大多数的老师和同学根本不知道学校所经历的历程和磨难，似乎觉得传播学校历史、重塑学校形象的重任责无旁贷地压在了他们肩上，张子轩嬉笑着对于文雍说：“呵呵，了解校史，让人奋发图强啊！振兴农工大，责任你我他！”

经过几天的时间把素材基本收集好后，于文雍、张子轩这哥俩一有时间就去《群言》报的那间办公室琢磨这篇文章。到了上课时，也是三心二意不务正业，总是跑到教室靠后的位置坐着，满脑子都是谋篇布局、遣词造句，这也让子轩暂时忘记了与沈丹枫之间的不快。

第二十四章

“搂草打兔子”——捎带干的活儿

概率课后唐蕊的美人计

学生会职务大变动

伙食科见面会

这天上午第三、四节课是概率与数理统计，如果没意外的话，大家知道于教授又是玩“黄球白球任选一个”的游戏。果然，于教授今天抛出的是一个探讨了一千多遍的话题：假设盒中有三个黄球，两个白球，现从中任取两球，求取到一黄一白的概率。大家一听就皱起了眉头，嘟嘟囔囔道：“谁爱选谁选去吧”，纷纷自觉地搞起了“地下工作”。

于文雍、张子轩扑在稿纸上龙飞凤舞地写着文章，章明捷仍然看着新借的《福尔摩斯探案集》，为案情的扑朔迷离而抓耳挠腮。陈峻拿出《天龙八部》学习得津津有味，正看到《燕云十八飞骑 奔腾如虎风烟举》中萧峰与丁春秋杀得天昏地暗那段——那虚竹向萧峰道：

“大哥，这星宿老怪害死了我后一派的师父、师兄，又害死我先一派少林派的太师叔玄难大师和玄痛大师。兄弟要报仇了！”萧峰心中一奇，道：“你……”第二个字还没说下去，虚竹双掌飘飘，已向丁春秋击了过去。

萧峰见他掌法精奇，内力浑厚，不由得又惊又喜，心道：原来二弟武功如此了得，倒是万万意想不到。喝道：“看拳！——”

正在此时，突然传出一声：“看课本！”陈峻一愣，“嗯？小说里没这句台词啊，怎么还出来画外音了？”等老师的手指头敲在课桌上时，他才从武打小说中回到现实。其实，于教授以前讲课是从来不走下讲台的，可今天，他在讲课时，看着教室里实在安静得吓人，于是破天荒下来看看大家究竟在干些什么。

于老师纠正后，课堂纪律明显改善。可老师教课也忒敬业，十二点都过了，还丝毫没有要下课的意思。陈峻心里来气了，心想：记得以前毛主席指示“学制要缩短，教育要革命，资产阶级知识分子统治我们学校的现象再也不能继续下去了”，现在我看是，课时要缩短，课程要革命，再也不能让这种随意拖堂让学生饿肚子的现象继续下去了。想到这里，陈峻实在忍不住了，故意将桌上的铝饭盒扒拉到地上。“咣当”一声！刺耳的声响吓得好几个女生都叫出声来。老教授把头低了低，顺着老花镜的上边朝声响的方向翻了翻白眼，终于像才刚发现过点了似的，宣布下课。

跑出教学楼，陈峻骑车带着钱浩宇飞奔到食堂。唐蕊此刻站在食堂门口干着急，因为早上给陈峻他们买了早点后，饭盒也让他们带走了。陈峻跳下车，和唐蕊会合后，就往里面挤。走到食堂里一看：妈啊，现在的时间正赶在点上，学一食堂简直人满为患。几个人立即转战圆厅食堂，进去后发现情况也好不到哪儿，每个窗口前排队的少说也有 20 来人。

陈峻看看长长的排队人群，眉头紧皱，对唐蕊说：“今天必须智取了，否则非得饿昏过去不可。”

“怎么智取啊？”饿得有点身体发虚的唐蕊问道。

陈峻和钱浩宇几乎同时盯着唐蕊看了几秒，尔后两人相视一笑，击掌大叫："美人计!"

"你们该不会让我当敢死队吧？两个大老爷们想出这么个馊主意，不怕我跟别人跑了啊?"

"跑？这个小食堂已经从机械工业部收回了，香港回归问题现在已经谈了个八九不离十了，你还往哪儿跑?"两人说着把饭盒往唐蕊手上递过去。

唐蕊无可奈何地走向打饭大军，在队尾踅摸了不到一秒钟，便硬着头皮毅然决然地直接走到了卖菜窗口。

陈峻和钱浩宇两人一看，"呵呵，真是可塑之才啊。"

唐蕊走向窗口的这段时间，两边排队打菜的男生纷纷行注目礼，眼光那个齐啊，能把军训的教官气得立马脱下军装转业!

"同学帮帮忙好吗？我们宿舍一姐妹病了，我帮她打点饭。"排在窗口处的男生一听，毫无怨言地让唐蕊插队进来先买了饭菜。

"谢谢啊。"唐蕊抓住时机把两个饭盒递进窗口，不一会，满登登的饭盒捧在手里。临走，还不忘仁慈地咧开美丽的小嘴对那个善良的男生笑了笑，害得男生浑身筛糠不已!

唐蕊回到饭桌前，把饭盒扔到桌上说："哎呀妈啊，累死我了。"

"至于吗?"陈峻又高兴又心虚地问。

"你是不知道啊，那一道道目光能杀人啊!"陈峻心想，我能不知道？认识你之前，我的目光天天都在杀人。

趁着他们俩回忆感受的时机，钱浩宇叉起一块羊肉送进嘴里，津津有味地嚼了起来。

"猪啊你？我还没动筷子呢，你倒是不客气了。"唐蕊不客气地骂道。

陈峻发现钱浩宇吃得很香，经受不住诱惑也夹了一块送入嘴里，刚咬了一口，"哇"地吐了出来，大叫道："想不到世界上还有这么难吃的肉啊！以后我单位的员工要是犯错了，我既不让他写检讨，也不扣发他工资，我就罚他吃三天羊肉，看他再不老实!"

钱浩宇一听高兴地笑起来："那好那好，毕业了，我就当你的属下，天天都能吃羊肉了。"

三人嬉笑着吃了一会儿，陈峻发现沈丹枫竟然一个人就在离他们仨不远的地方不声不响地默默吃饭，而就在此时，又见张子轩拿着自己的饭盆腆着脸凑到了沈丹枫的边上，还解释着什么。

陈峻低声说："这俩最近好像有事儿啊？"

钱浩宇说："能有什么事儿啊？他俩本来就是过家家！不信我去侦查一下。"说完，好事的钱浩宇竟然拿着勺子走到沈丹枫身边。当他发现两人都没有买到什么好菜，就取笑说："你们俩怎么这么节省，一个荤菜都没有？"

沈丹枫一改往日的热情大方，根本不理钱浩宇，仍然只顾自己低头慢慢地吃饭。而张子轩却骂骂咧咧地抱怨说："哼！去早了不开饭，去晚了又没有好饭，只有白菜萝卜汤。这特么什么破食堂啊，我非到食堂门口贴张大字报去。"

"你叫上我，咱俩一块儿去！"钱浩宇说着，回到了陈峻他们饭桌，小声说："是不太正常。"

多少年后，张子轩也在猜测事情怎么就那么巧。第二天上午，只见各个教学楼及食堂门口果真像自己所说的那样贴满了"揭伙食科内幕，言同学们心声"的小字报。那景象，真是大有"千树万树梨花开"的味道。

有了前几次的经验，学校这次对于大字报的处理极其干净利索，基本就是三部曲：一清理，二威胁，三安抚。教务处和伙食科的几个老师满头大汗地骑车到处去清理这些"牛皮癣"，但却没想到教室里也会有。到中午时，校办就发出通知，晚上七点在东楼圆厅召开各系学生会各班生活委员参加的伙食科会议，讨论小字报所反应的伙食科问题。

对于土木八六的同学来说，这学期校园里发生的大大小小的事情，更加能引起他们的关注了。因为大三下学期开学后没多久，校、系学生会进行了一年一度的改选。这次，李文革名正言顺地当上了校学生会主席，张子轩和于文雍也毫无悬念地分别当上了建工系的宣传部长和体育部长，而刘洪涛则连任校学生会外联部长，王哲和吴凯也仍然分别把持着他们以前的社团职位，赵志强竞选上了校伙食科科长助理。

赵志强虽然担任着学校伙食科科长助理的职务，但食堂的大师傅们却从来不知道还有这么一个管他们的芝麻官儿，因此平时给他打菜时无论在菜品上还是菜量上都和别人没什么差别。可现在大家对伙食科有意见了，他也跟着沾光成了众矢之的，就好像他是伙食科安插在学生们中间的卧底一样。赵志强觉得自己夹在中间两头受气，窝囊透顶。现在要召开这样的会议，他当然想站在同学们的一边，尽可能多地收集同学意见，好在晚上的会议上表现自己坚定站在同学们一边的立场。但他不知道这只是他的一厢情愿，因为很多对伙食科恨之入骨的饕餮之徒对他根本不信任，而且他们还认为这个会议通知剥夺了他们直接批评伙食科的机会。

因此，当赵志强到 221 宿舍收集意见时，徐航首先开火了："你算老几啊，我亲爹都不能代表我自己，你啊，别占着茅坑不拉屎。"

"哎，徐航你怎么这么说啊，我哪儿做得不好，你可以提出来，怎么能这么攻击人呢?"赵志强虽说有所准备，但还是让徐航呛得脸上红一阵白一阵。

"别别，徐航，赵志强也很尽力，你这话说重了啊。"周烨拉住徐航劝道。

"当初选他是让他代表学生监督伙食科工作的，可现在看看咱们吃的都是什么猪食，伙食越来越差，他还有脸嚷嚷!"

"监督？你说得好听，我一个学生能指挥学校的伙食科？我给学校提了多少建议你知道吗，你凭什么不调查就骂人啊?"赵志强委屈得满脸通红。

赵志强到底是干过团支书的人，即使心底里气冲霄汉了，也能在言语上把握分寸，让人不得不佩服这小子对荷尔蒙的分泌控制得恰如其分。徐航也不再和他争论，坚持自己要参加会议，两人不欢而散。

晚上的讨论会火药味十足，大家踊跃提出了反映强烈的几个问题。一个好像是低年级的学生一开始就大声说：“请问食堂能不能把石子搀米饭改成米饭搀石子？虽然只是词语的简单调换，但米饭的性质是完全相反的哦！因为按照咱们食堂目前的搀加量，恐怕鸡吃多了也不消化。”大家哄堂大笑起来，并对此问题给以热烈的掌声。

伙食科常科长刚想回答，徐航却等不及似的站起来又把伙食科好一顿“表扬”：“咱学校的包子挺实惠的，足有十厘米，提个建议哈，能不能把以前吃八口还见不到馅儿的包子改成咬四口就能见着馅儿？面粉其实也挺贵的啊！”

常科长这回立即答复说：“这种情况可能存在，因为我们现在包子、饺子都是机器包，我们以后想办法选择合适厚度的包子皮。”

一个八七级的哥们对伙食科人员的道德提出了强烈质疑：“我上周买了份菠菜粉条，吃到最后才发现盆底儿的一条蚯蚓肿胀如小手指。请伙食科的师傅们以后有点爱心好不好？发现锅里溺水身亡的蚯蚓和蟑螂最好及时打捞上岸！等我们学生从盆里发现的时候肯定已经对它们回天乏术了！”

对于这些从全校选出来的学生代表所提出的刁钻古怪的问题和无情批评，伙食科常科长根本无力招架。赵志强一看常科长尴尬地下不了台，觉得到了自己救场的时候了，立即站起来，也提问说：“请问科长，刚才有同学提出大米质量非常不好，但为什么现在每斤饭票的价格反而从0.2元提高到0.23元？”

常科长这回显得胸有成竹：“同学们，我们的价格是根据成本计算而来的。现在，燃料、运费及其他必需品都提价了，比如燃煤，1985年才每吨 28 元，可现在呢？你们猜都猜不出涨到了多少？76.8 元一吨！不过同学们，也有好消息要告诉大家，从下月起，学校将给每名学生发放四元肉油补贴！”

虽然之前常科长尽可能做到坦诚地回答和解释，但学生们却不买账，只有这个答复，才是稍微让人高兴一点的消息。

质询会好不容易结束，常科长以为过关了。哪知道第二天早上，小字报换成了一张大字报：《对常乐科长的几点质疑》，并写了副对联：伙食科欢声笑语常常乐，同学们饥寒交迫精精瘦。横批：加油。

更好笑的是，每次的大字报都有一批专搞批注的人，这次也不例外。有位高人在横批后边用钢笔写上了“我要吃肉”几个血淋淋的大字，看得女生们毛骨悚然！

张子轩突然来了灵感，想这件事有没有可能成为自己文章的素材，但细一琢磨，好像和整个农工大的命题有点格格不入。他正想将此事当成一个插曲就此略过，又突然想起《群言》报新上任的总编前几天还言辞恳切的向他约稿，而一个“记者”的敏感和责任心也让他无法就此罢手。他决定停下原来文章的谋划，不厌其烦地从原材料采购渠道和价格、食堂的内部管理等方面深挖狠掘，再弄出一篇有关食堂饭菜质量的深度报道来。

子轩向文雍提出这个建议后，文雍虽然不是很情愿，但想想这事儿也是和自己息息相关的，难不成让别人说自己的思想境界还比不上老七的高尚？再说，这也是件“搂草打兔子”捎带干的活儿，于是同意协助他去写伙食科的调查报告。

很快，一篇中规中矩、公正客观调查报告在《群言》报上登出，文章从伙食科最近几个月的粮款销售收入和成本支出账目入手，在盈亏比例、开饭时间、服务态度、饭菜质量等方面进行了全面的报道，有事实、有分析、有建议。在风口浪尖之时，这篇文章确实起到了平抑民怨的作用。

校团委对此文极其满意。在评报会上，团委汪书记对《群言》报编辑部的人员语重心长地说：“同学们，这是新总编上任之后挖掘的又一篇有分量的作品啊。我们编辑部决不能鼓励那些乱喊乱叫的钻天鹞，而是需要这些脚踏实地办实事的好编辑、好记者。对于当前一段时间以来，同学们中间发生的一些过激言行，我们一定要充分发挥因势利导的作用。事实证明，同学们是关心学校建设的！也是爱着这所大学的。所以，党委宣传部、校团委准备在近期搞一个

‘我和农工大’的征文大赛。呵呵，今天，算是违反原则提前给大家透露个秘密，我们在座的这些笔杆子们一定要好好准备，踊跃投稿，而且争取获得好名次啊。”

张子轩、于文雍心里都是一喜：刚刚策划一篇文章，学校就准备来一个征文。原来还发愁，写完这么一个长篇大论往哪儿交呢。现在可好，整个儿一个量身打造。张子轩的感激之情无以言表。

果然，没过两天，学一食堂和共青楼前都贴出了征文大赛通知，主办单位是校团委和校学生会宣传部。回到宿舍，于文雍兴冲冲地对张子轩喊道：“嘿，老七，看来这次是真的了，咱们这叫吉人自有天相，弄好了，获奖的钱够咱们喝两周酸奶的，也算是犒劳咱们几个这些天的劳苦奔波啊。”

“看来你这人也没啥远大目标，两瓶酸奶就满足了？怎么地还不得两瓶雷司令香槟啊。”子轩笑着说，撂下书包就坐到书桌前，翻出稿纸开始写作，边写还边伸手抓起一把胡大瓜子来。

“哎呦，要不说你们哥俩也就只配做老六老七呢。要什么酸奶香槟，虚头巴脑的。我看不如赏我们吃两天红烧排骨来得实在。”老五章明捷这家伙除了吃没别的。

“行，老五，管你两天红烧排骨没问题。可眼前你还得先伺候伺候我。”子轩端起架子对老五说。

“干什么啊？”老五问。

“怎么这么没眼力见呢？没看我嗑瓜子嗑得口干舌燥的啊。去锅炉房打壶水来，给我沏杯茶！”子轩支使老五道。

“嘿，你还真拽上了！你咋不叫老大去呢，这活儿不是他承包了吗？”老五推脱道。

嘻嘻哈哈之际，张子轩忽然觉得自己高兴得有点太早了，因为截稿日期只有半个月了，虽说现在初稿已经出来了，可修改、润色、定稿也是费时间的细活啊。即便定稿了，这三四万字重新誊写一遍也要个把星期吧？这可如何是好？

子轩觉得光靠自己誊写肯定来不及，只能多找几个人帮忙誊写。

他仔细地捋了捋班上同学，钢笔字儿写得既好且快的只有王哲、陈峻等三四人，而像章明捷之流的少数几人，字儿写得只能去当医生开处方。

子轩找到陈峻要他帮忙抄写稿子时，这小子想也没想就痛快地答应了下来，可接着就提出了一大堆条件：一要酸奶，二要替他打开水，三要替他洗衣服，基本上把唐蕊对他的折磨全部转嫁到了张子轩的身上。最可恨的是，按照班上这几年同学们之间的潜规则，袜子和裤头是不包含在代洗之列的，这小子这次竟然要把这两样也包含进去。

子轩很生气，觉得这买卖极不划算。他忍不住用家乡话骂道："狗日的！我原来一直觉得你小子这么英俊潇洒，应该是一个高尚的人、一个脱离了低级趣味的人、一个不吃拿卡要的人，可现在看来，你也是个趁火打劫之徒，老子不要你誊写了行不行？"

"哈哈哈，不行！我已经答应了！咱俩已经成交了。正好还赶上要搞文明宿舍评比，你就算替我们宿舍做点贡献。"陈峻依然厚着脸皮坚持道。

"你怎么想得那么美呢！我吃里爬外把你们宿舍弄得整整齐齐评上一文明宿舍？那我还不得被我们宿舍几个哥们大卸八块！"

"你就不能找外援把丹枫叫过来帮你拾掇拾掇？"

"谁是丹枫？她和我有什么关系吗？"子轩很正经地问道。

第二十五章

一屋不扫何以扫天下

悄然逝去的大学时光

文明宿舍评比

图书馆毕业设计

大三的这个暑假依然像往年一样带着潮湿而躁动的气息，也依然似往年那般在不知不觉中溜走。当子轩踏上返校归程的一刹那，才像在梦中惊醒一般：大四已经到来了！他的心突然收紧了，蓦然回首，发现大学的时光已经被自己在挥汗如雨的舞场和吆三喝四的牌场上挥霍得所剩无几。

开学后没几天，上学期的征文大赛揭晓了。张子轩、于文雍和刘洪涛的合著毫无悬念地获得了一等奖，可奖品却让他们大跌眼镜——每人仅仅一个价值15元的公文包！宿舍里的人拿着他们的新公文包评价着、羡慕着，章明捷已经开始催着要张子轩兑现请客的承诺。张子轩对这个结果虽多少有些欣慰，但却不像其他人那般兴奋，他甚至想等哪天见着汪琼老师了一定要对她的抠门儿提意见。

218宿舍的人正在闲聊着的时候，陶玉和肖怡华敲门进来。

肖怡华一进门就叽叽喳喳地恭喜道："张子轩、于文雍，祝贺你们获大奖啊！"

子轩客气道："谢谢，谢谢，这才多大点事啊，大惊小怪的。"

肖怡华说："对我们来说这是鸿篇巨制啊，《群言》的王总编说要连载呢！正好下期是我主编，能不能走个后门，让我首发啊？"

于文雍说："稿子都在汪老师那儿，找她要就行了，我估计子轩他俩也没意见吧。"说着，转头问子轩道："对吧？老七。"

子轩笑着对肖怡华和陶玉说："我们当然高兴了，以后《群言》报的大梁就要你们去扛啰！"

"那说好了，就这么定了。"肖怡华自己给自己吃了颗定心丸。

陶玉又说："还有呢，你们知道吗？党委宣传部筹拍的校园电视剧要开机了，我们已经报名到剧组服务，你们几个有没有报名的？"

王哲说："我们报名参加什么啊？演员肯定当不了，干剧务？场记？"

张子轩也附和说："咱们哪有时间啊，毕业设计刚刚开始，还一点头绪都没有，忙得一团糟，我还正打算辞掉一切社团活动呢。"

陶玉和肖怡华听大家不想参加，显得有些遗憾。她俩和几个男生打了声招呼，就要离开。子轩赶忙客气地去送她俩。

子轩送走两个女生，回来时似乎很失落。刚才提到辞掉社团活动时，他就突然有些不舍和留恋。他想起了和大家一起组稿编报的日日夜夜，想起了和林娜他们在广播站直播英语节目的紧张和兴奋，想起了和李文革他们一帮学生会的同仁去机械部为校舍归还问题据理力争，想起了和王哲他们编导话剧的点点滴滴……。他这才觉得自己在打牌、跳舞的同时，似乎也做了不少值得回味的事儿。可以后，他就要和这些愉快而充实的时光告别了！

他不禁慨叹起这易逝的大学时光："怎么转眼就大四了？这大学就像……就像什么似的过得也太快了吧！"

王哲可能也早有感慨，接上话茬说："要我说，这大学的时光啊，就像个小偷，偷走了我们的青涩和单纯，却留下了单身。"

章明捷说："我说这大学时光，就像批发的方便面一样不经吃，啃着啃着就只剩下面渣儿了，但越是面渣儿，嚼起来越香！"

于文雍插嘴道："呵呵，你们就不能打个好听点儿的比喻么？比如说这飞驰的时光，分明就像少女脸上一抹娇羞的红，美丽而短暂。"

张子轩仿佛受到了启发，他抓起床上的一卷卫生纸扬了扬，用他那惯常的玩世不恭的态度总结性地说："狗屁！我看这大学时光啊，最像这卷卫生纸，一开始看着挺大的一卷，用着用着就没了。"

"呵呵，"大家都笑了起来，觉得子轩这比喻虽然粗俗但却极为贴切。

正在此时，钱浩宇进来一本正经地告诉大家："下周开始搞文明宿舍评比啊，每个宿舍都要马上行动起来，大家以后不要再说这些粗话和口头禅了，争取咱班上能有一个宿舍被评上。"

张子轩立即不满地抱怨："还真要搞啊？一个学生宿舍搞得这么规规矩矩有什么用？又不是结婚的新房，更不是部队的营房。咱们都是放眼世界的人，岂能拘于小节。"

王哲听了，嘲讽张子轩道："你小子啊，就过了一个暑假，差别怎么就这么大呢？以前沈丹枫常来宿舍，看把你勤快的，被子铺得整整齐齐，屋子里稍微有点怪味，你就恨不得满屋喷香水。现在呢，丹枫来得少了，你就认为咱宿舍整日烟雾缭绕，瓜子皮一地，臭袜子和脏衣服一盆又一盆都是天经地义的了？"

提到沈丹枫，子轩觉得就像揭了他的伤疤一样，内心一阵疼痛，但嘴里却本能地争辩道："我再次重申一遍，能不能不再提以前！此一时彼一时，那时候是小资产阶级思想严重，太看重虚浮的外在美。刚才，你们还感叹了一番大学时光如白驹过隙，所以，同学们！咱们在剩下的时间里，一定要以天下为己任，扑下身子搞学问啊！你说，有整理宿舍卫生这闲工夫，咱还不如去把毕业设计好好画画呢。"

"好一个不要脸的'以天下为己任'！你说，一屋不扫何以扫天下？看看现在的宿舍卫生，比咱们大一时差远了！难道我们读了四年大学，就学会了邋遢不成？"王哲虽然知道子轩的话有些开玩笑的成分，但他还是忍不住和他较起真儿来。

这时，一向不参与个人评论的老大竟然也帮腔说："我看是要促进一下宿舍卫生和个人管理了。我天天一簸箕一簸箕倒瓜子皮的事儿就甭提了，你就单瞧瞧咱们宿舍的暖瓶吧！大一时可是崭新的七个，现在呢？就剩下那咣当响的俩儿！"

"咦，老大，你这话几个意思我就搞不懂了。你是嫌我们把你压迫太久了，打扫了三年宿舍卫生把你累着了？还是觉得以前一手拎着两个水壶特得劲儿，而现在一手只能拎着一个就觉得特不踏实了呢？"章明捷戏谑完老大，转身又对张子轩说："老七你警醒吧！连老大都看不惯你了，你说你激起了多大公愤哪！"

张子轩反击道："喂喂，这怎么都成我的事儿了？你说说谁抽烟抽得多？瞧瞧你那牙齿，焦黄焦黄的跟吃了巧克力似的。再说吃瓜子儿的事儿，就你，天天吐瓜子皮儿跟脱粒机似的。你还好意思说我？"

"甭管怎么说，我是一如既往，也不是从现在开始的。你可是最近才来添乱的哦，而且还是在这个大家都在进行爱国卫生运动的当口你顶风而上，怎么说也不能算你有理吧？"

"这样吧，老七，我们也没别的要求，只要你以'沈丹枫明天就要来宿舍参观'为假想目标整理好自己的床铺就行。"王哲出来规劝道。

张子轩觉得犯了众怒，嘟囔道："整理整理没问题，可咱提前说好，评不上不关我什么事啊！"

学校的文明宿舍评比活动分为几个阶段，先是要求班级自查，将班级先进宿舍推荐到系里，各系评比后，再将前两名推荐到学校，参加全校文明宿舍评比。评比标准至少有以下几个方面：宿舍整洁卫生，言行文明礼貌，学习气氛浓厚，同学关系融洽。好的要奖励，坏的要惩罚。

按要求，班上专门成立一个考核小组。为防止营私舞弊，每个男生宿舍推荐一名成员，于是 218 宿舍的王哲、219 宿舍的钱浩宇，

221宿舍的周烨组成了一个三人小组。

第一步当然是宿舍感官评比。考核小组一行三人刚进219宿舍，就被其整洁程度“镇”得大吃一惊，只见脸盆摆得整整齐齐，三个水壶摆在靠窗的桌子上，每人的床铺叠得方方正正。就在大家高兴点评，钱浩宇也觉得势在必得时，周烨却闻到一股时断时续飘忽不定的臭袜子味儿。周烨下意识地往床底下瞅了瞅，除了几个干干净净的空脸盆和刷得干干净净的鞋子外，别无他物。可这臭味儿从哪儿冒出来的呢？心细的周烨终于从孙鹏辉的枕头底下发现了臭袜子。陪同的钱浩宇赶紧对周烨使了个眼色，周烨笑了笑：“呵呵，不要紧，就一只袜子而已，洗了就没事儿。”钱浩宇恨恨地说：“周烨，毕业了你要不去干刑警，就可惜了你这狗鼻子！”

检查完毕后发现，三个宿舍的整洁卫生程度几乎不相上下。但218宿舍凭着章明捷精心伺候的金边吊兰和老大摆弄的文竹还是略胜一筹。其他几项评比，各宿舍也是各有千秋，比如221宿舍语言文明，那是有目共睹，可刘洪涛、潘皓等人给人感觉学习劲头不足，还有补考现象，这是硬伤啊，估计谁也不好意思把他们推荐到系里。最好的要数218宿舍，四个方面均获得了大家的普遍认可。可就在要把名单报到系里时，有人向周烨提出，张子轩语言不文明，经常有南方口音的京骂爆粗口！三人合议后认为情况属实，就这样，218宿舍煮熟的鸭子又飞了。

考核小组把问题反馈到218宿舍，张子轩一听是因为自己语言不文明而拉了宿舍后腿，实在咽不下这口气。他跑去找周烨评理说：“这都谁特么背后使坏，看人进步就眼红！他要说我体育锻炼不积极我也认了，可我哪儿说话不文明了？叫他出来当面指证。”

周烨笑骂道：“你看看，还说你文明？你现在不带点口头禅都不会说话了。这事儿，我看一点儿没冤枉你！再说了，这次丢了文明宿舍也不是什么大事，以后注意就行了。”

张子轩被驳得哑口无言，怀着一颗内疚的心蔫了吧唧回到宿舍，看见几个哥们各人忙各人的互不搭理，而王哲和虞卫军正收拾书包和丁字尺准备去图书馆。他赶忙过去搭讪道："老三，你说这谁特么眼红在背后捅咱们宿舍一刀，真缺德是吧！"

王哲和虞卫军竟然眼皮也不抬一下，挎上书包就走。

"喂喂，这啥意思？你们不至于吧！"张子轩边说边往马昊然身边凑过去，指望着下铺的弟兄说句公道话，没想到马昊然和章明捷已经开始下棋，对其毫不理睬。再看于文雍，坐在上铺靠着墙，戴着耳机听英语。子轩这个郁闷啊，将救命的最后稻草抛给了老大郑伟诚。却见老大正以其招牌式的弥勒佛形象盘腿打坐练气功，并"念经"道："全身放松，面带微笑……全身放松，面带微笑……"

子轩走过去，推了推老大："嗨！我说……"

没想到老大真像一闭关修炼的千年老妖精一样，丝毫不受外界干扰。子轩又推了一把，老大依旧闭着眼，只不过咧了咧嘴，露出一个蒙娜丽莎似的神秘微笑。

"啊！"子轩绝望地抱着头大叫一声，抓起书包破门而去。

校园里秋意已浓，学一食堂西边1号楼前那排黄金树时不时掉下宽大的枯黄的树叶，一片、两片……路边日渐枯黄的小草几乎被这树叶盖得无法露出真容。而就在这枯黄之中，竟还让人惊喜地看到几丛喇叭花，虽然花的颜色只有白色和紫色两种，但白的素雅，紫的娇媚，因而显得格外扎眼。路南侧绿化带里的冬青却还是那么郁郁葱葱，偶尔，在葱绿中也会蓦地伸出一串叫不出名的细小的红红的果实。那红，娇艳欲滴。间或种植的几棵槐树底下，落在地上的是花蕊一般软软的树叶。

看着一路的秋色，子轩突然觉得，大学的时光多像现在的季节啊，这深秋是一年过去了四分之三，而我们大学的时光不也刚好溜走了四分之三吗？人们常说，秋天是收获的季节，可他自己在大学的果实呢？进入大四以来，似乎生活完全和以前颠倒了个个儿。先是与沈丹枫经过一个暑假的隔绝之后，两人的关系跌至冰点，虽未彻底摊牌，但几乎互不来往，这已经让他觉得生活瞬间失去了夏日绚烂的色彩。本来想就此回到宿舍这个大家庭来，哪知道回归的第一个亮相就没给宿舍长脸，惹得几个哥们似乎都不想理他了，一时间觉得自己像个孤儿。

张子轩在图书馆设计室天马行空想着的时候，其他同学也陆续进来了。其实毕业设计已经进行了一段时间，子轩和王哲、钱浩宇等十人一组的课题是一个集体宿舍的设计。这些天，几个人总是泡在图书馆查资料，讨论方案，晚上先回宿舍打两个小时桥牌放松心情，然后又去设计室“工作”到深夜。一周后，王哲他们终于讨论决定参照杨廷宝建筑设计作品集的一个工程，选取的建筑外形类似于清华大学的明斋，呈L形，四层结构。建筑平面、立面确定下来，后面的结构计算就紧锣密鼓地进行起来。

钱浩宇他们觉得，毕业设计的这点进展所带来的欢悦远远比不上他们最近的一大新发现：原来图书馆前面的教工食堂也选择性地对学生开放。所谓选择性，是指大师傅们一般只把饭菜卖给看起来是大四的学生。而是否大四的判断标准，全凭大师傅的感觉。如果感觉你少年老成、油嘴滑舌，恭喜你，你就可以买到可口饭菜了。如果你看起来青涩幼稚、缩头缩尾，对不起，你赶快回大食堂排队去吧。毫无疑问，如果钱浩宇他们都不能让大师傅判断为大四学生的话，那就不会再有学生能在这儿买到饭菜了。几天教工餐吃下来，张子轩他们感觉到生活无限美好，因为这儿的饭菜实惠不说，关键是不像学生食堂那么拥挤，再加上菜的口味也好，尤其是一块钱一份的葱爆肉，那个香啊！张子轩只要想起来哈喇子就会流到图纸上。

这天傍晚，钱浩宇端着刚买的晚饭边吃边进图书馆，看门师傅不知从哪儿串出来拦在门口：“喂，不行不行，不能进啊。”

“怎么啦?”

“图书馆不让带饭进去。”

“什么时候规定的?”

“早就规定的。”

“可我们也不知道啊，登报了吗？上电视了吗？贴公告了吗?”钱浩宇边抬杠地说着，边想继续往里溜。

“嗨，说不行就不行嘛，你这同学怎么这样。”老头干脆拖过凳子坐在门口，想来个一夫当关万夫莫开。心说，看你牛还是我牛，可他哪里知道，他碰到的是钱浩宇——一个介于牛 A 和牛 C 之间的人！

“好，你不让进，我在门口一粒一粒地吃。”

老头起初还一副“你就是半粒半粒吃也不关我屁事儿”的架势，可眼瞅着十分钟过去了，十五分钟也过去了，钱浩宇还在一如既往地重复着数米粒儿的动作，把个看门老头都纳闷儿得要了命了：怎么就有这么执着的人呢。老头很想较劲，可自个儿的肚子不干了，一下午跑来跑去抓这些不自觉的学生，那运动量不亚于在老家地里割两亩地的麦子。本来打算早点去吃饭的，哪知道还碰见这么一倒霉的主儿！算了，识时务为俊杰。

“我看你学习态度倒是挺积极的，今儿就让你进去吧，下不为例啊。”老头说了句找台阶的话，自己也奔食堂而去了。

钱浩宇拿着饭盆，脸上挂着胜利的微笑走进了图书馆。

第二十六章

放在心里彼此珍重

主楼绘图室

主楼小花园的冬夜

主楼屋顶的畅想

在设计计算阶段，图书馆绝对是一个好去处，资料丰富自不必说，主要是安静。可到了画图阶段，就觉得图书馆简直就像牢房一样，一是晚上到点必须闭馆，二是这儿禁止抽烟！尤其是这第二点对于绘图的人来说是绝对不能忍受的，因为似乎只有闻着烟味，他们才能准确地选择粗细不等的针管笔；也似乎只有让烟灰时不时地掉落在图纸上，然后挪动丁字尺，潇洒地轻轻吹掉，他们才能体验到未来建筑师的风范。

痛定思痛，大家商量转战主楼绘图室，小组里唯一的女生孔海琳更是赞成，因为她知道，其他女生差不多都在那儿搞设计。等大家搬进主楼绘图室一看，班上其他几个毕业设计小组已经在此安营扎寨了，有好些天没曾见面的那些女生们也几乎悉数在此。于是乎，大家叽叽喳喳一阵寒暄。男生们更是觉得龙游大海，自由自在。

钱浩宇和李文革几个烟鬼在主楼相见，分外眼红，当然这也让每天的香烟耗用量激增，往往不到晚上十点钟，几个烟鬼的存货就基本告罄。而每到此时，女生们总是可以看见时不时有男生低头在地板上寻找着什么。孔海琳开始还以为他们是在寻找不慎掉在地上的橡皮擦和铅笔呢，竟然傻乎乎地要把自己的橡皮擦给他们用。后来沈丹枫告诉她说他们是在找地上的烟头，想捡起来重新点燃吸一口，孔海琳听了于是忍不住毫无顾忌地大笑起来。

但往往天不作美，男生们找到的烟头都是短而又短的，根本无法“复吸”。于是钱浩宇和章明捷、李文革等又相互大骂：“你们这些烟鬼怎么都那么会过日子呢，烟头不抽到烧着嘴绝不撒手”！还有的男生烟瘾上来后实在难受，就把烟屁股捡起来，管它能否点着，凑到鼻前，闻一闻，便觉一股浓香让人神清气爽。于是，刚才还在冥思苦想如何才能画出来的那些墙身大样图、框架配筋图，瞬间就在脑海里清晰浮现出来。

浩宇今天吸取往日的教训，学会了精打细算匀着抽，使得一盒良友挺到现在居然还剩两根。当教室里烟雾渐渐淡了下来的时候，几个男生不安地躁动起来。几个人探头你看看我，我看看你，相互想从对方身上找出一根救命烟来，可看到的都是一脸苦相，大家只得继续无奈地低头工作。钱浩宇忍了老半天，终于忍无可忍了！决定向剩下的两根香烟下手。他刚掏出一根放进嘴里，还未点燃，就发现陈峻在一旁就像乞丐似的眼巴巴看着自己“求打赏”。钱浩宇脑子一激灵，突然意识到，如果让同学们知道他烟盒里还有一根，教室里一定会引起一场混战。到这个熬夜的时间段，香烟俨然就是命根子啊！钱浩宇这厮竟然大胆地使用了一个空城计，将装有最后一支烟的烟盒轻轻捏了一下，随手大咧咧扔到地上。

钱浩宇找陈峻使了个眼色要火柴时，陈峻这小子趁机要挟道：“你一口我一口啊!”浩宇看了看陈峻吃人的眼神，无奈地点点头。当火机“嘣”的打火声清脆地响过之后，章明捷、李文革等一干人就像晚上忠实而警觉的看门狗听见了异常动静一样，齐刷刷地朝钱浩宇这边看了过来。钱浩宇知道大事不妙！他赶紧先使劲深吸了一大口，那红红的暗火烧出来差不多两厘米长的烟灰，气得陈峻和章明捷们纷纷跑过来骂着扑上去就抢："抽这么大一口，也不怕呛死你！"

张子轩本来不属于烟鬼系列的，但和沈丹枫处于分手边缘后，他也开始用烟雾来麻醉自己。

沈丹枫看这态势知道鼻子又要遭罪，对男生们抗议道："你们就不能不抽烟吗，一点也不顾及我们女生的感受。"

钱浩宇就解释说："不是我们不想少抽，而是不抽的话，画不出图啊，你总不能说我们站在一边玩儿，全让你们替我们去画吧。"

一支烟抽完后，几个人好歹又坚持画了半小时，就又陷入下一轮的无烟烦躁中。钱浩宇经过艰难的思想斗争，终于忍不住弯腰把那个烟盒捡起来，掏出了最后的一支烟来。

一屋子的男生不禁都朝这根烟看过来，钱浩宇立即成了人民公敌！大家伸出手指头气愤地指着浩宇，几乎要戳破他的额头。章明捷骂道："临毕业了才认清你的本质！原来是这么一个卑鄙小人。想当初，哥们千辛万苦带着极品香烟主动请你品尝，而今你竟为了自己痛快一会儿是一会儿，置哥们生死于不顾！"

浩宇死皮赖脸地笑着说："都这时候了，谁还顾得上谁啊？这可是救命烟啊。"

章明捷、李文革等一帮人又不约而同地围过来想抢烟，浩宇边朝门外跑，边像电影《望乡》里的阿崎婆一样大叫着："别抢！别抢！一人一口，排好队。"

张子轩也准备要跟出去抢烟抽，沈丹枫走过来，轻轻敲了一下张子轩的绘图板，转身走出教室。子轩看着丹枫的背影愣了一下，有那么一两秒，他恍惚回到了在修理楼晚自习的那个雪夜。那天，她也是这样轻敲他的书桌，然后有了他们的初次拥抱……

此刻，子轩在心里大声地抗争说："我凭什么每次都这样乖乖跟你出去？"可很快他就发现，自己此前定下的再也不和她来往的千条规矩万条禁令瞬间化为乌有，他还是鬼使神差地随她走了出去。

明亮的月光让主楼前的小花园清冷而静怡，两人隔着一尺的距离不远不近地走着，好半天了，谁都没有开口说第一句话。他们似乎都知道，这次约会，就是他们的告别。子轩不禁又想起他们第一次拥抱的那个雪夜，虽然激情似火，但却天寒地冻，让他怎么也不觉得那晚是一个浪漫的约会之夜。今天呢？月朗星稀，夜深人静，主楼的小花园真是一个再适合不过的约会场所。然而，它却偏偏即将成为一个分手的伤心地！

丹枫上去拉了拉子轩的手，子轩竟然有点不习惯地甩了一下，但没甩掉，还是被丹枫执拗地抓住了。丹枫站在子轩的面前，微微仰着脸，面对面固执地望着他，轻声而又镇静地对他说："子轩，你后悔我们曾经爱过一场吗？"

子轩没有回答，望着眼前的明眸，两年相爱的时光像电影一样在脑海中闪现。他想起在北师大搂着她跳舞时，也是这双明眸，所流露出的幸福神情；他想起第一次吃完她买好的早饭回到教室时，坐在前排的她，也是这双明眸，流露出的对他的温柔……。可现在，一切的一切都过去了！面前的这双明眸，看似在眼前，实际上已经遥不可及。

子轩此时的心情分明就像那首歌里唱得一样：

你的眼睛默默地告诉我
爱情已到了尽头
就像秋风吹落的黄叶
再也没有感觉
就这样就这样
悄悄地离去

只留下只留下
淡淡的一句
爱你依然没变
只是无法改变

彼此的考验
只有只有分离
让时间去忘记
那一分缠绵

子轩觉得无法回答丹枫的问题。自己后悔吗？可是为什么要后悔呢？他们都是那么诚挚，那么热烈，也都是那样纯真地快乐过。可真的没有后悔吗，尤其是决定了分手之后？好像也后悔了，后悔自己对青春的草率，后悔自己当初明知结果却偏要飞蛾扑火，后悔自己对同学们的忽视。

“你呢？”张子轩竟然用这两个字生冷地挡了回去，可说完他就觉得自己有点像懦夫。别说是曾经的恋人，就是对一个同窗四年的同学，难道还不该敞开心扉吗？子轩正想毫无保留地在这个分手之夜，向丹枫痛快地说出他曾经的欢乐和幸福、苦闷和彷徨，沈丹枫却说：“什么都不用说了，我们都别回答了，还是放在心里，彼此珍重吧！”

张子轩觉得胸前被人重重一击，隐隐作痛。这话，在张子轩看来似乎有好多含义，要把什么放在心里？是把对方的付出和爱，也是把对方这个人！

两个人默默地分开手，默默地向主楼走去。

子轩回到主楼屋顶时，几个抽烟的男生正在瞎聊。陈峻气不过地问钱浩宇：“太相信你了，看你扔烟盒扔得那么决绝，谁知道你还私藏香烟？早知如此，我把地上的空烟盒全部检查一遍就好了。看来宁可错捡三千，也不能遗漏一个空盒啊。”

“你忘了你还教导我们要细心观察呢，你以前啥时候见我这么完整地扔过烟盒？”

张子轩走过去，木讷却又命令似地对浩宇说道：“给我支烟！”

钱浩宇并不知道刚才在子轩身上发生了什么故事，他像看见外星人一样笑了起来：“排骨，都这会儿了你还要烟抽，烟屁股也没了。我说你小子刚才干嘛去了？你没见我们为了一口烟打得快跳楼了！”

子轩突然大声吼道：“你们特么的倒是跳啊！怎么不跳啊？你们不跳我跳！”说着转身就朝楼梯方向走去。

大家被子轩的吼叫吓了一跳，章明捷觉得老七这小子今晚神经兮兮的不对劲儿，对钱浩宇他们说：“你们帮我收拾下图纸，我得跟着他，可别出什么事儿。”说完去追张子轩。

几个人对张子轩的事儿唏嘘感叹了一番，钱浩宇又转到设计的话题上说：“你说咱们这么夜以继日地设计画图，以后真能按图盖起楼来就好了，那该多有成就感啊。等咱们以后毕业工作了，要是一人也能分一间这样的宿舍就更好了。”

“呵呵，你就这么点出息？告诉你吧，这种宿舍肯定能住上，而且，以后咱还能住上一百多平方米的大房呢。不光如此，说不定十几年后，北京的地标建筑都是咱们设计施工的呢！奋斗吧，朋友！”王哲豪情满怀地说道。

“对，到那时，哥们请你们到我家客厅，天天都抽 KENT 和红塔山。”李文革雄心勃勃地说，“而且吃饭至少喝两瓶酸奶。”

“酸奶算个屁！我顿顿饭都是红烧肉、葱爆肉！不行，光葱爆肉不解馋，来个肉炒肉！”钱浩宇仍然离不开吃肉，他的这番憧憬让大家兴奋地笑了起来。

在 20 世纪 80 年代即将过去的这个夜晚，这几个马上就要完成毕业设计图纸的年轻人，站在主楼的屋顶，遥望苍穹，勾画着一个比一个更实际的蓝图，心中充满了对未来美好生活的无限向往。

第二十七章

一年之计在于春

早春的运动场
初恋不懂爱情
毕业民主评分会

20世纪 90年代的第一个春天，是在不经意间来到的。

早上不到六点，习惯早起锻炼的钱浩宇来218宿舍喊王哲、虞卫军一块去操场，看见大家都已醒来，准备起床，唯独只有张子轩在上铺睡得正香。浩宇奇怪地说：“子轩最近不是重新做人，挺能早起的了吗？今天怎么了？”

浩宇原来一直觉得子轩这小子在睡懒觉这件事上太有毅力了！简直可以用坚忍不拔来形容。要知道，一个人睡一两个学期懒觉那不难，难就难在他大学四年都能一直坚持睡懒觉！而张子轩，似乎已经做到了把有限的生命投入到无限的睡懒觉之中，这就是最高境界。严格来说，子轩从大二开始，是早起过几次的，但王哲和于文雍通过概率统计分析认为，子轩纯粹是个无利不起早的家伙，因为他是否早起锻炼，完全取决于他和沈丹枫的关系亲疏，就像他收拾宿舍的勤快也完全取决于他和沈丹枫的关系亲疏一样。关系甜蜜的时候，早起晚归，披星戴月；关系冷淡的时候，晚起早归，昏天黑地。在和丹枫彻底分手后的一段时间里，睡懒觉对他来说似乎更加是天经地义的了。

在外人看来，子轩和丹枫分手似乎没有什么具体的原因。但在同宿舍的老五、老六看来，子轩的小肚鸡肠及丹枫的活泼大方注定了他们是无法走到一块儿的。子轩巴不得丹枫对待他要像春天般温暖，最好天天和他腻在一起做个小女人，而对其他的男生一定要像秋风扫落叶一样不露笑脸。但丹枫却偏偏与此相反，与他张子轩在一起时总是一本正经、不冷不热，而与其他男生们在一起时，却像飞入林中的小鸟一样欢乐地叽叽喳喳，有时甚至还恨不得与男生们称兄道弟。

在上学期末明捷陪着他从主楼回到宿舍的那个深夜之后，子轩很长一段时间神情落寞、无精打采。明捷和文雍再三追问他为什么分手，子轩才愤愤地胡诌："你说她成天和 221 宿舍的周烨他们一伙人打得火热，还有一点女生起码的涵养吗？这样的女生我还能和她持续下去吗？她竟然还好意思隔三差五地拿考题考我！"

文雍奇怪地问："考你？看不出丹枫逼得这么狠啊，业余时间也考你功课？那你俩完全是像老四他俩一样的互帮互学的好情侣啊！"

"她那是考功课吗？她一遍一遍地问我要是她和我妈一起掉到水里，我会先救谁？你说这高考题还一年一换呢，怎么这些女人代代相传的就这么一个问题啊？我都烦死啦！"

文雍和明捷会意地大笑起来，文雍揶揄道："这是不是谈恋爱的男生都必须要通过的一道考题？我倒觉得还是不换的好，不换的话大家还能有所准备，互相交换一下答案。"

明捷也说："对啊对啊，老七你有什么标准答案吗？先教教我们，有备无患。"

"什么标准答案啊？这些女生的评判标准各不相同，但有一样却是相同的，那就是很少有男生的答案能让她们满意的。一开始我还认真地承诺一定先救她，可她三番五次地问，那天我可真火了，很干脆地说我先救我妈，你找 221 宿舍的男生救你去！"

文雍和明捷都瞪大了眼睛，觉得这小子确实吃了豹子胆了！从来没见他这么爷们过！难怪沈丹枫要和他分手。

同宿舍的哥们见他果真回到这个大家庭中来，竟然纷纷对他重新恢复自由之身表示祝贺。在分手后的一个来月，张子轩身体是回来了，可整个一行尸走肉，就没见他怎么清醒过，只是天天买烟抽、找酒喝、睡懒觉。明捷暗想：这恋爱真是有魔力啊，能把一个人搞得疯疯癫癫，也能把一个人搞得失魂落魄啊！

有次子轩拉着明捷说："来来，咱俩喝两杯。"于是，两人就着花生米干掉半瓶二锅头，子轩竟然神神道道地掉下几滴鳄鱼眼泪，呜咽着说："哎，是我不知道珍惜啊，"转而又说，"真不值啊，这几年，失去了那么多，早知道多和哥们在一起，不会有抛弃，不会有痛苦，该多么快乐啊。"

文雍说："你啊，光觉得你受伤了，可据我所知，人家丹枫觉得你老泡在《群言》报编辑部不陪她，却和肖怡华、陶玉她们打成一片。所以，人家还觉得你朝三暮四呢！"

子轩舌头打着卷，愤愤地说："她不是一向……大方的吗？怎么对我业余时间的正经事儿又这么小心眼呢？老六……你最清楚，哪次不是你和我一起在编辑部？你说有那事吗？"

明捷也有点喝高了，拍着子轩的肩膀说："你……你也甭后悔，瞧你的人生多完美啊，有了初恋，还有了失恋，然……然后就是再恋，下一步就是结婚生子，什么都让你体验了，多好啊。瞧瞧你五哥、六哥，现在还没有体验初恋滋味呢。"

张子轩也不分辩，他只是兀自痛快地喝着酒，痛苦地唠叨着。

对于子轩失恋后一段时间的蹉跎岁月及消极对抗早起锻炼的行为，王哲和虞卫军教育过他无数次，大道理诸如"一年之计在于春、一日之计在于晨"讲过，小道理诸如"早起的鸟儿有虫吃"也讲过，可他总是找出各种理由："我太瘦了，给我时间多睡会儿，能长点肉。"实在逼得太急，他也会口头答应说："行，从明天开始早锻炼。"结果呢？从来就没见过他所说的"明天"。其实，他心里一直有个坚定的信念：睡自己的懒觉，让早起的人痛苦去吧。王哲他们后来也懒得再劝他，可他呢？在度过了一个来月的痛苦期后，却突然像大彻大悟似的开始早起锻炼了。

王哲和钱浩宇两人挠了几下子轩的脚心，子轩很快就醒了，他坐起来不好意思地说道："哎呀，又睡过头了！"说着赶快去水房洗把脸。

他们仨依旧穿着土木八六那身招牌式的红色白边运动服跑向操场。天还没有完全放亮，可操场却已是一派生龙活虎的景象，跑步的、练习器械的有几十人。跑了五六圈后，三人的身上开始热气腾腾，完全不再有刚出宿舍时的寒意。

子轩的体质没有他们俩强壮，他喘着粗气说，"你们继续，我歇会儿再跑。"

他慢慢来到操场北面平房前的空地上扶着双杠休息。子轩在弯腰系鞋带时，惊奇地发现：就在操场边那片枯草中，有几株迎春花的春蕾已经冲破冬日的包围，悄然绽放出鹅黄的花瓣！此时，晨曦初露，这鹅黄恰恰沐浴在初升的太阳那柔和的金色光芒中。初升的阳光透过操场东边柳树林的空隙照过来，被那些不断跑动着的身影所打断，似转轮般重复着魔幻的光影。虽然温柔的春风仍未吹起，但这丝毫也不影响证明——北京的春天，已经来了！

一刹那，子轩有些恍惚。他觉得以前看起来暗淡而灰尘扑扑的操场和它周边那些有着破旧墙面的建筑都突然变得如此美丽。自己以前怎么就从来没有发现呢？这校园的早晨，这初春的阳光，多么像我们的青春岁月啊，美丽而短暂，昂扬又奔放！只不过晨光无法挽留，而青春却可以由我们自己来把握。

是的，过去是不会再回来的，但是，我们不是永远比明天年轻一天吗？为什么要为昨天的失落而痛苦，而不为今天的年轻而快乐！我们应该要快乐！张子轩想：就像找工作这回事，回想这学期刚开始时，大家几乎天天不是忙着写自荐信就是等待回信。对每一份求职信，似乎"既有希望又无希望"，心情天天吊在半空中没着没落，日子过得那叫一个迷茫和无望。可现在呢，过去了一个多月，事情慢慢变好了，所有同学的毕业去向都一天天明朗了起来。王哲、虞卫军和柳雨薇如愿以偿考上了本校的研究生，文雍、林娜他们好几人去深圳工作，自己和宿舍老二、老五也联系好了各自家乡的单位……。而那些有希望留京的也将在最近几天彻底知道自己能否拿到留京的名额，因为明天就要召开全班民主评分会，得分前十名的只要找到北京的接收单位均可留京。

这样想着的时候，王哲和钱浩宇又跑到了操场北边，张子轩跟了上去。三人又一起跑了两圈，这才朝气蓬勃向宿舍走去。

第二天下午的评分会由钱浩宇主持。评分标准大体上是以四年课程考试成绩为基数取百分点，再加上学校、系、班级干部的社会活动加分，以及文体活动及竞赛得奖的加分，还有精神文明建设特别优异的活动分等几项相加而得综合总分。会议从一开始就充满了紧张气氛，本来考试成绩都早有定论，没有什么可争论的余地。可对于精神文明建设特别优异的活动分如何评估？大家争论得脸红脖子粗。王哲、虞卫军、周烨、黄健雄、程潇涵等的分数一直排在前几位，进入前十名几无悬念，但赵志强、张子轩、白晓曼、吴凯等几人的分数却不相上下。紧急关头，只见赵志强拿出一张系里盖章的成绩表递给钱浩宇，钱浩宇一看，原来赵志强的形势任务课评分从“中”改成了“良”。不要小看这一字之差，它能将赵志强的总分提高两分。因为评分规则规定，只要有一门课在“良”或 85 分以下，则在考试成绩基点分数上直接扣两分。钱浩宇认为有系里出具的书面证明，理所当然应该加分，赵志强涨得通红的脸露出了满意的笑容。

但赵志强的这一改动却引来了众怒，徐航拍打着桌子质问钱浩宇道：“这不是明目张胆地造假吗？你作为班长怎么能不主持正义和公平呢？是不是偏袒自己宿舍的人？”

钱浩宇说：“这是系里出的证明，盖着公章呢，可能老师觉得当初判分失误了吧，如果真是这样的话，改正过来也未尝不可。”

与赵志强得分息息相关的吴凯也迫不及待地反驳道："我坚决抗议！这种考查课都是主观题，又不像考试课有标准答案，判错了有据可查。考查课的成绩只能算最初成绩，如果大家都像他这样，过后都去找系办，把中改良，良改优，那我们还有什么办法去公平评分?"

钱浩宇不听，坚持依此加分。

吴凯一看，也掏出一张白纸往钱浩宇那儿扔过去。这是一张吴凯在摄影社工作成绩突出的证明，落款处盖有学生会公章。钱浩宇看完后想了想，说："这个不好使!"

吴凯大叫道："为什么？你们这是只许州官放火，不让百姓点灯啊!"

"因为学生会不是学校一级的正规部门!"钱浩宇答道。

吴凯气得手都发抖，摔门而去的同时，叫嚷道："你们等着，我一定要向学校反映!"

吴凯走后，大家继续给白晓曼和张子轩打分。本来张子轩应该是领先的，因为除了课程成绩分稍微落后于白晓曼外，其他几项张子轩都领先于白晓曼。但在评分时，浩宇的心里还是起了波澜，他自认为自己四年来以班为家，对所有同学都像自己的兄弟姐妹一样，然而到了这个可以决定命运的关键时刻，他的天平砝码还是鬼使神差地倾向了白晓曼一边，因为他无法漠视这个不经意间闯入了他青春之门的女生。尽管他从来没有听说晓曼在任何场合表达过留京的意愿，然而他还是想主动为她做点什么，去向她谄媚。他也根本没考虑过这样做是否可以得到她的回报，不管结果如何，他只当这是在祭奠自己逝去的初恋——或者说，是祭奠自己这次刻骨铭心的单相思！他在心里默默说：晓曼，这是大学里最后一次帮你，而且是失去原则的帮你，愿你以后一切顺利。同时，他的心里涌起对子轩的歉意。

于是钱浩宇对张子轩说："这个……子轩啊，虽然咱们关系都不错，但我还是要客观地指出来你的不足之处啊。你看你在大学期间和女生卿卿我我惹出了多大的风波？给咱们班和咱们系都带来了不好的影响。还有，你那随口就来的京骂给咱们班文明形象也拖了不小的后腿。所以，你这个精神文明建设分要扣点儿啊！”

张子轩一听，暴跳如雷地表达了自己的心情：“你这纯粹是欲加之罪何患无辞！”

“你看你看，我不冤枉你吧？”

张子轩冷漠地看了钱浩宇一眼，莫名其妙地连续点点头，不再说话。他想就在昨天早上还是钱浩宇把他拉起来一起去早锻炼，而现在，他却毫不留情地狠踹了自己一脚。其实，张子轩本来对留不留京根本不感兴趣，对得分多少也并不太在意。因为他已经联系好了家乡的单位，以便照顾年迈的父母，而这点也是沈丹枫和他分手的重要原因之一。但钱浩宇在评议会上竟然能以他自己的好恶一而再、再而三地不公正评分，这让他忍无可忍！同时，这也彻底毁掉了钱浩宇这厮以前留给同学的“古道热肠、大爱无疆”的光辉形象。但客观地说，钱浩宇刚才指出的缺点也并非无中生有，这也让他无法对钱浩宇过分指责。

就这样，白晓曼的总分刚好排在了第十位，而张子轩则排到了第十一位。

这次的评分会，似乎是毕业预分配，排名从张子轩开始往后的同学踏踏实实地定下心来准备回各自的家乡寻找单位，倒是那些有资格留京的同学却忐忑不安起来，无不着急忙慌地使出十八般武艺，找出七大姑八大姨中几乎所有能用上的关系，寻找接收单位。

第二十八章

五瓣的丁香花

宿舍桥牌

大学的最后一场舞会

清华东路丁香烂漫

四月的一天，大家吃罢晚饭回到宿舍，又检查了一下第二天要去秦皇岛毕业实习用的行李，就开始百无聊赖了。218宿舍老大依旧上床打坐，章明捷提出玩会儿桥牌陶冶一下情操，马昊然、王哲、于文雍等几个一拍即合。张子轩在宿舍转来转去，觉得似乎忘记了一件什么事儿，却总也想不起来。

于文雍看见子轩转来转去实在让人心烦，提议说："老七，别转悠了，过来我教你玩桥牌吧，也算是毕业前学会一门正经营生，你说你老玩那些低级的纸牌游戏有啥用？"

张子轩一口回绝："我还用你教？你们那玩意儿我早就会玩。我不玩主要是嫌它费脑子！"说完，去另外两个宿舍找人玩他那雅俗共赏的"五十K"。但他吆喝着转了一圈，发现对门宿舍锁着门，而219宿舍也只有两个人，于是只得悻悻而归，不甘心地坐在于文雍身边看他们玩桥牌。

今天是老二昊然坐北，他发完牌后开叫2D，东家王哲不叫。老六于文雍手上的牌是黑桃 7、9、Q、K，红桃 2、7，方片 3、7、A，草花 4、6、Q、K，子轩偷偷算了一下，老六的大牌点有 14 点，加上老二开叫的最低限也有 25 点，且黑桃是 4—4 配合，照子轩看来，满可以叫 4S 止叫。可让他想不通的是，老六却叫了个 2NT。子轩悄悄问为什么多此一举，老六小声说："这么叫是进一步探明老二的牌情，下一圈咱们再在成局止叫和满贯上做出选择。"末了，还炫耀地说："怎么样，跟着哥们学着点哈！"

"你丫狡猾大大地！"子轩鄙视道。

大家正在牌桌上聚精会神想法"整死"对方，突然，一把糖果撒落在他们桌上，把大家吓了一跳。子轩抬眼一看，原来是肖怡华和陶玉两个女生。老六高兴地大叫道："这是什么意思？什么喜事儿啊？"

肖怡华抢着说："人家陶玉二十岁生日。"

子轩突然一拍脑袋说："哎呀！我记得有事儿来着，想了半天愣没想起来。你看，我还写好了贺卡打算送过去呢。"说着站起来，像失忆的人恢复了记忆似的准确地在壁柜里拿出贺卡递给陶玉，说："生日快乐啊。"

肖怡华说："你们吃了糖，不能就这么打发今天的寿星美女吧，得派两人陪我们去跳舞。"

"哪有舞会？这既不是节日又不是周末的，难道还有人专门给你们办了生日舞会？"老六问。

"你们真不知道啊？辜负了我们《群言》报社一番心意了，人家专门给你们八六级社员举办毕业舞会。"陶玉说。

老六一听，指使道："老七，你赶紧陪人家去吧，全权代表我们宿舍啊，我们可真抽不开身了。"

张子轩以前对女生绝对是掏心掏肺的，可现在已经没心没肺了。尤其是跳舞，他觉得自己大一、大二时已经跳完了整个大学四年的舞曲，因此对于两个女生的跳舞要求实在没什么兴致。可肖怡华干脆动手拉着，屋里的老六也往外推，弄得子轩不得不随着她们又去了舞场。

这次的舞会是在北楼后边成教学院的大教室举行的，子轩已经好久不进舞场，进去后发现跳舞的人仍然是出奇的多，心里涌起一股“江山代有人才出”的感觉。走到教室里面，竟然碰见了班上好多人，李文革、刘洪涛和周烨都在。想想刚才去几个宿舍找人玩牌根本见不到人，原来都跑舞场来了，看来似乎都在进行离校前的最后疯狂啊。

子轩搂着陶玉在舞场中快活地旋转的时候，碰见唐蕊和陈峻也跳得正欢。许是快要到毕业分手的时候了，子轩发现他俩最近几乎天天腻在一起。舞曲结束时，子轩正好和陈峻他们停在一个地儿休息。陶玉和肖怡华说着话，唐蕊也和她身边的一名女生说说笑笑着。

子轩对陈峻深有感触地说：“真羡慕你们啊。”

陈峻知道他说的什么意思，意味深长地回答说：“我们可不像你，虽然我们也不一定能走多远，但即使毕业时分手了，我和唐蕊也会是好朋友。”

正说着，唐蕊却对着子轩介绍起她身边的那个女生来：“这是我们班的美女谷秋莲，你不请她跳一曲吗？”

张子轩很奇怪唐蕊为何要如此唐突地给他介绍舞伴，难道是觉得他失恋后的孤单落寞吗？即使前一段时间可能是，但今晚也不该给她这种印象啊，因为她明明看见自己带着舞伴啊。子轩从礼貌上讲觉得很为难，但唐蕊这么说了，子轩也不好拒绝，于是对陶玉她们说：“你俩休息一曲，我去那边应付下。”

子轩毫无激情地过去请女孩跳了起来。这个叫秋莲的女孩穿着一件红色的高领毛衣，质地很柔软的那种。子轩搂着她跳舞的时候，她似乎一直快乐地微笑着，旋转时长发飘飘，白皙的脸庞透着红润，分不清是跳舞热得脸红还是彩灯映衬得红。而唐蕊和陈峻竟然老是围绕在他们周围，时不时地故意撞一下他俩，同时对着他俩做鬼脸。子轩知道这俩喜欢恶作剧，有时也回敬陈峻一下。但每当陈峻撞击子轩而使得子轩和谷秋莲接触得更紧密时，女孩总是故作恼羞地臭骂唐蕊一句，脸上露着的却分明是高兴和甜蜜。

女孩的形象，让他莫名其妙地想起经常出现在梦中的那个模糊的长发飘飘的女孩，他张口而出："同学，请问芳名？"

女孩大笑起来："看来你的心思确实是在刚才的舞伴那儿，唐蕊不是告诉过你了？不会这么健忘吧。"

"呵呵，对，是告诉了，叫……"子轩脑子里快速思索了一下说："叫谷秋莲！对不起，是我太紧张了。"

"紧张？有什么好紧张的？"

"这不从来没和这么漂亮的女生跳过舞嘛。"

"咯咯，"秋莲又笑起来，"你们不愧是大四的，真话假话都是脱口而出！"

"不不，正经话呢。"子轩顿了顿，没话找话说，"你们刚才都聊啥？看你们真高兴啊。"

"不告诉你！谁让你连我名字都记不住啊。"秋莲故作神秘，但依然微笑着。

"这还保密啊，那我主动告诉你我叫什么吧。"

"不用，我知道了。"

"知道？你怎么知道的？"张子轩确实有些莫名其妙。

"刚才站那儿，唐蕊就一直在介绍你呢。"

"哦，你刚才不是不告诉我吗？这会儿怎么就告诉了呢。"

"讨厌，叫你套出来了。"

"说说，唐蕊都说我什么坏话了？"

"就不告诉你！"怀中的这个女孩依旧坏坏地笑着。

子轩觉得这女孩的笑容真好看，这种笑容是天真的、发自心里的。同时，心里也很好奇，唐蕊难道只是单单告诉了她自己的名字吗？如果不是，那她又能告诉谷秋莲有关自己的一些什么事儿而让女孩一直这么高兴地陪他跳舞？

等跳完一曲回到舞池周边休息时，张子轩四周望了望，却再也找不到陶玉她们。他知道，两个女生肯定有些不高兴了，心里不觉有点愧疚。

子轩干脆和谷秋莲聊了起来，他告诉秋莲说："哎，真是时光飞逝啊，今晚在这儿跳舞，明天就要去北戴河毕业实习了。"

"真的？那多好啊，可以去看大海了。"女孩的眼里闪烁着憧憬，"听说北戴河的玛瑙石很有名。"

"是吗？我对这些一无所知。不过你要是喜欢，我可以给你带回来两件。"子轩突然间有一种很想讨好谷秋莲的冲动。

"呵呵，好啊，不许骗人啊。"想不到谷秋莲如此爽快地接受了子轩的谄媚。

"哪敢骗你啊！我保证一回校就先去向你报到！"张子轩信誓旦旦地答道。

毕业前的每一天都过得飞快，半个月的实习好像眨眼的工夫。走时北京还是初春时节，回来时已是仲春，同学们多么思念校园的一切啊！要不是到校时已是傍晚，他们一定会放下行李就迫不及待地走遍学校的每一个角落的，再晚些，就真是春光不再了！

第二天上午，夏荷她们几个女生竟然主动跑去男生宿舍，提议大家一起去校园里走走。在宿舍的几个男生都觉得是好主意，只有陈峻看着唐蕊推脱说："我们就不去了哈，我们正好有点事儿，见谅见谅。"

张子轩批评陈峻说："难怪钱浩宇骂你只顾小家不顾大家，告诉你啊，这可是最后一次集体活动啊。"

唐蕊忽然大惊小怪地说："哟，张子轩，你有空出去玩儿，怎么没空去我们宿舍报到啊？我好像听谷秋莲说过，某人曾经答应实习回来了要第一时间告诉她的哦。"

子轩一听，知道她在取笑自己，尴尬地笑着说："嘿嘿，男子汉大丈夫，说过的话是一定要去的，你们又不是不知道，我是多么守信用的一个人啊。"

陈峻对唐蕊说："是啊是啊，你又没时刻看着谷秋莲，兴许人家俩昨儿晚上就约会了。"

唐蕊意味深长地说："是啊，我是不该操这闲心。人家接上头了，咱们却要断线了。”说罢使劲盯着陈峻。

子轩顾不上回味他俩的对话，追着那帮人下楼去。

王哲、钱浩宇、张子轩、李文革、夏荷和白晓曼等一行七八人走着走着就出了东门，又来到那条熟悉的清华东路。

此时的清华东路已是满目苍翠。万紫千红过后，在绿色的海洋中，只剩下一丛丛白色的、淡紫的丁香花，恰似等待不见不散的故人一般静悄悄地绽放，虽然晚放，却依旧像前几年一样繁盛而芬芳。然而，年年岁岁花相似，岁岁年年人不同。在这个明媚而忧伤的毕业季节，这一群朝夕相处的同学，走在校园边这条熟悉的小路上，虽然个个都显得那么意气风发，可他们又都是那么的愁肠百结。他们有的为临别而伤感，有的为未来而踌躇满志！有的为毕业分配而彷徨焦心，有的为即将扬帆起航而豪情满怀！

女生们看到花儿时的表现总是要比男生们兴奋。夏荷似乎是想提醒大家不要最后一次错过这美好的春光，大声说：“哎，你们听说过吗？据说谁能找到五瓣的丁香，谁就找到了幸福。”

“真的假的？那我们赶快找找看啊！”海琳是个长不大的女孩，人家说什么她都信以为真。

尽管男生们都知道，这种“据说”纯粹是那些惯于风花雪月的文人骚客想出来安慰像海琳这样年少无知少女的谎言，但大家还是宁愿相信这个美丽的谎言，并兴高采烈地投入到这个游戏中来，好将毕业的离愁冲得淡些，再淡些。也许，这会是他们毕业后能够回忆起来的最美好最甜蜜的片段之一呢！于是男生们女生们都开始忙不迭地认真地搬弄着花枝，寻找各人心中的幸福。

夏荷将别人的情绪调动起来后，自己的心里突然涌起阵阵惆怅。在她的眼里，这些小小的丁香花啊，似乎以紫色追忆着它们逝去的繁华，又以炽热昭示着过往的真爱，更以清香诉说着迷离的忧郁。夏荷看着这满树繁盛的小花儿，心中充满了不舍，因为春天的繁花谢后，紧随而来的必定是夏日匆匆的脚步，而这夏日，就是那个要将同学们分隔天涯的季节。一时间，她甚至傻傻地希望这花儿要是能永不凋谢该多好啊，那样，夏日是不是就会迟些到来？那样，她是不是就能继续和同学们同窗共读？

夏荷仔细地欣赏着、把玩着，甚至凑着鼻子去嗅这特有的清香。她根本不想再去寻找什么五瓣的丁香花，她只觉得看着这些花瓣，便已经是幸福的了。这些象征爱情的小小的花瓣啊，以前怎么从来没有注意过它们是如此的纯洁美丽，芳香而优雅呢？这多像自己平凡而又让人留恋的大学和青春岁月啊，虽不曾经历过恋爱的绚烂，但所有相识的诚挚的同学们啊，你们在我的心里，又有谁不是挚爱呢？只要想起你们每一个人的点点滴滴，都是那么让人眷恋！

“哎，快来看，我找着了！”突然，大家听见子轩兴奋的叫声。

“哪儿呢？哪儿呢？”夏荷从沉思中醒来，和海琳几个女生像快乐的小鸟一样迫不及待地奔着子轩的方向过去。当她们看到子轩手边一簇花丛中那朵纤小的五瓣丁香花时，羡慕地叫了起来。

“子轩，你这家伙真幸运哎，这么快就找着了！”白晓曼叫道。

子轩忍不住笑了起来，倒不是为自己找到了五瓣的丁香花而高兴，而是为女生们的可爱！因为自打认识这帮女生起，都过去四年了，她们怎么还是那么傻乎乎的呢？瞧她们那高兴的神情，该不是已经看见他张子轩现在就已妻妾成群、金银满山了吧？

笑着笑着，他又沉默了。他想：她们说自己找到了幸福，可自己的幸福究竟在哪里？张子轩的脑海中倏地飘过几张面孔：是开朗的丹枫、白皙的陶玉？还是眼前的同学们？似乎都是，他觉得和他们相识、相处、相知，就是自己一生值得回味的幸福！

“喂，发什么傻啊？高兴得昏头了？”夏荷笑嘻嘻地说。

“嗨，确实昏头了，看着这满眼春色，和成群的美女同学，我就觉得大学四年不白活啊！”子轩当然不好意思说出他的心思，于是用他这种惯常的玩世不恭、戏谑调侃的语气来敷衍。“回想四年时光，人生四大喜事基本快占全乎了。你们看，金榜题名时，他乡遇故知，久旱逢甘霖都叫我赶上了，只是一点可惜啊，洞房花烛夜还没有经历！”

“去去去！说着说着就没正经话了！”白晓曼打断他的话。

“他啊，这最后一喜估计也快等到了。”李文革笑嘻嘻地说道。

“说好了哈，结婚时一定要请我们同学去参加婚礼哦！让我们瞧瞧新娘子是谁。”夏荷兴奋地大叫起来，仿佛张子轩的婚礼就在眼前。

“不过你说，那时候，咱们都身处何地啊？也许相距太远，也许我们已经在人生的第一个岗位上奋斗，要是那样，是不是也不能成行啊？”夏荷的语调明显降了下来，到底是女生啊，离愁总是由她们勾起。

“那可不好说，但肯定是分布在天南海北！”钱浩宇接过话茬儿大咧咧地说：“你看王哲和周烨、卫军他们一大批留守北京的，夏荷你们几个占据中原的，林娜和文雍不是也联系好了深圳的单位吗？他们这些同学占据好北中南三大据点，其他的各回各家，各找各妈！”

“这说着说着就要毕业了，我才突然觉得和咱们班同学好像刚刚相识一样，一点儿没有处够啊。”海琳从来都是实话实说。

王哲充满深情地回应道：“海琳说的对，我们刚刚相识却要告别，但我们一定要相信，我们不是为告别而相识的，而是为了将来有一个更美好的再见而相识的。老话说：读万卷书行万里路，咱们这些大学生从小学到大学估计已经读了万卷书了，现在呢？到了行万里路的时候了。”

听着王哲的话，张子轩的眼前仿佛出现了一个场景：在塔吊林立的建筑工地，自己和一帮同学戴着安全帽，正对着设计图“指点江山”！

一直没有说话的白晓曼开口了：“是啊，咱们班这些女生习惯了被你们男生宠着护着，现在马上要踏上社会去行万里路了，好不习惯啊。一想到这条路弯弯曲曲，泥泞崎岖，就觉得那么茫然无助。到那时，也不知你们这些男生在哪里！”

钱浩宇还是不放过一丝在晓曼面前表现的机会，赶紧抢过晓曼的话头豪情万丈地说：“没事儿！真有那时候啊，你就招呼一声，我们随叫随到。我可没你们女生那么多愁善感，对于我来说，哪怕前面的路布满荆棘，我也不会彷徨；哪怕对未来茫然无知，我也不会恐惧！即使遍体鳞伤了又咋地？大不了停下来擦点药水，继续整装前进!”

白晓曼轻轻地似乎是不屑地“切”了一声，算是回应。大家意味深长地看看他俩，回味着钱浩宇刚才的话，觉得这话既是专门对白晓曼而言，也像是对所有人而说。

此时，围墙那边的校园里传过来缥缈的歌声，偏偏是那首恼人的《离愁》：

纵然是声音哑了，
蝉声倦了，
奈何不能把七月的离别留住。
……
就算是归雁有期，
归雁有期，
却载不走这许多许多的相思。

2016. 3. 30 初稿
2016. 5. 4 二稿
2016. 6. 8 三稿
2016. 9. 22 定稿

一部作品　一份情怀

——编辑的话

相信每个人都有几个不同的圈子。工作圈、生活圈、老友圈……心中最为珍贵也最为柔软的圈子就是那个满载曾经的梦想，今日却又离工作、生活越来越远的圈子。

事实上，很多人就靠着这个圈子，使自己活出了别样的风采。当在挚友社的20年聚会上与王晓亭恢复了联系后，便一直调侃他终于被社会的大染缸变成了一个从事建筑的商人，而恰逢当时正是各媒体在炒作农民工上吊塔索要工资的节骨眼。于是，他在我的眼中似乎也成了那些拖欠农民工工资的无良建筑商中的一员……而曾经在自己眼中文采飞扬的他已不再现。不知道是不是想为当前世俗眼中那些只认钱不讲情怀的商人正名，总之，他告诉我："我会写的，写一部记录青春的作品。"

于是，几年后当王晓亭终于把书稿交到我手里的时候，仿佛又回到了学生时代。他一如既往的谦虚，我一如既往的调侃。但我这次想说的是，王晓亭的这部作品，实实在在地描写出了20世纪80年代中后期大部分大学生特别是那些来自中国乡镇地区学生的学习、生活状态。里面大量的细节描写，给人以强烈的身临其境的感觉，若不是作者有超强的观察力与记忆力怕是很难再现。虽然自己与他同在一校，读起来却甚是亲切与新鲜。说它亲切是因为作品里提到的地点、事件甚至人物都是那样的熟悉；说它新鲜是因为原来在静静的校园里，竟然还有那么多的人与事是自己曾经身在其中却又不曾感知的。

感谢细心的王晓亭，用他的笔，更是用心帮我们记下了这一切。每个人心中都会有一个文学梦，只是由于种种原因，不得不放弃了。但，只要这个梦想还在，带来的就是一生的影响，也成为了有别于他人的情怀。

受过正规大学教育的你可以也必须在专业领域成为行业的高级人才。可是，处在人才大国之中，能够被人们永远传颂的又有几人？然而，借助你的文学情怀，你可以成为会计界最会写诗歌的财会专家，可以成为建筑界最会写小说的建筑师，可以成为编辑界最会品茶的责任编辑……

那么，书比人长寿。我的那些虽走上社会，却仍然拥有文学梦的圈里圈外的朋友们，只要你大胆地提起笔来，你也就有了别样的诗意人生！

记得有位诗人朋友曾经说过，“每一部作品，都是一颗星”。作为《我们刚刚相识》的责任编辑，同时又作为作者王晓亭的校友，我愿意把这句话转赠给他，愿这颗星，照耀着更多的人去追逐那美好的梦想。

童云

2016 年 12 月 26 日